JN038627

バラバラ屋敷の怪談

大島清昭

東京創元社

目次

バラバラ屋敷の怪談

バラバラ屋敷の怪談

朝の日課であるゴールデン・レトリバーのヒビキの散歩から帰宅すると、庭先まで魚の焼ける香ばしい匂いが漂っていた。腹の虫は正直なもので、反射的にぎゅるると鳴る。

興奮冷めやらぬヒビキを鎖につないで、いそいそと玄関を開けると、上がり框《がまち》に虎猫のキバがちょこんと座って出迎えてくれた。こちらを見上げて「みゃお」と挨拶するので、額を指先でくすぐってやる。キバはそのまま洗面所に行く間も足下に纏《まと》わりつき、頻《しき》りに何か話しているようだった。「にゃあ」とか「みゃあ」ではなく、存外に長い単語を口にしている。こちらが適当に相槌を打つと、納得したように「みゃっ」と鳴いて洗面所から出ていった。

「絶対に世話をするから」といって猫をもらってきた娘は、就職と同時に職場の近くで一人暮らしをしている。「犬が欲しい！」と何度もねだっていた息子も、一昨年に東京の大学に進学して、家を出てしまった。結局、残されたペットたちの世話は、父親である自分と妻、それに母の役目になっている。共働きだから、彼らと最も長い時間を過ごしているのは母であるが、ヒビキもキバもたまにしか帰省しない子供たちの方に懐《なつ》くのだから不思議である。

身支度を整えてダイニングキッチンへ行くと、既に母は朝食を半分程平らげていた。四時には目覚めているらしいから、この時間には空腹なのだろう。今朝の献立は、炊き立ての白飯に茄子《なす》と油揚げの味噌汁、焼いた塩鯖である。胡瓜《きゅうり》とカニカマをマヨネーズで和《あ》えたサラダの小鉢も添えられていた。

妻の圭織《かおり》は、キッチンでテキパキと弁当を詰めている。だし巻き卵の焼ける音が、換気扇によって攪拌《かくはん》されていた。圭織とは同じ小中学校に通った幼馴染《おさななじ》みだ。二人とも来年で五十を数えるから、知り合ってから四十年以上も経過していることになる。もっとも交際をはじめたのは社会人になってからだし、高校と大学は別々の学校に進学しているから、ずっと同じ時間を過ごしてきたわけではない。

圭織は子供の頃から小柄で栗鼠《りす》のような雰囲気だったが、それは今も変わりない。恐らく中学卒業から身長は変わらないのではないかと思う。ただ、おっとりした見た目とは対照的に、かなり積極的で、気性も激しい。その迫力には常日頃から気圧《けお》されっ放しだ。子供たちも圭織には絶対に逆らわない。

俺は圭織に聞こえる大きさの声で「いただきます」といってから、食事をはじめた。


勤務先は自宅から車で十分程度の町役場である。職場までの道程には、住宅よりも田圃《たんぼ》やビニールハウスが目立つ。途中で通り過ぎるコンビニの駐車場は広く、大抵は大型トラックが何台も停まっている。

栃木県北西部に位置するこの百目鬼《どうめき》町も、周辺の自治体と同様に、緩やかに過疎《かそ》化と高齢化を迎え、最近では空き家も目立ってきた。少子化の影響で、かつては年齢や性別に制限のあった地域行事も、子供たち全員が参加できるように変化している。名前に反して、現在では何処《どこ》の地方にもありそうな没個性的な場所であるが、この町にはかつて凶悪な鬼が出たという伝説が今に至るまで残っている。百目鬼という町名は、その鬼の名にちなんだものだ。

百目鬼はその名の通り目玉が百もある鬼で、山中に潜み、人を食い、牛馬を食い、田畑を荒らしたという。俺の住む根倉《ねぐら》地区はちょうど百目鬼の棲み処《すみか》があった場所だと伝えられているが、実際に何処に百目鬼がいたのかという詳細までは、伝説には語られていない。

栃木県で百目鬼伝説といえば、宇都宮《うつのみや》市に伝わるものが最も有名だろう。

観光課にいた時に、地域おこしの参考になるかと、宇都宮市の百目鬼伝説を調べたことがある。それによれば、平安時代中期の武将・藤原秀郷《ふじわらのひでさと》は大曽村《おおぞむら》の兎田《うさぎだ》という馬捨て場で百目鬼と対決し、弓で射《い》たとされる。百目鬼は重傷を負って明神山《みょうじんやま》の後方に倒れるも、炎と毒気を吐いていたため、秀郷は止めを刺すことはできなかった。その後、百目鬼は人間に化けて自分の流した血を吸収して復活を果たそうとしたが、塙田村《はなわだむら》の本願寺の智徳《ちとく》上人によって済度され成仏した。市内に伝わる別の話では、長岡の百穴《ひゃつけつ》に住んでいた百の鬼を従える大将が百目鬼と呼ばれていて、こちらは仏門に入って人間に生まれ変わったそうだ。県内の民芸品には瓢《ふくべ》細工の鬼面があるが、それは百目鬼伝説にちなんだものだといわれている。また、宇都宮市内には百目鬼通りという名も残っている。

この町の伝説でも、鬼を退治したのは藤原秀郷だという。町の伝説では、秀郷は百目鬼を倒した後、二度と復活しないように、その身体を首、胴体、四肢の六つに切断し、それぞれ別々の場所に塚を築いて封印したと伝わっている。今でもその塚は町内に残っており、県の史跡として認定されている。

ただ、この町に鬼が出たのは、そんな千年以上も昔のことだけではない。

実は五十年前にも百目鬼町には鬼が出没した。

といっても妖怪の類ではない。この町に住んでいたのは、日本中を震撼させた連続猟奇殺人鬼である。犯人の酒浦実《さかうらまこと》は八人もの女性を殺害し、バラバラに解体した上で、自宅の裏山をはじめとして、百目鬼が封印された塚の周辺に屍体を遺棄した。その後、酒浦は逮捕され、死刑の判決を受けている。

酒浦の自宅跡は現在更地になっていて、被害者たちを弔う観音像が建っている。

自宅から役場へ行く際には、酒浦の自宅跡の傍らを通るが、小高い山が陽の光を遮《さえぎ》って、昼間でも陰気な場所である。

俺が学生時代の頃までは、まだ酒浦が住んでいた家が残っていて、一層不気味な場所だった。地元では「バラバラ屋敷」とか、「バラバラの家」と呼ばれて、殺された被害者たちや殺人鬼の幽霊が出ると噂されていた。今でいう心霊スポットだったのだ。

あの頃は近隣の若者が肝試《きもだめ》しと称して無断で敷地内に入ったり、心霊写真を撮影しに行ったりと、それなりに騒がれていた。現在は酒浦の起こした事件そのものが忘れられているから、屋敷の跡地に関心を寄せる者はほとんどいないようだ。

ところが、先日そのバラバラ屋敷に関連する稀有《けう》な体験をした。怪談作家から取材を受けたのである。呻木《うめき》叫子《きょうこ》という珍妙なペンネームの女性で、バラバラ屋敷に纏《まつ》わる怪談を蒐集しているといっていた。地元の同級生の伝手《つて》で俺に連絡を寄越し、「是非とも話を伺いたい」と熱心に申し込んできた。

もっとも呻木が所望したのは、怪談ではない。彼女は俺が中学生の時に遭遇した不可解な殺人事件について詳細を知りたがっていたのだ。

隣市のファミレスで取材を受けることになったが、目の前に現れた呻木は何処にでもいそうな地味な容貌の女性だった。年齢は二十代後半から三十代前半くらいだろうか。妙に落ち着いた物腰だったから、見た目よりも年上かもしれない。

怪談作家という肩書きから、勝手に黒一色で統一された陰気な衣裳を想像していたが、呻木は白いブラウスの上に淡いピンクのジャケットを羽織って、細身のグレーのパンツに、黒いスニーカーだった。

「お忙しいところお時間をいただきまして、ありがとうございます」

呻木はそういって頭を下げると、鞄から一枚の写真を取り出した。

そこには、俺にとって懐かしくも悍《おぞ》ましい光景が写っていた。

呻木叫子の原稿1

私の手許に一枚の写真がある。

古びた木造平屋建てを写したカラー写真で、屋根は錆《さび》の浮いた銀色だ。

家の前には三人の少年が立っていて、こちらに向かってピースサインをしている。服装から判断するならば、一九八〇年代初めから半ばくらいだろうか。三人の内、写真の左に位置する少年は半ズボンを穿いているのだが、その左足が完全に消えてしまっていた。

この心霊写真は『ギャラクシー・ファントムのギャラギャラファンファン』というBSで放送されているテレビ番組宛てに、視聴者から送られてきたものである。この番組はオカルト系アイドルグループであるギャラクシー・ファントムのプロモーションを兼ねたもので、メンバーがその知識を活かして心霊、UFO、未確認動物など様々な超常現象をリポートしている。私は番組のディレクターが大学時代からの友人ということもあり、怪談作家の立場から心霊現象や妖怪がテーマの際に、アドバイザーとして出演している。写真を借り受けているのも、そうした縁があってのことだ。

さて、もう少し写真を詳しく見てみよう。

写っている建物は、向かって左側が玄関で、右側に縁側《えんがわ》が続いている。その縁側の窓の奥に、女性らしき人影が映っている。輪郭は曖昧で、家の中の暗がりに溶け込むようだから、まさに人影と表現できるだろう。更に少年たちの足下を観察すると、繁茂した雑草に紛《まぎ》れて、奇妙なものが写り込んでいる。

手首である。

指先や手の甲など一部が草間から覗いているだけでわかりにくいが、一度そこに焦点が合うと、人間の手首らしきものに見えるのだ。マネキンのような人工物の類とは一線を画す、生々しい質感である。時間をかけて注意深く探してみると、手首らしきものは全部で三つ見つけることができた。

この写真の差出人は、埼玉県の大学に通う女性である。夏休みに栃木県D町の母親の実家に遊びに行った際に、泊まっていた部屋の押し入れから、この写真を見つけたそうだ。被写体の三人の少年の内、足の消えている少年が、彼女の伯父に当たるのだという。

同封された手紙によれば、そこに写っている建物は、母親の実家の近くにかつて存在したバラバラ屋敷と呼ばれる心霊スポットらしい。そこは酒浦実という連続殺人鬼が住んでいた家で、バラバラに切断された被害者たちの怨霊《おんりょう》が出現するという噂があったという。

栃木県出身でありながら、私はバラバラ屋敷の怪談の存在をこの時初めて知った。酒浦の起こした連続殺人事件は、日本の犯罪史においても有名なものであったから、中学生くらいの頃から知っていた。しかし、事件そのものがかなり昔に起きたことであったし、現場となった建物も現存していないことから、これまで身近な場所でバラバラ屋敷の怪談を耳にすることはなかったのだ。

一応、両親に確認してみると、確かに酒浦の自宅に被害者たちの幽霊が出現するという噂を知っていたものの、具体的な怪談や怪異体験については聞いたことがないという。

とはいえ、今ならまだ実際に酒浦の自宅――バラバラ屋敷を訪れたことのある人々から話が聞けるだろうと思い、私は遅ればせながらこの地元の怪談について調査をはじめた。これから紹介するのは、そうして蒐集した怪異体験である。

現在、六十代の男性Zさんが二十代の頃の話だ。当時宇都宮市の大学に通っていたZさんは、ある夏、男性四人でバラバラ屋敷を訪れた。

「あの頃は首のない被害者の幽霊が自分の首を探して彷徨《さまよ》っているとか、殺人鬼の霊に追い駆けられるなんて噂がありましたね」

周囲には民家が立ち並んでいたが、午前二時という時間のせいか、辺りは真っ暗だったという。Zさんは運転する車をバラバラ屋敷の庭まで乗り入れた。友人が持つ懐中電灯だけを頼りに外に出ると、正面から母屋《おもや》を眺めた。

「幽霊屋敷なんて聞いていたから、てっきり廃墟かと思っていたのですが、まるで今でも誰かが住んでいるような生活感があったんです」

恐る恐る玄関の引き戸から中を窺うと、三和土《たたき》の向こうに茶の間が見えた。そこには家具の類がそのまま残されていて、おどろおどろしさよりも生々しさを感じたそうだ。

「思っていた程荒れていなかったせいか、それまで散々騒いでいたのに、いつの間にか全員が無言になってしまいました。何だか空き巣にでも入っているような罪悪感もありましたし」

静寂が辺りを包むと、遠くの田圃で鳴いている蛙の声が耳に届いた。そして、それに混じるように、敷地内で奇妙な物音が聞こえてきた。それは庭の雑草を掻き分けて移動するようなかさかさかさという音や家の中の床の上を這うようなずずっずずっという音だった。

一つ一つの音は小さい。しかし、物音はあちこちから聞こえてきた。

「見えない小動物に囲まれているような気分でした。私たちが音の正体を探ろうと、庭のあちこちを懐中電灯で照らしていると、今度は女の囁《ささや》き声がしました」

それも屋根の上や縁の下など、通常人間がいるような場所ではないところから聞こえてきたのだそうだ。

友人は母屋に向かって懐中電灯を向けた。

すると、縁側の窓に人影が見えたという。

「女が四人、立っていました」

Zさんたちは慌てて車に乗り込むと、その場から逃げるように立ち去った。

翌日、明るいところで車を見てみると、ボディのあちこちに小さな傷がつけられていた。

「まるで尖った爪で引っ掻いたような傷でした。遠目からはそんなに目立たなかったし、金もなかったんでそのままにしておいたのですが……」

数日後、Zさんは運転中に事故を起こして重傷を負い、三箇月も入院した。

「目の前に女が飛び出したように見えたんです。それで避けようとしてハンドルを切ったら、電柱にぶつかってしまって。でも、事故の目撃者によると、私は何もないところで突然電柱に向かって突っ込んだように見えたという話でした」

Zさんは今でも事故の原因は、バラバラ屋敷の祟《たた》りだと信じている。


現在、五十代後半のYさんが、三十歳を目前にした頃のことだ。Yさんの嫁ぎ先は、バラバラ屋敷の近所である。

「結婚する前に、夫に連れられてこっそりバラバラ屋敷に行ったことがあります。でも、昼間だったせいか、別に何も起こりませんでした」

Yさんには R ちゃんという娘がいた。当時小学校に入学したばかりだったが、近所を走り回る活発な少女だった。その R ちゃんが行先を告げずに姿を消すことが度々《たびたび》あった。

「何処に行っていたの?」と尋ねると、ニコニコしながら、「近くのお姉ちゃんたちのとこ」と答えた。

近所には小中学生の子供を持つ家庭が何軒もあったから、Yさんは娘がそうした家々に遊びに行っているのだと思っていた。

「ご近所でも遊びに行く時はきちんと行先をいいなさいね」

Yさんがそう注意すると、それからRちゃんは「お姉ちゃんたちと遊んでくる」といって出掛けていくようになったそうだ。聞けば、大抵は庭で四人のお姉ちゃんたちとかくれんぼやだるまさんが転んだなどをしているという。Rちゃんが近所の子供たちと親睦を深めていると思うと微《ほほ》笑《え》ましい気持ちになった。

しかし、一箇月が経過した頃のことだ。

「Rちゃん、よくバラバラ屋敷に出入りしているみたいなんだけど、大丈夫?」

回覧板を持って行った隣家で、そんなことを聞いた。

Yさんが驚いているのを見て隣のお嫁さんは、「やっぱり知らなかったのね」と心配そうな表情を浮かべた。

帰宅したYさんは、すぐにRちゃんにバラバラ屋敷で何をしているのか訊いた。しかし、Rちゃんはバラバラ屋敷というのがどの家のことを指しているのかわからないらしく、頻りに首を傾げている。

最初は誤魔化しているのかと思ったのだが、どうも本当にこちらのいっていることが飲み込めていないようだった。そこでYさんはバラバラ屋敷の母屋の特徴を丁寧に伝えてみた。するとRちゃんはやっと得心がいったという顔になった。

「それ、お姉ちゃんたちのおうちだ」

Yさんは訝《いぶか》しく思いながら、Rちゃんにその家に案内するよう促した。

「娘に連れて行かれたのは、やっぱりバラバラ屋敷でした」

Rちゃんは屋敷に着くと、「お姉ちゃーん！」と無邪気に呼びかけた。

勿論、その時は誰も姿を現さなかったそうだが、Yさんは全身に鳥肌が立ったという。

「あの子が声をかけた途端、周りの空気が一気に変わったんです」

Rちゃんは「あれ？　可怪《おか》しいなぁ。お留守かなぁ」などと呑気なことをいっていた。Yさんはそんな娘の手を強引に引いて、逃げるように帰宅した。

「その後、娘にはバラバラ屋敷には近寄らないようにいい含めたのですが、こちらのいっていることが余りわかっていないようでした。多分、しばらくはこっそり遊びに行っていたんだと思います」

Yさんは長じて後のRちゃんに、バラバラ屋敷で何をしていたのか訊いたことがあるそうだ。しかし、Rちゃんは何も覚えていなかったという。

「一体あの子はあの家で誰と遊んでいたんでしょうね」

間もなく五十歳を迎える公務員のKさんが、中学二年生の頃の話である。夏休み、Kさんは友人のWさん、Iさん、Tさん、Sさんと一緒に、バラバラ屋敷へ肝試しに訪れたという。きっかけは……

＊

今から三十五年前、一九八一年のことである。

中学二年のその夏、俺は忘れられない体験をした。

あの頃は身長も然程《さほど》高くなく、痩せていたから、随分と貧弱に見えたはずだ。既に度の強い眼鏡もかけていて、親友の鷲巣礼二《わしずれいじ》からは「緑郎《ろくろう》は虫みてぇだよな」とよく揶揄《からか》われたが、実際、昆虫めいた雰囲気だったのだと思う。今でも蜻蛉《とんぼ》や蟷螂《かまきり》には親近感を覚える。

夏休みに入って一週間が経ったくらいのことだった。俺は礼二と石下温大《いしおろしはると》、栃木光朝《とちぎみつとも》、斎藤《さいとう》卓《すぐる》の四人と連れ立って、バラバラ屋敷へ肝試しに訪れた。

そもそものきっかけは温大だったと記憶している。河原《かわら》で釣りをしている時に、坊主頭で小柄な温大はおにぎりみたいな顔を紅潮させて、やや興奮気味にこういった。

「兄貴がさ、先週、友達と一緒にバラバラ屋敷に心霊写真を撮りに行ったんだよ。そしたら、家の中から女の笑い声が聞こえてきたっていうんだ」

そのせいで温大の兄は肝心の写真撮影をしないまま、逃げ帰ったそうだ。

温大の兄は、高校入学早々に校内で複数回喫煙して停学処分になった強者《つわもの》である。校内暴力が社会問題になっていた当時としては、比較的大人しい部類であったが、自分たちから見ればちょっとした不良ではあった。その温大の兄が逃げるという事態からして余程のことであるのに、あまつさえ恥を顧《かえり》みずに弟に自身の体験を話していることは、非常に信憑性があると感じた。

勿論、それまでにもバラバラ屋敷については、幼い頃から様々な噂を聞かされていた。

連続殺人鬼である酒浦実の死刑はかなり前に執行され、事件そのものは風化していたが、やはりバラバラ屋敷は八人もの生命が奪われた殺人現場である。夜になると人魂が飛び回るとか、女の悲鳴が聞こえるとか、体の部位が欠損した幽霊を見たとか、刃物を持った化物が襲いかかってきたとか、本当に様々な怪談が語られていた。

俺は単純な性格だったから、幽霊も、UFOも、超能力も、所謂《いわゆる》オカルトに関することは、ほぼすべて信じていた。だからバラバラ屋敷のことは気になっていたけれど、自身に災禍が降りかかるのは厭《いや》で、それまで立ち入ることを躊躇《ためら》っていた。しかし、温大の話に友人たちは俄然《がぜん》興味を示した。

「俺たちも心霊写真撮りに行こうぜ。それでテレビ局に送るんだ」

そういったのは礼二だった。礼二は容姿が整っていて運動神経もよかったから、五人の中ではリーダー的な存在だった。

俺が小中学生の頃だった一九七〇年代から八〇年代は、心霊写真はちょっとしたブームだった。雑誌やテレビ番組は頻繁《ひんぱん》に心霊写真を取り上げ、心霊研究家や霊能者がそれを鑑定するというコーナーが人気だった。だから、礼二の発想は当時の中学生としては珍しいものではなかったと思う。

「面白そうだな、それ」

光朝も礼二に賛同した。光朝は年の離れた兄がいて、同年代の中では大人びて見えた。実際五人の中では一番長身で、肩幅も広かった。

「でもさ、勝手に入ったら怒られるんじゃない？」

卓が心配そうにいう。卓は俺たちの中では最も成績がよく、どちらかというと優等生タイプの少年だった。両親や教師の目を気にして、俺たちと遊んでいても今ひとつ羽目を外すことができないことが多かったように記憶している。ひょろりと背が高いが、俺同様に華奢な体格だった。

「別に悪戯《いたずら》しに行くわけじゃないんだから、大丈夫だって。ちょっと建物の前まで行って、写真撮るだけだ」

「そうそう」

礼二と光朝は楽観的だ。

温大も「スゲーの撮って兄貴に自慢する」と息巻いている。

俺はといえば、正直、怖くなかったといえば嘘になる。しかし、一度は地元で有名なバラバラ屋敷に足を踏み入れたい気持ちもあったから、礼二の提案には取り立てて反対しなかった。それに、自分を含めて五人もいれば、何かあっても切り抜けられるという自信もあった。


一度帰宅した俺たちが、揃ってバラバラ屋敷に向かったのは、十五時を回った頃だった。当然ながら太陽はまだ高い位置にあり、容赦なく照り付けている。

「でっけー蝉《せみ》！」

目的地の手前で光朝が指差したのは、電柱の上で工事をしている作業員だった。ヘルメットを着用し作業着姿の彼らを見て、卓が「暑そうだね」と同情を込めた口調でいう。俺たちもアスファルトからの熱気で全身汗だくだったから、作業員たちはもっと過酷な状況だったはずだ。

バラバラ屋敷は小高い山の斜面に立っていて、随分と蝉の声がうるさく感じた。県道からは舗装された緩やかなスロープを上る。大雨が降ると山からの水が流れてきて、このスロープがちょっとした小川になってしまう。今思えば、スロープが舗装してあったのは、土や砂利が流されて道が抉れないようにするための措置《そち》だったのだろう。

母屋に辿り着く前に、左手にはかつて畑だった土地、半壊した納屋《なや》、錆の浮いた焼却炉などがある。真夏だというのに、敷地内に蔓延《はびこ》る植物はどれも萎《しな》びて、褪色していた。手入れした痕跡はないのに、庭の雑草も短く、思ったよりも移動し易かった。

カメラを用意したのは礼二だ。両親には黙って持って来たという黒いカメラを首から下げて、得意げに笑みを浮かべている。

「フィルムは三分の二くらい残ってるし、念のため予備も用意してある」

こういう時の礼二は、本当に要領がよい。ただ、勢いだけで行動しているから、後で手痛いしっぺ返しに遭うことが多かったけれど。

バラバラ屋敷は何の変哲もない普通の民家だった。

古びてはいたが損傷箇所はなく、どちらかといえば小綺麗な印象を受けた。空き家となってから、その時点で十五年の歳月が経過していたが、眼前の木造平屋建ては妙に瑞々しくて、今でも誰かが住んでいるといっても可怪しくない佇《たたず》まいだった。何者かの息吹を感じるというか、ここだけ時間が停止しているというか、とにかく、日常とはズレた空間だと本能がそう告げていた。

怖い。そう思った。

まだ明るい時間だったし、奇妙な現象など何一つ起きていないのに、俺の全身には鳥肌が立っていた。

しかし、忌まわしさを感じたのは俺だけだったようで、礼二は早速離れた位置から何枚か母屋の写真を撮っていた。光朝に至っては、何故《なぜ》か足下の小石を拾ってバラバラ屋敷めがけて投げつけた。小石は銀色の屋根に当たって、金属質の音を立てる。

「馬鹿！　ガラス割れたらどうすんだよ！　器物損壊は犯罪だぞ！」

礼二が窘《たしな》めると、光朝はきょとんとした表情のまま「そっか。わりぃわりぃ」と謝った。光朝は、平素は落ち着いた雰囲気なのだが、時折、こうした無茶苦茶な行動をすることがある。その度に俺や礼二が注意することがしばしばだった。

卓は母屋ではなく、ずっと背後を気にしていた。きっと俺たちが不法侵入している姿を誰かに見られないように気を付けていたのだろう。

「なあ、お前ら家の前にちょっと並んでくんない？」

礼二がそういった。

温大が「何で？」と尋ねる。

「心霊写真でさ、よく腕とか足とか消えちゃってる奴あるだろ？」

「うん」

「反対に腕が多いとか人数が増えてるとかそういうのも見たことないか？」

「ある」

「ああいうのが撮りたい」

礼二のその言葉に俺は真っ先に拒否した。

「厭だ。あの手の写真は、消えた部分を怪我するんだって、前に本で読んだことがある」

「そん時はお祓いすれば大丈夫なんじゃねぇの」

光朝はそういいながら、温大の腕を引いて母屋の前に向かう。

「じゃあ、緑郎が撮ってくれ」

礼二はそういって俺にカメラを預けて、自分も母屋の前に立った。真ん中に温大を挟んで、向かって左側が礼二、右側が光朝で、三人ともこちらに向かってピースをする。卓は俺と三人との間で僅かに逡巡していたが、結局、被写体になるのはやめたようだった。

家に近づくと、幽《かす》かに何かが腐ったような臭いが漂っていたが、その時は然程気にならなかった。

「はい、チーズ」

俺は合計で三回シャッターを切った。カメラなんて滅多に扱わないし、他人の親の持ち物だから、結構緊張した。撮った後に卓が「逆光じゃない？」といったが、後の祭りである。

「中には入れないいんかな」

光朝は玄関の引き戸を開けようとしたが、当然施錠されているようで、全く動かない。だが、ここで諦めないのが光朝の凄いところで、温大と一緒に縁側に面した窓が開かないか調べはじめた。二人はそこも鍵が掛かっていることを確認すると、そのまま家の横手に回り込んでいった。

恐らく家の周囲を回って、何処か入れる場所はないか探すつもりなのだろう。

礼二は玄関のガラス戸越しに内部を撮影しようとして、矢庭《やにわ》にこちらを向いた。

「緑郎、ちょっといいか？」

「何？」

俺が側に行くと、礼二は「あれ」といって家の中を指差した。

狭い三和土の奥は、すぐに茶の間になっている。玄関との間の格子戸は開いていたから、薄暗い室内の様子が見えた。テレビや茶箪笥などの家具は、そのまま放置されている。茶の間の中央には円形の卓袱台《ちゃぶだい》があって、その上に何かが置かれていた。大きさといい、形といい、それはあるものにそっくりだった。

「マネキンの頭かな？」

俺がそういうと、礼二は首を振った。

「あれ、暁彦《あきひこ》じゃないか？」

いわれてみれば同級生の和地《わち》暁彦に似ている。そう認識した途端、鼻孔に入ってくる腐敗臭が強くなったような気がした。

マネキンではない。あれは……。

「どうしたの？」

卓もこちらにやって来た。

家の中を確認すると、「ほ、本物じゃないよね？」と顔を強張らせた。

三人とも生首や屍体という言葉は使わなかった。もしもその言葉を使ってしまったら、信じたくない現実を受け入れなければならない気がしたからだろう。「とにかく、誰か大人を呼んでこないと……」と俺たちが相談していると、騒々しい声が近付いてきた。光朝と温大が戻ってきたのだ。

「駄目駄目。勝手口も、窓も、全部鍵が掛かってた」

光朝は失望の色を浮かべていた。

「みっちゃんが裏山に行ってみようっていうんだけど」

温大はニヤニヤしながらそんなことをいう。

だが、流石《さすが》にすぐに俺たちとの温度差を感じたようだ。

「どうした？」

光朝の目は真剣になった。

「中に人間の首がある」

礼二が簡潔に状況を伝える。

温大は「首ぃ？」と不思議そうな表情になる。まあ、当然の反応だ。

「暁彦だと思う」

礼二がそういうと、光朝はこちらに来て卓袱台の上の首を確認した。

「近くで電話借りて、駐在さん呼んでくるわ」

そういうが早いか、光朝はさっさと走り出して、坂道を下りていった。この時の彼の決断力には本当に脱帽した。

礼二は難しい顔をして温大を見る。

「なあ、ホントに家の出入口は全部鍵が掛かってたのか？」

「うん。俺も窓とかドアとか開けようとしたけど、全然動かなかったよ」

温大の答えを聞いた礼二は、神妙な表情で俺を見た。

「だとしたら、アレを中に置いた奴は、まだ中にいるかもしれない。犯人が逃げるかもしれないから、警察が来るまで俺と温大は裏口を見張る。お前らは表を見張っていてくれ」

今思えば、礼二の判断は中学二年生とは思えない程に、合理的且《か》つ勇敢だった。礼二は俺と卓の返事も聞かずに、状況が飲み込めない温大を連れて、裏手に向かおうとする。

「ち、ちょっと待って。見張るって、どうしたら……」

「誰か出てくるようなことがあったら、大声を出せ」

「わ、わかった」

卓と二人きりになると、じわりじわりと不安が募って来た。

礼二のいったことが本当なら、この中に殺人犯がいるかもしれないわけで、そんな奴が玄関から飛び出して来たら、俺たちだって危険ではないのだろうか。よりにもよって喧嘩の弱い俺と卓がコンビなのだ。

取り敢えず、俺たちは母屋から少し離れて、雑草だらけの庭の真ん中辺りで並んで立った。そこまでは屍体の臭いは届かないようで、随分呼吸が楽になった。

「アレ、本物だと思うか？」

黙っていると怖くなるので、俺は卓に問いかけた。

「わからない。正直なところ、僕はよく見なかったから。だけど、誰かがここに来た奴らを驚かすために人形の首を置いておいたってことはあるかも」

「誰かって？」

「この土地の所有者に決まってるじゃないか。普段から僕らみたいな奴らが来て迷惑してると思うよ」

「それは……確かに」

「内側から鍵が掛かってるなら、この家を管理している人がアレを置いたんだと思う」

卓は一旦言葉を切ってから、「だから、見張ってても誰も出て来ないさ」といった。

実際は見た目や臭いから判断して、自分の目撃したモノは人形などではないことは勘づいていた。しかし、俺は卓の説に縋りたい思いが強かった。自分が見たモノが本物の屍体――それも同級生のものだとは信じたくなかったのだ。

それから二十分くらいが経過して、光朝が戻ってきた。相変わらず軽いフットワークで、俺たちのところへやって来る。

「近くの爺さんのとこで電話借りて駐在さんに連絡したらよ、悪戯電話だと思われて一回切られた。そんでまた電話してさ、何回も説明して、ようやくこっちに来てくれることになった。あれ？　礼二と温大は？」

俺は光朝に礼二の提案を伝えた。

「なるほど、なるほど。流石は礼二」

光朝は感心しながら母屋へ向かって歩き出した。

「おい、どうしたんだ？」

俺が怪訝《けげん》に思って尋ねると、光朝は首だけで振り返る。

「いや、折角《せっかく》だから、もう一回ほんもんの屍体を見ておこうと思って」

やはり光朝は俺の想像の斜め上を行く思考をする。

玄関前でしばらく中の様子を窺っていた光朝は、飛び跳ねるようにこちらに戻ってきた。常に言動が唐突な奴だから、こちらは戸惑うばかりである。

「あの首、やっぱり暁彦のだわ。よく見たら卓袱台の下に血溜まりもできてたし」

俺たち五人の中で和地暁彦と同じ小学校出身者は、光朝だけだった。その彼が首は本物だといっているのだから、説得力がある。しかし、そんな絶望的な情報はその場で聞きたくなかった。卓も嘔吐を堪《こら》えるような青い顔をしていたのを覚えている。

駐在が駆け付けるまで、母屋から出てくる者は誰一人いなかった。表からも、裏からも。


その後、警察の捜査が行われ、俺たちが見つけた首は、正真正銘に和地暁彦のものだと断定された。それだけではない。屋内からは首以外にも切断された暁彦の身体部位が発見されたそうだ。暁彦の死因は、後頭部に打撃が加えられたことによる脳挫傷《のうざしょう》である。屍体は死後丸一日以上が経過していたらしい。座敷に残された大量の血液から、暁彦はバラバラ屋敷で解体された可能性が高いと考えられた。

こうして十五年の歳月を経て、再びバラバラ屋敷でバラバラ殺人事件が発生したのである。

呻木叫子の原稿2

二〇一六年四月、私は地権者に許可を得て、バラバラ屋敷の跡地を訪れた。

県道からやや勾配のあるスロープを上ると、短い草の生えた更地がある。ここにかつては木造平屋建ての住居があったそうだ。

土地の片隅には不釣り合いな程に立派な仏像が立っていた。一メートル程度のコンクリート製の台の上に、金属製の観音菩薩が乗っている。この観音像を建立したのは、地権者ではない。その遠縁に当たる人物で、実質的にこの土地を管理しているSさんである。

酒浦実の死後、親族間で話し合いが行われた結果、自宅を含めて周辺の土地は、県外在住の親戚が相続した。また、事件が事件なだけに、近しい血縁者はすべてD町から引っ越していった。

Sさんの話では、当時は無言電話や投石、貼り紙による中傷など、露骨な嫌がらせがあったそうだ。Sさんの家はかなり遠い親類ということで実質的な被害はなかったものの、肩身の狭い思いはしたという。

Sさんの家は地権者から建物の鍵を預かり、空き家となった酒浦家の管理をずっと務めてきた。しかし、今から三十五年前、この場所で中学生のバラバラ屍体が発見される。被害者のAさんは、Sさんの血縁者だったそうだ（先に紹介したKさんの体験談が、この事件での屍体発見時の経緯《いきさつ》である）。この時も周囲の目は気になったが、幸いSさんたち家族には明瞭なアリバイがあったお陰で、そこまで疑われることはなかったそうだ。

「母屋があった時は定期的に通って、家の中の掃除と庭の手入れをしていました。いずれ借家にするような話があったものですから。ただ、その度に何処からか声が聞こえてきて」

Sさんの話では、それらはすべて女性のもので、啜《すす》り泣きのこともあれば、呻き声のこともあったという。最初こそ気味が悪いと思ったが、余りにも続くので次第に気にならなくなった。

やがてSさんは断続的に悍ましい夢を見るようになった。

自分の足下に血に塗《まみ》れた腕や脚、内臓がはみ出た胴体、そして首が転がっているという夢だ。それらの身体部位はまだ生きているかの如《ごと》く蠢《うごめ》き、Sさんにどんどん近寄って来る。

「中でも耐え難かったのは、四つの女の生首が、何かを訴えるかのようにこっちを見上げていることでした」

Sさんは夢を見る度に、バラバラ屋敷に線香や花を供えて、酒浦実に殺害された被害者たちを弔ったという。そして、建物が取り壊されたのを機に、地権者と相談して観音像を立てることにした。

「ただでさえ幽霊屋敷だっていわれていたところに、Aが殺されてしまいましたから、もう買い手は付かないだろうって話になったんです。それで殺された女性とAを供養するために観音像を立てました」

ただ、Sさんは観音像を建立した後も、被害者たちの夢を見続けている。

「最初は成仏できないことを訴えてきているのかと思いましたが、きちんとお寺で供養もしてもらったにも拘わらず何も変わりませんから、もしかしたら何か違うことを私に訴えているのかもしれません」

Sさんは今でも週に一度はバラバラ屋敷の跡地を見回り、観音像に手を合わせている。

かつて母屋のあった土地の裏手は、小高い山になっている。上の方は剝き出しの岸壁が覗いているが、基本的には雑木林である。私が訪れた時は新緑が芽吹いていて、木漏《こも》れ日に眩しく輝いていた。

バラバラ屋敷に関しては母屋周辺だけではなく、裏山に纏わる怪談も報告されている。というのも、この山も八人の被害者の屍体の一部が遺棄された現場なのだ。その上、酒浦家の先祖代々の墓があったり、屋敷神が祀《まつ》られていたりと、そもそも宗教的な空間でもあって、事件前から独特な雰囲気に包まれていた。

D町に住むWさんには霊感があるらしく、よくこの山の上空に女の首が浮かぶのを見るそうだ。首はアドバルーンのように中空で揺れながら、こちらに視線を送って来る。首は一つだけのこともあれば、複数の時もある。しかし四つより多い数は見たことがないという。

五十代半ばのCさんは、現在は夫と子供たちと一緒に都内で暮らしているが、実家はD町である。

彼女が高校生の時のことだ。五月の連休明けに三つ下の弟Gさんが高熱を出した。医者には見せたが、一週間近く経っても熱は下がらず、Gさんは日に日に衰弱していった。布団に横たわるGさんは朦朧とした意識の中、時折「逆さまになってる！　逆さまになってる！」と大声を出す時があったそうだ。その内、Gさんと仲がよかった二人の少年たちも、同じような症状で寝込んでいることがわかった。

「それでGの周りの子たちに話を聞いてみたら、どうもあいつら連休中にバラバラ屋敷に探検に行ったってことがわかったんです」

Gさんの病気の原因はバラバラ屋敷の祟りではないか。そう思った家族は、近くの神社にお祓いを頼んだ。Cさん自身は半信半疑だったものの、宮司が家に来てお祓いを行った翌日には、G

さんの熱はすっかり下がっていた。

「不思議なことってホントにあるんだなぁって思いました」


私は現在もD町で暮らしている弟のGさんからも話を伺うことができた。

Gさんたち三人は、所謂肝試しのためにバラバラ屋敷へ赴《おもむ》いたのではない。かつて陰惨な連続殺人事件が起こった現場や屍体が遺棄された場所を実際に見ようとしたのだという。

母屋には鍵が掛かっていて侵入できなかったため、Gさんたちは早々に裏山に上った。ここには被害者全員、つまり八人分の女性の頭部と胴体が埋められていた。具体的な屍体遺棄の現場は酒浦家の屋敷神の社の周囲であるから、見つけるのは容易かった。

事件が起こった当時、酒浦実がこの場所に屍体を埋めたのは、何らかの宗教的儀式の意味合いがあったのではないかと考えられた。酒浦自身は黙秘を貫いたため真相は不明であるが、その他の切断された四肢も町内の鬼伝説に纏わる塚の付近に遺棄されたことから、犯行の動機には儀式的、或いは呪術的な要素があった可能性が高い。

Gさんたちは小社の近くでしばらく過ごした。この時友人の一人が社の扉を開けて、中を見ている。

「俺も中を見たんですが、象みたいな顔の丸っこい石像が祀られていました。あ、象の石像って酒落《しゃれ》じゃないですよ」

推測するに、恐らくその石像は歓喜天《かんぎてん》ではないだろうか。歓喜天とは仏教の守護神の一つであり、ヒンドゥー教のガネーシャが仏教に取り入れられたものである。通常は頭が象、胴体が人間の姿で表され、男神と女神が抱き合った形の双身像もある。歓喜天は災い除けの他、財宝、夫婦和合、子宝の神として信仰されている。管見《かんけん》の限り屋敷神の事例としては聞いたことがないが、酒浦家の先祖に歓喜天を信仰する人間がいたのかもしれない。

さて、Gさんであるが、高熱の間の記憶はほとんどなくて、自分が「逆さまになってる！」と叫んだことも覚えていないという。ただ、この叫び声の内容について、私は大凡《おおよそ》の見当がついている。実は、八人の被害者たちの中には屍体が斜面に対して逆さまに埋められていた女性が二人いた。恐らくGさんたちはその女性たちの霊に憑かれたのではないだろうか。

Gさんの友人の一人は、高熱が続く中で意識を失い、そのまま亡くなった。Gさんもまた聞きらしいが、亡くなる間際にその友人は「騙された！」と絶叫したという。そのせいで、友人の両親からは妙な勘繰りを受けてしまった。

「息子が死んだのは俺らのせいじゃないかって思ってたみたいなんですけどね、そもそもバラバラ屋敷へ探検に行こうっていい出したのは、死んだあいつなんですよ。だから騙されたっていうなら、俺らの方なんです。あいつはね、『祟りなんてあるわけないだろ』って馬鹿にしてたんですから」

私も実際に屋敷神の社のあるところまで上ってみた。最初こそ平たい石が埋められていて階段のような道であったが、酒浦家の墓地を過ぎると徐々に傾斜がきつくなり、所々に突き出た岩を掴んで上らなければならなかった。酒浦実は被害者の屍体を担いでここを上ったというのだから、相当な労力を要しただろう。

屋敷神の社は、山の天辺に近いなだらかな場所に祀られている。その周囲にだけは木々がなく、ちょっとした広場のような空間だ。ちなみに現在は屋敷神の小社には南京錠が掛けられていて、土地を管理するSさんが鍵を所有している。本当は中を見せてもらいたかったのだが、開けると禍があるそうで、許可されなかった。Sさんによれば、以前、そこを開けた時、自身が体調を崩したり、家族が交通事故に遭ったりと、散々な目に遭ったそうだ。

既に酒浦実の起こした事件から半世紀もの年月が経過しているので、屍体が遺棄された痕跡は皆無である。当時の報道によれば、被害者たちの頭部と胴体は、社をぐるりと囲むようにして埋められていたそうだ。今は地面の上は雑草や苔《こけ》で覆われ、土はほとんど見えない。

Sさんもここまでは年に一度か二度くらいしか上ってこないそうで、社は荒廃した印象だった。供えてあるコップには緑に変色した雨水が溜まっている。空を遮るものがない分、周囲よりも明るいのだが、何故か空気はどんよりと重苦しい。

八人の被害者たちが遺棄された現場に立って、私は改めて疑問を持った。

バラバラ屋敷に関連した怪異に遭遇した人々に話を聞くと、複数の女性の霊らしきものを目撃したと語っている。

しかし、その数はど﹅ん﹅な﹅に﹅多﹅く﹅て﹅も﹅四﹅人﹅ま﹅で﹅な﹅の﹅だ﹅。

これは不自然ではないだろうか。

勿論、八人の被害者全員がこの世に留まっているわけではない可能性もあるだろう。死者の都合は死者にしかわからない。だが、それにしても互いに面識のない人々が口を揃えて八人ではなく四人だと語るのには、何かもっと大きな理由があるのではないだろうか（ちなみに、幽霊の人数が足りないバラバラ屋敷とは対照的に、栃木県内には死亡事故が起こっていないにも拘わらず幽霊が出る〇トンネルという場所もある。こちらは今後調査を進める予定だ)。

四人しか出現しない幽霊の謎を解くには、五十年の時を超えて酒浦実の起こした連続バラバラ殺人事件そのものを探る必要があるのかもしれない。

*

俺たち五人がバラバラ屋敷で遭遇した殺人事件は、三十五年経った現在でも、未解決のままである。

あの日、俺たちは現場に到着した所轄署の刑事たちから執拗な事情聴取を受けた。普段は空き巣だって滅多にないような土地だったから、警察官もかなり興奮した状態だった。暁彦の母親が屍体の身許を確認するために呼ばれ、我が子の変わり果てた姿に悲痛な叫びを上げていた。

誰が連絡したのか、俺たちの保護者や担任教師まで現場にやって来て、こちらの話もろくに聞かずに頭ごなしに叱責された。石下温大に至っては怒られるだけではなく、顔を見た途端父親に殴られていた。俺だって現場に来たのが母親ではなく父親だったら、同じような目に遭っていただろう。大人たちの態度は、まるで俺たちが惨劇の元凶でもあるかのような扱いで、不条理に思ったことを覚えている。

数日後に行われた暁彦の葬儀には、俺たち五人も参列した。あれから随分と時間が経過した今、沈痛な面持ちをしていたはずの和地家の人々の顔は、のっぺら坊のように記憶から抜け落ちているが、クラスメートの神原優子《かんばらゆうこ》の悲愴な表情はしっかりと覚えている。暁彦と優子は交際こそしていなかったが、両想いの仲として知られていた。その喪失感はかなり大きなものであっただろう。今は他県に嫁いでいると聞いているが、幸せになっていてくれればよいと思う。

屍体発見から一週間が過ぎた午後、鷲巣礼二が我が家を訪れた。

風通しのよい縁側に座って、二人で冷たい麦茶を飲んだ。裏手の屋敷林から聞こえる蟬時雨《しぐれ》を時折風鈴の鳴る音が打ち消す。あの頃は夏といっても今よりも随分と涼しかった。窓さえ開け放っていれば、水田を吹き抜けた風が入ってきて、扇風機を回す必要はなかったのだから。

事件以後、ほとんど外出をしなかった俺と対照的に、礼二はだいぶ日焼けしていた。

「暁彦の事件な、何か妙なことになってるぞ」

礼二はあの事件のことが気になって、一人であちこちに話を聞いて回っていたのだという。彼はどちらかといえば野山を駆け回っているタイプの少年だったが、中学に入ってからは江戸川乱歩《えどがわらんぽ》や横溝正史《よこみぞせいし》の作品を好んで読んでいて、猟奇趣味にどっぷり浸かっていた。当然、明智小五郎《あけちこごろう》や金田一耕助《きんだいちこうすけ》のような名探偵への憧れもあったのだろう。身近で起こった殺人事件を前にじっとしていられなかったのだと思う。

「俺たちが暁彦の首を見つけた時、やっぱりあの家は出入口も窓も全部内側から鍵が掛かっていたらしい。でも、室内からは玄関と勝手口の鍵は見付かっていない」

「バラバラ屋敷の鍵って誰が持ってるんだ？」

「あそこの地主の遠縁の菅原《すがわら》って家が管理してる」

礼二の話では、バラバラ屋敷の土地の所有者は、県外に住んでいるそうだ。そのため、菅原家に土地と建物の管理を任せているらしい。

「で、その菅原家は暁彦の母ちゃんの実家なんだ」

「じゃあ、バラバラ屋敷と暁彦には元々繋がりがあったんだ」

「そう。でもこっからが可怪しい。暁彦が殺された日、菅原家は家族全員で片道半日はかかる場所へ旅行に行っている。帰ってきたのは、俺たちが屍体を見つけてからだ。つまり、菅原家の人間は暁彦を殺せないし、首をあそこに置くこともできない」

「ん？　どういうこと？」

「だ・か・ら、暁彦が殺された時、バラバラ屋敷の鍵を使えた菅原家の奴らにはアリバイがあるってことさ」

俺も礼二から勧められて何冊か推理小説を読んでいたから、アリバイという言葉の意味はわかった。しかし、まさか日常会話でそんな単語を聞くことになろうとは思わなかった。

「そう。じゃあ、犯人は別にいるんだね」

「多分な。でも、その場合、犯人はどうやってバラバラ屋敷に出入りしたんだ？」

「あ……」

そうだ。出入口の鍵が使用できないなら、あの家の中に入ることはできない。

「しかも暁彦も一緒にだぞ」

礼二は念を押すようにそういった。

つまり、これは推理小説でいうところの密室殺人ということになる。私がそういうと、礼二は少し嬉しそうに「そうなんだよ」と頷いた。

「バラバラ屋敷に入った時点で、暁彦が生きていたのか、もう屍体だったのかはわからない。でも、あいつは家の中でバラバラにされたことは間違いないらしいから、少なくとも暁彦の身体はあの中に入れたんだ」

暁彦は学年でも身長が高く、一八〇センチ近かったはずだ。バレー部に入っていて引き締まった体軀をしていたが、痩せているわけではなかった。思い返してみたが、あの暁彦の身体を内部に入れられるような開口部は、バラバラ屋敷にはなかったと思う。同様に、あそこに屍体を遺棄した犯人だって状況は変わらない。一体どうやってあの家に出入りしたというのだろうか？

「実は暁彦が殺されたのは、バラバラ屋敷の祟りだって噂がある」

話が急にオカルト染みてきた。

「あいつ、たまに菅原家からバラバラ屋敷の鍵を持ち出して、こっそり忍び込んでいたみたいなんだ」

「何のためにそんな？」

自分からあんな忌まわしい場所に侵入する心理が、俺には全くわからなかった。

「さあな。エロ本でも隠してたんじゃねぇの」

陳腐な理由だが、同年代の男子の行動としてはあり得る。

「それで祟られた？」

「殺人鬼の霊に見つかって、バラバラにされたって話だ」

「礼二はその噂、信じてるのか？」

親友は「まさか」と笑う。

「だよな」

俺は作り笑いをした。というのも、現場の密室状況を考えると超自然的な現象が起こったことも、強《あなが》ち否定できないと思ったからだ。

「まあ、もうちょい調べてみるよ」

そういった二日後、礼二は自転車で転倒して左膝の骨を砕く大怪我をした。事故現場はバラバラ屋敷の近くだったから、どうやら事件の調査の帰りだったようだ。一報を受けた時は思わず祟りという言葉が思い浮かんだ。両親の話では、礼二の怪我はかなり重症で、治っても障害が残るだろうということだった。


数日後に病院へ見舞いに行くと、礼二は大部屋の窓際のベッドで足を吊った状態で文庫本を読んでいた。俺に気付くと、「よ！」と存外に元気そうに右手を挙げる。頬にも怪我をしたのか、絆創膏を貼っていた。

しばらく他愛ない会話をしていたが、不意に礼二が深い溜息を吐《つ》いた。

「どうした？」

やはり傷が痛むのだろうか？

「怪我した時のことなんだけどな……」

「うん」

「あの日、俺はバラバラ屋敷に行ってたんだ」

俺が「やっぱり」というと、礼二は苦笑した。

「で、その帰りなんだけど、チャリを漕いでたら急に誰かに足首を摑まれて、そのまま引っ張られた」

「え……」

「そんでバランス崩して倒れたんだ。坂道だったから結構スピード出ててさ、どうすることもできなかった」

自転車で走っている人間の足首を摑むなんてことは、普通はできない。礼二も言葉には出さないものの、祟りの存在を徐々に信じはじめているのだろう。

「もうあそこへは近づかない方がいいよ」

「そうだな」

神妙に頷く礼二にはいつもの朗らかさはない。怯えている様子こそなかったが、それでも今回の事故は怖かったのだとは思う。

「ただな、改めてあの家を調べてわかったことがあるんだ。玄関の引き戸と窓には全然隙間はなかった。だから糸で細工をするなんてことはできない。あと、風呂と便所には格子まであったから、鍵が開いてても中には入れなかっただろう」

どうやら礼二は暁彦の屍体を遺棄した犯人が使った密室トリックを解明しようとしていたようだ。礼二が駐在にしつこく訊いたところ、暁彦の屍体が見つかった時、バラバラ屋敷の窓はすべてねじ締り錠が締まっていたのだそうだ。だから、仮に窓に隙間があったとしても糸を使って窓の鍵を閉めることは難しいのではないかと思う。

「一応、勝手口のドアは下にちょっとだけ隙間があった。あれなら糸かワイヤーなら通ると思う」

さもそれが重要なことのように礼二はいった。当時の俺もそれが事件解決に一筋の光明を与えるかもしれないと感じた。しかし、今思えば所詮は中学生の浅はかな発想である。もしも勝手口の下部に糸やワイヤーを通して何らかのトリックが使われたなら、繊維《せんい》なり傷なり痕跡が残るはずだ。当然そうした証拠を警察が見逃すはずがない。それに閂《かんぬき》のような単純な機構ではなく、きちんと施錠されていたわけだから、糸を使ったところで鍵を掛けることはできないだろう。

礼二からバラバラ屋敷の状況を聞いている内に、俺は一つの可能性に思い至った。

「なあ、トイレの汲み取り口はどうかな?」

当時、百目鬼町のトイレでは汲み取り式が珍しくはなく、俺の家もそうだった。バラバラ屋敷は築二十年から三十年くらいに感じたから、当然、トイレは汲み取り式だろう。汲み取り式トイレの場合、便槽の汲み取り口は建物の外にある。バラバラ屋敷は空き家だったから、便槽には僅かな雨水くらいしか溜まっていなかったはずだ。それなら、犯人が出入りに使用することも可能ではないだろうか。

しかし、俺の意見を礼二は否定した。

「当然汲み取り口は確認したさ。でも、あんなに狭いんじゃ、俺だって通れないぞ。お前か温大だったら、ギリギリ通れるかもしれないけどな」

「だったら、犯人は子供なんじゃないか?」

俺がそういうと、礼二は溜息を吐いた。

「その可能性は、俺も考えたよ。でも、駄目なんだ」

「どうして？」

「いいか？　仮に犯人が子供——例えば、俺たちの同級生だとする」

「うん」

「そうなると、かなり身体が小さい奴が犯人ってことだよな？　でも、暁彦は身長も体重もそれなりにあったから、あいつは汲み取り口も便器も通れない」

「いいや、あいつはトイレを通路にする必要はないよ。犯人だけがトイレを通って中に入って、玄関の鍵を開ければいいんだから」

「だとしても、暁彦の屍体をバラバラ屋敷に運ぶのは相当な労力だぞ。リアカー使ってもかなり面倒だ。それに、夜中だってバラバラ屋敷には肝試ししてる連中がいるかもしれない。見つかる危険は高いと思う」

「じゃあ、犯人は単独でバラバラ屋敷の中に侵入して、そこにいた暁彦を殺したんだ。それなら屍体を運ぶ必要はない。犯人は暁彦の屍体をバラバラにして、家の中を密室にしてから、トイレを通って外に出た」

「それも駄目なんだ」

「どうして？」

「暁彦が先にバラバラ屋敷の中にいたということは、あいつは菅原家の鍵を使ったことになる」

「そうなるな」

「だが、現場からは玄関と勝手口の鍵は見付かっていないし、菅原家の鍵も紛失していない。つまり、もしも犯人がバラバラ屋敷にいた暁彦を殺したのなら、その後に旅行で留守だった菅原家に侵入して、鍵を戻さなきゃならないんだ。当然、菅原家は施錠されてただろうから、密室が二つになっちまう」

「ん？　待て待て。もっと単純に、暁彦が自分でバラバラ屋敷に来たならどうだ？　犯人はあらかじめ暁彦をバラバラ屋敷の庭に誘い出して、そこであいつを殺す。そして汲み取り口を使って中に入って鍵を開けて屍体を入れる」

「それがな、俺たちが暁彦の屍体を見つける前日、朝から夕方までバラバラ屋敷の近くで電線の工事があったらしいんだ。ほら、俺たちもあそこへ行く途中に工事してるおっさんたち見ただろ？」

「うん」

光朝が電柱の上の作業員を巨大な蟬だと揶揄《やゆ》したことを思い出した。

「で、その作業員たちの証言によれば、工事中にバラバラ屋敷へ向かった人間はいないらしい。つまり、暁彦は別の場所で殺害されてあそこに運び込まれた可能性が高い。それも工事の作業員が撤収した後から、俺たちが見つけるまでの間に。一番可能性が高いのは夜中だよな？」

「うん」

「そうなると、もしも犯人が子供だったら、夜中に長時間外出していたことになる。流石に家族が気付くだろう？」

「でも、自分の部屋で寝起きしてるなら、朝までバレないんじゃないか？」

「それでもリスクはあるだろ。うっかり親に寝室を覗かれたら、その時点でアウトじゃないか」

俺が短時間で思いついた可能性など、礼二はとっくに検討していたのだろう。だから、すらすらと反証が出てくるのだ。

俺が再び無い知恵を絞り出そうとしていると、礼二は巧みに話題を変えた。

「犯人が密室から出入りした方法も気になるけど、もう一つ考えなきゃいけないことがあると思う」

「何だ？」

「犯人はどうしてバラバラ屋敷を密室にしたのかってことさ。暁彦があの状態じゃ自殺を偽装するなんて考えははじめからなかったはずだ」

「それは屍体の発見を遅らせるためじゃないのか」

その時の俺には、これしか考えつかなかった。

「違う。それなら、玄関から見える位置に暁彦の首なんか置かないだろう？　あの首がなかったら、俺たちだって警察に通報なんてしなかったはずだ」

「嗚呼《ああ》、そっか……いや、でも、あれは偶然俺たちがあそこに行ったから見つけただけじゃないのか？　あんな場所、普通は立ち入らないよ」

「そうかな。だって夏休みだぜ。俺たちが行かなくても、誰かしらバラバラ屋敷に行って、暁彦の首を見つけたんじゃないかと思う。現に俺たちも温大の兄貴があそこに行ったから同じように行こうって話になったわけだろ？」

「じゃあ犯人は最初から肝試しでバラバラ屋敷を訪れた人間に屍体を発見させようとしたってことか？」

礼二は神妙に頷いた。

それならむしろ屍体の発見を早める意図があったことになるのか。俺は自分の考えが否定されたことで多少ムキになった。

「それならこんなのはどうかな。犯人がバラバラ屋敷を密室にしたのは、発見者に現場に入って欲しくなかったからだ」

「というと?」

礼二が興味を示したので、俺は即興で考えをまとめる。

「例えば、そうだなぁ……俺たちが暁彦の首を見つけた時、犯人はまだあの中にいたんだ。それで、俺たちが中に入って来るのを阻止するために内側から鍵を掛けていたってわけだ」

「それはないだろ。だって暁彦は殺されてから丸一日以上が過ぎているんだぞ。そんなに長い間、犯人が現場に留まる理由がない」

「引き返してきたのかもしれない」

「ん?」

「犯人は現場に何か落とし物をして、引き返して来たんだ。丁度そこへ俺たちがかち合っちゃったってこと」

「でも、俺たちは警察が来るまでバラバラ屋敷を見張ってたけど、誰も中から出てこなかったじゃないか」

「俺たちが見張ってたのは、駐在さんが来るまでだろ? その後、パトカーが来るまでは俺たちは一箇所に集められて、駐在さんが前の庭しか見てなかったじゃないか。犯人はその隙に裏口から出て、何かトリックを使って勝手口の鍵を掛けたんだよ」

「う〜ん、あれだけの事件を起こす犯人がそんな杜撰なことするかなぁ」

礼二は俺の推理には釈然としない様子だった。

「じゃあ、お前は何か考えがあるのか？」

俺がそういうと、礼二は待ってましたとばかりに頷いた。

「一応な。俺はさ、犯人はバラバラ屋敷を密室にすることで、あそこの鍵を使えた人たちに疑いが向くようにしたんじゃないかって思うんだ」

「えっと、つまり、鍵を管理していた菅原さんちか、菅原さんちに出入りできる暁彦の家族が疑われるようにしたってことか？」

「ああ、実際、警察は菅原家や暁彦の家族を中心に捜査しているみたいだ。でも、鍵が使えた人たちがホントに犯人だったら、バラバラ屋敷を密室になんかしないはずだ。それじゃあ自分で自分の首を絞めているみたいなものだからな」

それからはバラバラ屋敷とは関係のない話をしたのだが、去り際に礼二がぽつりといった言葉を何故か今でも覚えている。

「なあ、俺たちがあの日バラバラ屋敷に行ったのは、ホントに偶然だったのかな」


二学期が始まって一箇月半が経過した頃、礼二はようやく登校することができた。既に運動会も終わり、クラスは落ち着いた日常の中にあった。礼二は膝にサポーターのようなものをつけ、松葉杖を突いていた。以前のように運動はできなかったが、勉学で後れを取ることはなかったし、休み時間も明るく振舞っていた。

ただ、礼二の怪我の原因がバラバラ屋敷の祟りだという噂が広まっていたから、同級生には礼二と距離を置く者も少なくなかった。どうも礼二と関わると、自分にも祟りが及ぶと思っていたらしい。

俺たちグループは、校内では相変わらず五人で行動することが多かった。しかし、放課後や休日となると、礼二は俺たちと一緒に過ごすのを遠慮した。自分のせいで俺たちの行動に制限がかかってしまうのを気にしていたのだと思う。ただ、今思うと、あの時、もっと礼二の側にいてやればよかったと悔やまれる。

年が明けた雪の日に、礼二は死んでしまった。

路上で転んだまま立ち上がれないところを軽トラックに轢《ひ》かれてしまったのだ。

事故現場は、やはりバラバラ屋敷の近くだった。

呻木叫子の原稿3

今からおよそ五十年前の一九六二年十二月、栃木県D町の農道で野良犬が人間の腕らしきものを咥《くわ》えているのが発見された。これが酒浦実の起こした連続バラバラ殺人事件が発覚する端緒である。

警察が付近を捜索したところ、県の史跡である「首塚」の傍らに、土を掘り起こした痕跡があり、そこからもう一本別の人間の右腕が見つかった。司法解剖の結果、どちらの腕も死後に切断されており、腐敗の状態から見て、遺棄されてから一週間から二週間程度が経過していることがわかった。

D町内から行方不明者の届けは出ていなかったため、被害者は町外の人間で、何処かで殺害された後に塚に遺棄されたものと考えられた。腕の特徴から被害者は女性であると思われたものの、指紋や血液型から身許を特定することはできなかった。

殺人など滅多に起こらない静かな田舎町であるから、これだけでも衝撃的な事件だった。しかし現場検証の際、更に地中から六人分の白骨化した右腕が回収されたことで、D町はちょっとした騒動になった。

当時を知る高齢者は次のように話してくれた。

「屍体が見つかったのが首塚だったんべ？　だから、殺人事件っつうよりも、鬼が出たって怪談みてぇな噂が広がったんだ。それに八本も女の右腕が埋まってたっていうから、本当にそんなことが起きたのか、みんな信じらんねかったんじゃねぇかな。現実感があんまねぇっていうか、そういう感じだったんじゃないけ」

所轄には早速特別捜査本部が設置された。県警本部や近隣の所轄からも捜査員の応援があり、かなり大規模なものであったようだ。特別捜査本部では、被害者たちの他の身体部位が遺棄されている可能性を考え、町内の他の三箇所の鬼に纏わる塚――即ち《すなわ》、「かいな塚」「胴塚」「下塚」の捜索を行い、それぞれ左腕八本、右脚八本、左脚八本を発見する。

やはり二人分以外は白骨化しており、土の状態などからもかなり以前に遺棄されたものと判断された。この内、比較的新しい二人分の身体部位に関しては、血液型及び身体的特徴の符合によって、最初に発見された右腕の持ち主と同一人物であると断定された。また、発見された手足からは、目立った外傷や激しい損傷は確認されていない。

当時のマスコミは挙《こぞ》ってこの猟奇的な事件を取り上げ、人々はその異常性に戦慄した。私も幾つか当時の雑誌記事を読んでみたが、「血みどろの大惨劇」「現代の安達ケ原《あだちがはら》」「蘇る鬼伝説」などのように、センセーショナルな見出しのものが多かった。

一方で、当の現場であるD町内は存外に落ち着いていたようだ。というのも、見つかった屍体は町の人間ではなさそうだということから、自分たちは標的にはならないと考えていたからだ。

当時D町で取材を行っていた元新聞記者の男性は、それについてこういっている。

「町民の大部分が、外から来た犯人が遺体を捨てていったと考えていたようです。怯えているのは幼い子供くらいで、それも殺人犯を恐れているのではなく、鬼が出たという噂を怖がっていましたね」

それでも、現場の近くともなれば神経を尖らせている住民もいたから、見慣れない人物が歩いていると不審者として警察に通報された。皮肉なことに、この時不審者扱いされた多くがマスコミ関係者だったそうだ。

事件の捜査は困難を極めた。最初の右腕の発見から一箇月が経過しても、容疑者の目星は疎《おろ》か、被害者の身許すらわからない有様だった。無理もないと思う。見つかっているのは、被害者の四肢のみであり、それだって八組中六組は白骨化しているのだ。

事件解決の糸口となるであろう被害者の頭部と胴体についても、引き続き町内を捜索しているものの、発見には至らなかった。流石に警察も私有地まで捜索したわけではなかったし、そもそも初期の捜査では犯人は町外の者だと考えられていたのである。

それから事件は膠着状態に陥ってしまった。遅々として進まぬ捜査に、新聞の中には県警の怠慢だと辛辣な批判を掲載するものもあった。


事件が解決へ向けて劇的な進展を見せたのは、それから二年後——東京オリンピックが開催された一九六四年のことである。

ある日、特別捜査本部に匿名で情報が寄せられた。二年前に最初に女性の右腕が見つかった十日程前、町内に住む酒浦実が自宅の裏山に大きな穴を掘って何かを埋めているのを目撃したというのである。情報提供者が何故このタイミングで警察に連絡をしてきたのか、私有地——それも外部から見えない場所での酒浦の行動をどうして知り得たのか、そうした疑問はあったようだが、取り敢えず二人の刑事が酒浦家へ向かうことになった。

酒浦実は当時三十歳、独身。町内にある金属加工会社に勤務していた。八年前に父親を交通事故で亡くし、五年前には母親が病死、以来一人きりで暮らしていた。生真面目で明るい性格というのが、周囲からの評価である。近所からの評判も上々で、地区の集まりにも積極的に参加していた。酒浦の同級生だという女性は、今でも事件のことが信じられないという。

「実ちゃんは、ホントに誰からも好かれる人だったんですよ。同性からも、異性からも慕われてて。時には待ち伏せされたり、付き纏われるなんてこともありました。そのくらい人気者だったんです。とてもあんな恐ろしいことをするとは思えなくて……」

親類からはことあるごとに縁談を勧められていたようだが、本人は「今はそんな気にはなれない」とすべて断っていたらしい。ただ、近所の噂では休みになると頻繁に車で出掛けていたから、何処かに恋人がいたのではないかという話だった。

刑事たちの事情聴取に対して、酒浦の受け答えには不審な点はなかった。しかし、念のため裏山を見せてほしいと申し出ると、強い拒否を示した。

「裏山はウジガミ様が祀られている神聖な場所ですから、身内でもない方を妄《みだ》りに入れるわけにはいきません」

これは何かある。直感的にそう思った刑事たちは、一旦帰った振りをして、無断で裏山へ上った。勿論、違法捜査である。しかし、その時の刑事たちの心中としては、藁《わら》をも掴む思いだったのではないかと推察される。

そして、屋敷神の社まで辿り着いたところで、背後から酒浦にバールで襲撃された。どうやら二人の動きを察知して、こっそり尾行してきたらしい。一人は頭部に一撃を食らいそのまま昏倒したが、もう一人は揉み合いの末、何とか酒浦を取り押さえた。こうして酒浦は刑事たちへの殺人未遂の容疑で現行犯逮捕された。

その後の捜査で、裏山からは八人の被害者たちの頭部と胴体が発見されたのである。

逮捕後、酒浦は黙秘を続けた。しかし、自宅から押収した工具類からは、紛れもなく人間の血液反応が出たし、自家用車からは被害者の毛髪が採取された。また自宅の敷地内の土中から殺害に使用したと思われる刃物や鈍器も複数見つかる。これにより、酒浦は殺人及び屍体損壊、屍体遺棄の容疑で再逮捕されることになった。

頭部と胴体が見つかったことで、ようやく被害者たちの死因や身許に繋がる手掛かりも得ることができた。改めて八人の被害者は全員女性であることが確認された。その内、頭蓋骨の陥没などから頭部への打撃が死因だと考えられるのが三人、肋骨《ろっこつ》の一部に刃物による裂傷が見られるのが二人、絞殺だと断定できるのが一人であった。残りの二人に関しては、既に遺体が白骨化していたことと、時間の経過によって状態が余りよくないことから、死因は不明とされた。

身許が判明したのは全部で五人である。白骨化を免れた二人の屍体は、波木《なみき》結《ゆう》と岩田《いわた》重代《しげよ》のものだった。二人は共に二十二歳で、都内在住、同じ商社に勤務していた。遺体として発見される二週間前、波木と岩田は一緒に日光方面に旅行に行ったまま行方不明になっている。宿泊先は鬼怒川温泉のホテルであり、チェックアウトは済ませてあった。対応した従業員に被害者たちの写真を見せたところ、手続きを行ったのは波木本人で間違いないとのことであった。しかし、その後の二人の足取りは摑めていない。波木の死因は頸部《けいぶ》圧迫による窒息死、岩田は頭部を殴られたことによる脳挫傷によって死亡したと思われる。

白骨化した屍体の歯型の照合や復顔によって身許が判明したのは、星武子《ほしたけこ》、車谷翼《くるまだにつばさ》、車谷みどりの三人である。

星武子は二十五歳で、鎌倉市に住む専業主婦だ。彼女は一九六一年に行方不明になっている。警察に届けを出したのは夫であった。帰宅すると妻がいない。翌朝になっても帰って来ず、実家に戻ってもいなければ、友人知人の家にもいなかった。そこで夫は警察に相談するため、近くの派出所へ向かった。自宅には争ったような形跡はなく、周辺の聞き込みによって最寄りの駅から東京方面に向かう列車に乗ったことまではわかっている。死因は判然としないものの、頸部の骨の損傷から見て窒息死の可能性が高いらしい。

車谷翼とみどりは姉妹である。翼が二十三歳、みどりが十九歳で、都内の一軒家で二人暮らしをしていた。姉はとある資産家の愛人であり、住まいも生活費もその人物によって賄《まかな》われていた。姉妹が一緒に暮らし始めたのは、消息がわからなくなる半年程前のことだ。工場での仕事を辞めた妹のみどりが姉の許に転がり込み、自分も同じ男性と愛人契約を結んだらしい。姉妹が失踪したのは一九六〇年の秋頃であったが、実際に捜索願が出されたのは、翌年の春だった。警察に相談に訪れたのは茨城県に住む両親である。元々姉妹と両親との関係は疎遠で、何年も直接会ってはいなかった。しかし、姉妹の祖母が亡くなったため、連絡を取ろうと試みた結果、二人が行方不明になっていることに気付いたのだ。

両親は翼が妻子ある男性の愛人であることや、みどりが同居していることは知っていた。従って、二人の失踪にもその資産家が絡んでいると思っていたようだ。一方の資産家側は、姉妹に他の男ができたため行方を晦《くら》ましたと思っていたので、警察には届けなかったと釈明している。車谷翼の死因は不明だが、みどりは刃物による裂傷が原因で亡くなったと考えられている。後に警察が調べたところ、車谷姉妹が住んでいた家の居間から若干《じゃっかん》の血液反応が出ており、血液型がみどりと一致した。

これら身許の判明した五人と酒浦実の間には、表立って接点は見られない。どうやら酒浦は無差別に被害者たちを選んでいたようだ。

ただ、そうなると不可解な点が出てくる。

酒浦の自宅周辺では、被害者と思われる女性たちは目撃されていない。従って、被害者たちが自発的に訪れたのではなく、酒浦が連れ去ってきたと考えるのが妥当だ。しかし、その方法がわからない。

酒浦は比較的小柄な上に、痩せ型の人物である。幾ら相手が若い女性だといっても、一人で車に無理矢理押し込めたりすることは難しい。そんなことをすれば、被害者に抵抗され、それが原因で周囲に気付かれる危険性もあっただろう。かといって見知らぬ相手の車に女性が進んで乗り込むとも思えないし、仮に騙されて乗車したとしても、東京から栃木という長い道程ならば、途中で不審に思い、何らかの方法で助けを求めることもできたのではないだろうか。ちなみに酒浦の自宅から相手の意識を奪うような薬品は押収されていない。

では、被害者たちの殺害後にその屍体を自宅まで運んだのかというと、それも考え難いのだ。車谷姉妹の自宅からは血液反応が出ているため、状況から見て車谷みどりは自宅で襲われた可能性が高い。例えば、何らかの方法で車谷家に侵入した酒浦は、みどりが一人のところを狙って殺害し、その後帰宅した翼も手に掛けたという筋書きはあり得なくはない。だが、やはりたった一人で二人分の屍体を車に乗せるのは手間がかかるだろう。車谷姉妹の家からは屍体を損壊した痕跡は皆無であったから、屍体をバラバラにした場所は酒浦の自宅と考えられる。被害者を無差別に選んでいるのなら、わざわざ都内の自宅にいる女性を二人同時に殺害する意図がわからない。

波木結と岩田重代の殺害については、より多くの疑問が残る。彼女たちはホテルをチェックアウトした後に、酒浦に連れ去られている。酒浦が彼女たちを襲う機会は、人目のある観光地のど真ん中ということになる。そんな状況で二人の女性をほぼ同時に殺害し、誰にも気づかれずに屍体を車に乗せることなど可能なのだろうか。加えて、一人は絞殺、もう一人は撲殺《ぼくさつ》である。早業殺人を行わなければならないのに、殺害方法を変えるというのも不自然に思える。

動機の面については、殺害状況から金銭の強奪や暴行目的とは考え難く、屍体遺棄現場が鬼の伝説にちなんだ史跡であったことから、何らかの儀式的な意味があったのではないかと推察された。これは酒浦が逮捕された当時の雑誌に書かれていることであるが、屍体発見現場の四箇所と酒浦の自宅を線で結ぶと、五芒星を描くことができるそうだ。私も実際に地図上でそれらの点を結んでみたが、なるほど歪《いびつ》ではあるものの、一応五芒星に見えなくはない。だが、酒浦は事件について何も語っていないので、本当に犯行に儀式的な意味があったのか否かはわかっていない。

後年、ある心理学者は「酒浦の犯行には深遠な意味はなく、単なる快楽殺人犯だったのではないか」という仮説を唱えたが、それも十分に可能性があるだろう。

とにかく酒浦実は多くの謎を残したままではあったが、殺人、屍体遺棄及び損壊の罪で起訴され、死刑判決を受けている。三年後に刑は執行され、すべての謎を抱えて酒浦はこの世を去った。

さて、ここまで酒浦の起こした事件を概観してきたが、どうしてバラバラ屋敷に現れる幽霊が最大で四人しかいないのか、その原因は相変わらずわからないままだ。

身許が判明して遺族に屍体が引き渡されたのは五人だから、三人の被害者は未《いま》だに何処の誰なのかわかっていない。状況を考えると、この三人は他の被害者たちよりも無念の思いが強いと想像できる。しかし、彼女たちは三人であって、四人ではない。

何かもっと別に、四人の被害者だけがバラバラ屋敷に強烈な思いを残す理由があるはずなのだ。

ちなみに、不思議な現象が起こっているのは、バラバラ屋敷やその裏山だけではない。

町役場に勤める四十代のFさんが、十年程前に体験したことだ。

当時、教育課に所属していたFさんは、仕事で下塚を訪れることになった。

「塚の横に由緒書というか、鬼の伝説について書かれた看板が設置してあるんですが、それが古くなって文字が掠《かす》れて読めなくなっていると、近所の方から連絡がありまして」

早速Fさんは実際の様子を確認するために現場へ向かった。下塚は森の中にある小さな塚で、退治された鬼の両脚が埋められていると伝わっている。また、五十年前の事件ではバラバラにされた女性の左脚が八本も見つかった場所でもある。

昼間でも薄暗い森で、Fさんは老朽化した看板の写真を撮影した。文字だけではなく、看板の支柱も劣化が進み、本格的に建て替えなければならない状態だったから、存外に時間をかけて記録を取ったらしい。

Fさんが錆の浮いた部分を撮影している時のことだ。

背後で落ち葉を踏む音がした。

怪訝に思ってそちらを向いたが人影はない。野生動物の姿も見えなかった。

気のせいか。その時はそう思った。しかし……。

「調査を終えて、森の外に停めた車に向かったんですが……」

砂利敷きの小道を歩いていると、背後から足音が聞こえた。Fさんの後を尾いて、何者かが歩いてくる。

「気持ち悪いなと思って振り返ったんですけど、誰もいなくて」

Fさんが再び歩き出すと、足音は一定の距離を保ちながら尾いてくる。結局、森を抜けるまで、それは続いた。

「その後も看板業者との打ち合わせで下塚には行きましたが、やっぱり現場で足音らしき物音を耳にしました」

一緒にいた業者の人間も聞いているから、決して空耳ではないという。

直接話を聞くことはできなかったが、下塚でFさんと同じような体験をした住民は数名いるようだ。また、かいな塚では誰かに腕を掴まれるとか、足を引っ張られるといった怪異が起こるらしい。

ただ、これらの現象を引き起こしているのが、塚に封印された鬼の怨念なのか、屍体を遺棄された女性たちの霊なのかは判然としない。

＊

呻木叫子と会って、中学時代に遭遇した出来事について長々と話してから、俺は再び和地暁彦が殺害された事件について考えるようになった。

あの日、玄関と縁側の窓の鍵が閉まっていたことは、俺自身も確認している。他の出入口については、石下温大と栃木光朝の二人が先に見て回り、その後に鷲巣礼二が施錠されていることを確かめている。

バラバラ屋敷の母屋の窓はすべてねじ締り錠だったため、外側から易々と閉められるような代物ではない。かといって、玄関や勝手口の鍵だって、単純な作りではないだろう。あそこは元々殺人犯の住まいなのだ。当然、酒浦実は自身の犯行が露見しないために、セキュリティーに関しては気を遣っていたはずだ。

これらの状況から判断すると、密室トリックが使われたと考えるよりも、鍵を使用して玄関から勝手口を施錠したと考える方が妥当である。そして、それが可能なのは鍵を持ち出すことができる人物——菅原家の人間か、和地家の人間だろう。動機の面から考えても、身内が犯人だというのは説得力がある。

礼二は犯人が現場を密室にしたのは、鍵を使用できる菅原家や和地家に罪を着せるためだと主張していた。鍵が使えた者が犯人だったら、バラバラ屋敷を密室にはしないはずだとも。しかし、犯人が現場を密室にした理由が別にあったとしたらどうだろうか。

例えば、犯人は現場にフェイクの遺留品を用意して、それによって特定の人物に疑いがかかるようにしていたというのはどうだろう。その場合、犯人にとっては第一発見者が現場を荒らすことは避けたかったはずだ。だからこそ、現場を密室にして、誰も中に入れないようにした。

では、その犯人とは誰なのか？

俺は菅原家の人間が怪しいと睨《にら》んでいる。事件が起こったのが家族旅行の最中だというのは、余りにもでき過ぎてはいないだろうか。そう、あの事件で使われたのは、密室トリックではなくて、アリバイトリックだったのだ！

犯人は家族とは同行せずに、一人で家に残って、暁彦を殺害した。他の家族たちはその事実を隠蔽《いんぺい》しているのである。犯人以外の家族たちは旅先の観光地や宿泊施設で、あたかも家族がもう一人いるかの如く振舞った。宿泊の際には人数を誤魔化し、余分な食事を手分けして食べ、浴衣や蒲団も使用されたように偽装した。もしも背格好が似ている人物がいたら、ちょっとした変装をして犯人が旅先にいたように目撃証言を誘発した可能性だってある。

一度推理を思いつくと、誰かに話したくなるものだ。

俺は夕食後に、妻の圭織を相手に自分の推理を披露した。話していると、何だか自分が推理小説の名探偵になったように錯覚して、妙な高揚感を覚えた。

貰い物の羊羹《ようかん》を食べながら話を聞いていた圭織は、「なるほどね」といってお茶を啜った。

「まあ、確かに密室トリックが使われたっていうよりは、アリバイトリックの方が現実的かなとは思う」

「だろ?」

「でもさ、警察だって馬鹿じゃないから、菅原さんちのアリバイって徹底的に調べたと思うの」

いわれてみれば、確かにその通りだ。

「多分ね、菅原さんのご家族全員の写真を持って、刑事さんたちが地道に捜査したと思う。あの時のことを思い出すと、結構長い間、菅原さんちに警察が出入りしていたんじゃなかったかしら」

「それは……そうだったかもしれないな」

「あと、そもそも家族全員が共犯っていうのは、やっぱり無理がある」

「どの辺りが?」

「あの頃の菅原さんちって、小学生の子もいたんじゃなかったかな。大人なら口裏を合わせられるかもしれないけど、子供が警察に嘘を吐き続けるっていうのは難しいよ」

「じゃあ、お前は誰が犯人だと思う?」

自分の推理を貶されて、俺は気分を害していた。どうせ圭織はケチだけつけて、自分で考えようなんて気はさらさらないに違いないと高を括《くく》ってもいた。

羊羹を食べ終えた圭織は、思案するように視線を斜め上に向ける。

「そうねぇ、あなたのいうように犯人が現場に偽物の証拠品を残していたとするならば、あたしは暁彦君のお母さんが怪しいと思う。暁彦君のお母さんなら、菅原さんちは実家なわけだから簡単に出入りできるでしょ？　家族の目を盗んでこっそりバラバラ屋敷の合鍵を作ることもできたんじゃないかな」

「それは可能だろうな。でも、どうしてわざわざ菅原家の家族旅行の時に犯行を行ったんだ？　暁彦の母親なら、実家の旅行の日程くらい知ってたはずだ。菅原家が旅行に出ていない日に暁彦を殺した方が、自分への疑いを分散できるじゃないか」

「それはさ、自分の家族に迷惑がかからないようにするためだよ」

「え？」

「バラバラ屋敷を密室にした以上、どうしたって菅原家さんちと和地さんちには疑いがかかっちゃうじゃない。でも、菅原さんちに鉄壁なアリバイがあれば、警察からの疑いも晴れるでしょ？」

「嗚呼、そういうことか」

自分の犯行で身内に累が及ばないようにするための措置と考えれば、その行動には納得できる。

「意外と推理の才能があるんだな」

俺がそういうと、圭織は微笑む。

「今頃気付いたの？　あたし、二時間サスペンスの犯人当てるの得意なんだから」

呻木叫子の原稿4

バラバラ屋敷に出現する幽霊は、どうして殺された被害者の数である八人ではなく、四人なのか。その疑問を解くきっかけは、全く偶然に私の許に訪れた。

いつものように、知人の伝手を辿って、不思議な体験をした人物に取材をしていた時のことだ。都内に住む会社員のPさんが、次のような体験を語ってくれた。

ある日、Pさんは一人で残業をしていた。帰宅の準備をする頃には、既に二十二時を過ぎていたという。守衛に挨拶をして会社を出ると、細い路地を駅へ向かって歩き出した。

「その時間、会社の周りは人通りがほとんどなくて、車も滅多に通りません」

Pさんが近くのコインパーキングを通りかかった時のことだ。

車は一台も停まっていなかったが、ほぼ真ん中辺りに女性が一人立っていた。

街灯が照らす女性の姿は、セミロングの黒髪に派手な花柄のワンピースだった。

「なんていうか、時代錯誤っていうか、とにかく古いデザインの服でした。昔の映画で水商売の女性が着ているような、そんなワンピースでしたね。それで酔っているように、左右にふらふら揺れていたんです」

Pさんが最も異様に感じたのは、女性が裸足《はだし》だったことだ。

下手に関わらない方がよいと判断したPさんは、コインパーキングから視線を逸らして、足早にその場を去った。

翌日、同僚にその話をすると、「そりゃ幽霊だよ」といわれた。なんでもそのコインパーキングでは、しばしば女性の霊が目撃されているのだそうだ。車を停めると、後部座先にいつの間にか乗り込んでいたり、自分以外誰もいないのに「お姉ちゃん」と女性の声が聞こえてきたり、そうした怪異が後を絶たないらしい。

「同僚の話だと、あの場所には昔一軒家が建っていたらしいんです。でも、住人が殺されて、栃木だか群馬の山の中から屍体が出てきたんだそうです」

その後、家は売却され、借家となったが、心霊現象が相次いで起こるせいで、住民は次から次へと出ていってしまい、結果的に駐車場になった。そして、今でもその殺された住民の霊が出現するのだという。

「この前は、誰も乗ってない車から突然クラクションが鳴ったとかで、ちょっとした話題になりましたよ」

Pさんからこの話を聞いた後、私は怪異の根源を探るべく、その土地の来歴を調べた。住所を確認した時僅かに既視感があったのだが、それもそのはずで、そこはかつて車谷翼とみどりの姉妹が住んでいた一軒家があった場所だったのだ。つまり、その場所で起こったとされる殺人事件は、酒浦実の起こしたバラバラ殺人のことだったわけである。

コインパーキングに出る幽霊はいつも同じ服装であることから、いつも同じ人物だと考えられる。更に「お姉ちゃん」という声から判断すると、妹のみどりの可能性が高い。即ち、八人の被害者の内の一人は、バラバラ屋敷から遠く離れた場所で、幽霊として出現していることになる。これは一体どういうことなのだろうか？

コインパーキングの幽霊は、そこが一軒家であった時から出現しているのだから、所謂地縛霊であると考えられる。そして、地縛霊には地縛霊なりに、その場所に留まる理由が存在するのだ。妖怪研究家の大島清昭は『現代幽霊論―妖怪・幽霊・地縛霊―』において具体的な事例を検討した結果、幽霊が場所に固定化する原因には次の三つがあると述べている。即ち、①屍体が存在した場所、②自らが生命を落とした場所、③生前、関わりが深かった場所、である。

この内、みどりの霊が土地に固定化する原因としては②と③が濃厚であると思われる（①も一応当て嵌まるが、屍体としてそこに放置された時間は僅かであったと考えられるので、固定化の原因としては弱いだろう）。一方で、どうして姉の翼の霊はコインパーキングに出現しないのだろうか？　もしも車谷姉妹の殺害現場が自宅ならば、姉の霊もそこに出るのが自然である。加えて、その家は翼のために資産家が用意したものであり、妹よりもより思い入れが強かったはずである。

そこまで考えて、私はある可能性に思い至った。

かつて自宅で殺されたのは、車谷みどりだけだったのではないか。

そして、その犯人は酒浦実ではなく、姉の翼だったのでは。

突飛な発想ではある。しかし、この仮説を踏まえると、何故、バラバラ屋敷に出る幽霊が四人なのかを説明することができるのだ。否、それだけではない。酒浦がどうやって被害者たちを自宅に連れ込んだのかも明らかになるのである。

恐らく、酒浦は車谷翼が妹を殺害した現場に同席していたか、殺害直後に彼女に接触して、自分も一緒にその屍体を処分することを申し出たのではないだろうか。これによって車谷翼は自分の意思で酒浦の自宅まで同行した。まさか自分も被害者になるとは思わずに……。

これと同じ状況が四度繰り返されたとは考えられないだろうか。

酒浦は殺人者がまさに罪を犯した現場に偶然にも遭遇し、自ら屍体を遺棄することを提案して相手を油断させ、次から次へと女性たちを殺害していった。

従って、本来酒浦に殺害された被害者は四人なのだ。

彼女たちは自らの姿をなるべく隠しつつ、進んで酒浦の車に乗り込んだ。だからこそ、被害者たちの足取りが全く摑めなかったのである。被害者たちの死因がバラバラなのも、四人に対してはそれぞれ別の人間が手を下したからだと考えれば辻褄が合う。

波木結と岩田重代の場合は、波木が岩田を殺害したところに酒浦が遭遇し、言葉巧みに彼女を騙した。そして、屍体は二人で協力して酒浦の車に乗せたと考えられる。だからチェックアウトの際にフロントには波木しか姿を現さなかった。

私は確証を得ようと、波木と岩田が宿泊していたホテルについて調べてみた。現在は経営者も建物も全く違っているが、かつての建物があった当時、女の幽霊が出るという噂が流れていたことを聞きつけた。ホテル内では自殺や事故で死者など全く出ていないにも拘わらず、ある客室に泊まると夜中に頭から血を流した女がこちらを睨むというのだ。

また思い出すのは、かつて裏山に入って高熱を出したGさんの話である。彼の友人は魘《うな》されながら、「騙された！」と絶叫した。これこそ酒浦の口車に乗った殺人者の霊が絞り出した後悔の叫びだったのではないだろうか。

とはいえ、偶然四度も他人が他人を殺害する場面に出くわすことなどあるだろうか？

これについては正直、わからない。

ただ、酒浦の過去について調べてみると、不思議なことに、身の回りで何度も暴力事件が起こっているのである。中学校で教師がクラスメートを殴りつけて病院送りにしたり、高校の同級生が上級生を刃物で刺したり、職場では同僚同士が喧嘩して片方が亡くなったという経験もあった。また、酒浦が拘置所にいた三年の間、刑務官が同僚や拘留中の被告を殺害する事件が四件も発生している。偶然にしては余りにも件数が多いように思えるが、それと四組の殺人事件がどう関わっているのかは、現時点では推測しようもない。

一方で、被害者たちに警戒されなかった理由としては、酒浦実が絶世の美女だったからだと考えられる。だからこそ容易に被害者たちを自分の車に乗せて、自宅に招くことができたのではないだろうか。当時の新聞や雑誌に掲載された酒浦の写真は、どれも女優のような美しさであった。逮捕後には、大勢のファンが生まれるという異常な事態まで招いている。

但《ただ》し、酒浦にとってその美貌は必ずしもプラスには働かなかったようだ。酒浦の同級生が、学生時代の彼女は待ち伏せや付き纏いの被害に遭っていたと証言していた。それと同じことが、事件の最中にも起こっていたのである。酒浦はだいぶ前から町内の男性に付き纏われていたらしい。今でいうところのストーカー被害である。酒浦が裏山に穴を掘っていたと警察に匿名で連絡したのも、相手にされず怨みを募らせたストーカーだったようだ。

犯行をスムーズに進めることができたのも美しさ故ならば、逮捕に繋がる契機を生んだのも美しさだというのだから、皮肉な話である。

*

呻木叫子から再び取材の依頼があったのは、最初に会った時から二週間程が経過した頃だった。追加で訊きたいことがあるので、もう一度直接会いたいとメールに記されていた。簡単な事実関係の確認程度ならば、電話やメールで事足りるのだろうから、もう少し込み入った内容なのだろう。俺は申し出を承諾し、直近の日曜日に前回と同じファミレスで待ち合わせることにした。

約束の五分前には駐車場に車を停めたが、既に呻木は入口の前で待っていた。この前と同じピンクのジャケットに今日はブラウンのパンツスタイルで、何となく桜の木を想起させた。

案内された窓際の席に座ると、俺はドリンクバーだけ注文したが、呻木は季節のパフェのドリンクセットを頼んだ。これから取材する内容を考えると、なかなか挑戦的なセレクトである。

二人とも温かい飲み物を持って席に戻ると、呻木が切り出してきた。

「実は、今日は最初に聞いていただきたいことがあるのです」

「はい?」

てっきり一方的に質問に答えるばかりと思っていたので、多少面食らった。

「以前お話ししてくださったバラバラ屋敷で同級生の屍体を発見された事件ですが、あれから色色考えまして、密室の謎が解けたのです」

「嗚呼、それなら俺も先日妻と話しましてね。密室それ自体の謎は解けたんじゃないかと思います」

「そうなんですね。差し支えなければ、推理の内容を伺ってもよろしいでしょうか？」

「勿論です」

俺は自分の推理であるアリバイトリックを使用した菅原家犯人説と圭織の話した暁彦の母親犯人説について話した。呻木は途中で運ばれてきたパフェを食べながら、時折相槌を打って、熱心に俺の話に耳を傾けている様子だった。

「……まあ、こんな感じです」

「とても面白い仮説ですね。でも、基本的な所に難点があります」

何だか上から目線の物いいに感じた。俺は苛立ちながら「何処に難点が？」と訊く。

「そもそも菅原家や和地家の方々が犯人なら、自分たちと関わりの深いバラバラ屋敷に屍体を遺棄するのは可怪しいですよ。疑いを逸らしたいなら、全然別の場所――それこそ山の中にでも遺棄した方が無難です」

いわれてみればそうだ。これまでバラバラ屋敷という現場に囚われ過ぎて、その発想は浮かんでこなかった。

「それに先程伺った推理では、何故、犯人が屍体を現場で解体したのかが説明ができていません」

「では、呻木さんはどうお考えなのですか？」

何となく先日の圭織とのやり取りと似た状況になって、俺は心の中で苦笑した。

「三十五年前の事件は、もっと単純なものだったのです。バラバラ屋敷が屍体遺棄現場に選ばれたのは、ご友人の鷲巣礼二さんのご指摘通り、菅原家や和地家に疑いがかかるように仕向けるためです」

　つまり犯人は、菅原家の人間でも和地家の人間でもないことになる。

「それなら密室の謎はどうなるのです？　遺体発見時、俺たちはバラバラ屋敷が完全な密室状況だったことを確認しています」

「承知しています。出入口はすべて施錠されていたんですよね？」

「そうです。呻木さんは何らかの密室トリックが使われたと考えているのですね」

「いいえ。私はやはり屋敷への出入りは、トイレの汲み取り口が利用されたのだと思います」

　生クリームを口に運びながら、呻木はそういった。

「ちょ、ちょっと待ってください。その可能性については、当時、俺も考えたと以前お話ししましたよね？」

「はい。しかし、礼二さんによってその推理は否定されてしまった。でも、犯人が子供だけだと考えるから無理が出るのです。その保護者も共犯だったとしたら、どうでしょうか？」

「保護者が共犯？」

「犯行に大人が関与していたならば、暁彦さんの屍体を運ぶのは容易です」

　それは……確かにそうだ。大人ならば暁彦を背負って移動することも簡単だし、もっといえば自動車が使用できる。子供一人の犯行よりも、格段に短時間で済むだろう。

「一体誰が暁彦を殺したと？」

　俺の脳裏には、何故か四人の友人たちが思い浮かんだ。

　当時の体格からいって、鷲巣礼二、栃木光朝、斎藤卓の三人は便器を通り抜けることはできないだろう。礼二がいった通り、汲み取り口を通路として使用できるのは、俺か温大の二人くらいだった。あ、そういえば、温大には高校生の兄がいたではないか。それに、バラバラ屋敷を訪れるきっかけを作ったのも温大だ。もしかして彼らが……？

呻木は若干発言を躊躇うような素振りを見せたが、まっすぐにこちらを見据えると、衝撃的なことを口にした。

「犯人はあなたの奥様の圭織さんです」

「へ？」

意外過ぎる名前を聞いて、俺は間抜けにも硬直してしまった。

「圭織さんは当時から小柄な体型でいらっしゃいましたよね？」

「それはそうですが……どうしてここで圭織が出てくるんです？」

「暁彦さんの事件のお話を伺ってから、私は同級生の皆さんに色々と取材をさせていただきました。その中で興味深い事実を知ったのです。これは本当に一部の方しかご存じないのですが、事件があった頃、圭織さんは暁彦さんと密かに交際されていたらしいのです」

「いや、暁彦には優子が……」

「ええ。ですから、圭織さんと暁彦さんは揉めたのでしょう。そして圭織さんは暁彦さんを殺害してしまう。場所は恐らく圭織さんのご自宅だったのだと思います」

圭織が暁彦を殺した？

まるで別世界の話のように聞こえる。

「恐らく突発的な犯行だったのでしょう。屍体を前に途方に暮れた圭織さんは、ご両親に助けを求めたのだと思います」

義父と義母も共犯だと？

「圭織さんは、暁彦さんがしばしばバラバラ屋敷に出入りしていることを聞いていた。当然、鍵の管理状況も知っていたはずです。だから、屍体をバラバラ屋敷に遺棄することにした。幸い圭織さんと暁彦さんとの関係を知っているのは、本当に親しいご友人だけです。屍体が密室状況のバラバラ屋敷で見つかれば、警察の目は菅原家と和地家へ向かうと考えたのでしょう。ただ、残念なことに、偶然にも菅原家の人々は旅行をしていて、鉄壁のアリバイを持っていました」

呻木は一旦言葉を切って、パフェを一口食べる。

「バラバラ屋敷で屍体を解体したのは、犯行現場が別の場所だということを誤魔化すためだったと考えられます。加えて屍体を移動した痕跡を消す目的もあったのでしょう。体内に血液が残っていると死斑になってしまい、死後に屍体を動かしたか否かある程度はわかりますからね」

「信じられません」

それが率直な感想だった。

「それはそうでしょうね。私としても物理的な証拠はありませんから、あくまで可能性の一つだと考えていただければと思います。わざわざ直接お話ししたのも、この話の記録が残らないようにするためです」

そういえば、今日は前回のようにＩＣレコーダーを回していないことに気付いた。

「私は礼二さんも事件の真相に気付かれていたのではないかと思っています」

「礼二が犯人は圭織だと気付いていた？」

「そうです。一度は汲み取り口を利用した出入りを検討されたのですから、犯人に共犯者がいたという発想に思い至れば、犯行の経緯を明らかにするのは簡単です。動機に関しても、過去に二人が一緒にいるところを偶然目撃していたのかもしれません。そして礼二さんは名探偵を真似て、犯人である圭織さんを前に謎解きを行った。二人きりで会っても怪しまれないようにするために、場所はバラバラ屋敷にしたのでしょう。その帰りに礼二さんは圭織さんに道路で突き飛ばされた。圭織さんは軽トラが来るタイミングを見計らって、礼二さんを狙ったのだと思います。片足が不自由だった礼二さんはすぐに起き上がることができず、軽トラに轢かれてしまった」

暁彦だけではなく、礼二も圭織に殺されていた？

俺は余りのことに反論することも憤慨することもできず、ただただ狼狽した。伝えられた内容がうまく処理できずに、頭の中で呻木の言葉が反復されていく。蘇る過去と記憶の波に翻弄され、俺は言葉に溺れそうだった。

「とはいえ、さっきも申し上げた通り物証はありませんから、私の想像の域を出ないものではあります。ただ、三十五年前の事件について納得できる説明は、これしか思いつかないのです。勿論、この話を公にするつもりもありません。奥様に怨まれるのも厭ですしね。ですが、もしも私の身に危害が加えられた場合は、然るべき対処を取る手筈《てはず》は整えてあります。何事も保険は大切ですから」

呻木はそういって紅茶を飲み干す。

いつの間にかパフェの容器は空っぽになっていた。

呻木と別れて帰宅する車中でも、先程聞いた推理が頭の中を旋回していた。運転に慣れた道だったからよかったが、一歩間違えれば交通事故を起こしていたかもしれない。そのくらい俺の動揺は大きなものだった。

帰宅して車から降りると、ヒビキが尻尾を振りながら犬小屋から出てきた。玄関を開ければキバが「にゃあ」と出迎える。そんないつもの風景が、今は何だか違って見えてしまう。これまで自分が信じていたものが、全く別のものへと変貌してしまったような不安感があった。

玄関で棒立ちになっていると、ちょうど二階から圭織が下りてくるところだった。

「あら、お帰りなさい」

「た、ただいま」

「どうしたの？　そんなところで突っ立って」

「いや……」

「今、コーヒーを淹れようと思ってたんだけど、あなたも飲むでしょ？」

「うん」

俺は意識的に微笑んでから、家に上がった。愛猫が不思議そうにこちらを見上げて、「みゃあ」と鳴く。

しかし、ダイニングテーブルに座って、キッチンで湯を沸かす圭織をぼんやり眺めていると、次第に呻木の話が馬鹿馬鹿しく思えてきた。

圭織が中学時代に二人もの同級生を殺害していただって？　そんなことあるわけがないじゃないか。圭織とはもう四十年以上の付き合いなのだ。彼女がそんな恐ろしいことをする女性だとは思えない。呻木の話を真に受けてしまった自分が愚かに思えた。

「あら……」

圭織が携帯電話を取り出す。息子から着信だという。

「またどうせ金がないから小遣いが欲しいって話じゃないのか」

「そうかもね」

圭織は苦笑しつつ電話に出る。

息子とのやり取りを聞いていると、どうやら彼女と揉めたらしいことがわかった。そんなことで母親に電話するとは、マザコンの気でもあるのではないだろうか。

俺が苦笑していると、やがて妻の言葉が少なくなり、声も小さくなった。

不穏なものを感じて、「どうした?」と訊く。

圭織は軽く手を挙げてこちらを制した。

「……とにかく、あたしが行くまで、何もしないで待ってなさい。大丈夫。母さんが何とかするから。警察? 駄目よ。捕まりたいの? いい? 何も起きなかったことにすればいいの」

最後に圭織は「何も心配することないわ」といって、電話を切った。

「ねえ、あなた」

「うん?」

「あなたの持ってるキャリーケース、女の子一人くらい入るよね?」

「え?」

何をいっているのだろうか?

「力仕事になるから、あなたも来て。家族なんだし、助け合わなきゃ。ね？」

足下でキバが「みゃあ」と鳴いた。

青いワンピースの怪談

まただ。

またあの少女の話だ。

今まさに怪談を語っている話者を前に、私は妙な胸騒ぎを覚えた。

私は呻木《うめき》叫子《きょうこ》という筆名で、主に実話怪談を書いている。二〇一七年五月半ば、私が取材に訪れていたのは、栃木県四之宮《しのみや》市にある市立博物館であった。取材相手は民俗担当の学芸員・玉居《たまい》子《ご》幽見《かすみ》である。私よりも年下で、ギリギリ二十代だという。艶のある髪を無造作にポニーテールにして、化粧も薄い。やや目尻が釣り上がっているせいで、若干《じゃっかん》きつい印象を与えるものの、同時に切れ者らしい凛《りん》とした佇《たたず》まいの女性だ。近年では珍しい幽の字を用いた名前の通り、幼い時分からしばしば霊的な存在を見ることがあったらしい。

玉居子は今日、本来なら休みだった。だが、博物館に纏《まつ》わる怪談を話してくれるということで、彼女の勤務先である市立博物館で話を聞くことになったのだ。

怪談の舞台となる博物館は、珍しくない。「学校の怪談」ならぬ「博物館の怪談」である。都内にある比較的有名な都立博物館にも怪談があって、それは現代民話のアンソロジーなどで実際に目にすることができる。

平日の市立博物館は、閑散としていた。時折、高齢者のグループを見掛けるが、玉居子の話では来館者ではなく、地域のボランティアなのだそうだ。彼らが企画の主体になっている展示があり、その準備のために博物館に出入りしているという。

玉居子から聞いていたのは、職員の間で密かに囁《ささや》かれる怪談であった。

古い話ではない。この怪談が語られるようになったのは、ここ二、三年のことである。

市立博物館は、エントランスホールから二階へ向かって、幅の広いスロープが螺旋を描くように延びている。スロープの内側にあるケースには、市内だけではなく、県内全域で採集された動植物の標本が展示されている。標本の中でも動物の剝製《はくせい》が最も多く、中型から大型哺乳類の剝製は、リアルなジオラマの中に展示してある。二階に上がるにつれて、どんどん標高の高い場所の動植物の標本になり、ハイキングを疑似体験できるような造りになっていた。

このスロープで、時折、青いワンピースを着た少女が目撃されている。年齢は中学生から高校生くらいだろうか。長い黒髪で、わりとレトロなデザインのワンピースを着ている。少女は片手に水の入ったペットボトルを持って、ゆっくりとスロープを上がって行く。

「平日の昼間なのに、そんな年齢の子がいるんで、結構目立つみたいです」

擦れ違った経験のあるボランティア解説員の話では、少女は森林のジオラマの中に立っている鹿の剝製を熱心に見詰めていたらしい。複数の野鳥の剝製が入った展示ケースの前に立って、中の鳥たちに話しかけていることもあるという。

「ちょっと不思議な雰囲気というか、近寄り難い感じらしくて」

少女の姿は、エントランスホールの受付からも見えるのだそうだ。スロープを真っ青なワンピースを着た少女が上って行く様は、離れたところからは空間から浮き上がって見える。しかし、そもそも受付ではそんな少女が入館したことは確認していなかったし、閉館時間になっても、彼女はエントランスに一向に戻ってくる様子はなかった。つまり、少女は博物館に入ることはなかったし、出て行ったはずもないのだ。

二階には、第一展示室と第二展示室という大きな部屋が二つある。第二展示室には、古生物、鉱物、動植物、昆虫などの自然系の展示物と、民具や古文書などの人文系の展示物が細かく区切られて展示されていた。その奥の一角に、動物の剝製や骨格標本が並んだスペースがある。少女はここでも目撃されていた。

「自然系の学芸員の話だと、熱心に動物たちを見て、それから近くの椅子に座って、手にしたペットボトルに耳を当てていたって話です」

少女が現れる日に、明確な法則性はないようだ。それぞれの目撃報告は、天気も、曜日も、時間も、バラバラである。連日目撃されることもあれば、一週間以上誰も見かけない時もある。次第に博物館では、その少女を黙認するのが通例になった。座敷童子《ざしきわらし》ならぬ博物館童子だと思うことにしたのである。

「あ、あと去年の四月のことなんですけど、博物館実習で受け入れる学生を選ぶ面接があったんですね。その時に民俗分野を希望してた男子学生が青いワンピースの女の子と話してるのを見かけたって、同僚がいってました。結局その学生は実習を辞退したので、何処《どこ》かで怪談だって聞いて怖くなったのかもしれません」

「玉居子さんもその少女をご覧になったことがあるんですか？」

「はい。っていっても、ホントにちらっとですけど。私の場合は収蔵庫の中でした。奥の方で青いモノが動くのが見えて。最初は誰かが室内にいるのかと思ったんですけど、そもそも収蔵庫の鍵を開けたのは私だし、その後に収蔵庫の扉が開いた音も聞こえなかったんです。で、これは例の青いワンピースの子じゃないかって」

玉居子は何だか一人で収蔵庫にいるのが怖くなって、すぐに外に出てしまったという。

「あの……収蔵された資料の中に、その子の遺品と考えられるようなものってあるんですか?」

私はそう尋ねた。博物館の怪談では、収蔵品の中の曰《いわ》くのある資料が怪異をなすという事例があるからだ。しかし、玉居子は「そういったものはありません」と即答した。

「じゃあ、過去に博物館内で少女が亡くなるようなことも?」

「ないですね。そういう因縁めいたことが全くないんで、あの子は博物館童子って考えるしかないわけです」

それからも彼女はこの博物館で起こった不思議な話や、過去に自分が勤務した博物館での体験談を語ってくれたのだが、私はどうにも上の空になってしまった。

それというのも、玉居子が語ってくれた青いワンピースを着た少女が登場する話を、私はかつて何度も聞いたことがあるからだ。

例えば、次の体験談は、私のデビュー作に収録された話で、十年前の二〇〇七年に採集したものである。

呻木叫子「青いワンピースの少女」『呻木叫子は叫ばない』より

埼玉にある県立高校に通うWさんは、彼氏のM君のことが心配だった。

Wさんは二年生で、M君も同学年だ。彼は身長もそれなりに高いし、健康的に日に焼けているから、如何《いか》にもスポーツマンに見える。しかし、実はかなりの運動音痴で、それがコンプレックスになっている。その代わりといってはなんだが、写真が趣味で、学校でも写真部に所属していた。

M君は主に廃墟を撮影していた。空き家、廃病院、廃工場など、窓ガラスが軒《のき》並み割れ、鉄骨に錆《さび》が浮き出たような場所ばかり、カメラに収めていた。廃墟の写真は最近流行っているらしいが、Wさんにはその良さがわからない。人工物が植物や砂塵に覆われて、徐々に朽ちて行く様を見ていると、自分もいつかはそうなってしまうという寂寥感を覚える。一度そうM君に伝えたら、「それは違う」と反論された。

廃墟というのは、人間の記憶からも忘れられ、どんどん自然に呑まれながらも、そうした風化に抵抗している様が良いそうだ。そこに無言の闘争があり、その闘争こそ廃墟が生きている証だというのだ。

「正直、全くわかりませんでした。わからなかったので、それ以上は廃墟の話を続けるのはやめました」

自分の知らない恋人の一面を覗いた気がして、少し怖くなったそうだ。

その年の夏休みに入ってすぐ、M君は茨城県の港町に、一泊二日の一人旅に出た。目当ては、電車で二時間ばかりの場所にある海水浴場に建つ廃ホテルだった。そこはネット上でもかなり話題になっているという。

最初、Wさんは心霊スポットなのかと思ったが、実際はそうではなかった。話題になっているのは、その建築物の外観である。廃ホテルは、まるで地中海の海沿いの建築のように、白い壁と青いドーム型の屋根を持っていた。勿論廃墟であるから、ある程度は老朽化による汚れはある。だが、それを差し引いても、非常に美しい建築物であることは確かだ。既に何枚もの写真がネット上にアップされていたが、どれも異国情緒溢れるもので、日本の海水浴場で撮影したとは思えないものだった。

流石《さすが》にWさんも、M君がこの廃ホテルを撮影したいという心情は理解できた。Wさんだってこんな建物なら直に見てみたい。だから、Wさんは初めて「いい写真が撮れるといいね」といって、彼を送り出したのだ。

M君は予定通りの日程滞在し、無事に帰ってきた。しかし、それからの彼の態度は明らかに可怪《おか》しかった。夏休みだというのに、部室にも顔を出さず、極力自宅から出たがらなくなったのである。とはいえ、Wさんへの態度には、大きな変化はなかった。電話にも、メールにも、今まで通りに答えてくれる。買い物に行ったり、映画を見たり、そうしたデートにも付き合ってくれる。しかし、外出先では何処か落ち着きがなく、始終誰かの視線を気にしているようだった。

旅先で何かがあったのだ。Wさんは直感的にそう思った。

M君の異変の原因に触れる機会は、すぐに訪れた。

その日、Wさんは M君の部屋に遊びに来ていた。彼の家は小高い丘の上の住宅地にあって、そこは斜面を埋めるように家々が建ち並んでいる。M君の家はかなり坂を上った辺りに、丘を背負うような形で建っていた。

Wさんは旅行先の写真を見せてほしいと頼んだ。M君は一瞬、消しゴムみたいな作り物めいた顔になって、硬直した。それから誤魔化すように微笑《ほほえ》むと、「まだ整理してないから、今度な」といった。旅行から帰ってきて、もう十日以上が経過しているのに。

「いつもならMは撮影した写真をすぐにパソコンに取り込んで、きちんと整理や修整などをしているんです。それでデートがすっぽかされることだってあるくらいでした。それなのに、まだ整理してないっていうのは、どう考えても可怪しいって思いました」

しかし、Wさんはそれ以上の追及をやめた。M君に嫌われたくなかったからだ。

Wさんは溜息を吐《つ》いて窓の外に視線を向けた。M君の部屋は二階にあって、窓からは家の裏手の丘が見える。そこはちょっとした雑木林になっていて、地面には背の高い雑草が繁茂していた。その茂みに半ば埋没《まいぼつ》するように、一人の少女が立っていた。

Wさんや M君と同じくらいの年齢だろうか。真っ青なワンピースを着たその少女は、こちらを見張るようにじっと見ている。Wさんが「ね、あれ、誰？」と尋ねると、M君も窓の外を見た。

「Mが物凄く動揺しているのは、すぐにわかりました」

彼は知っているのだ、あの少女のことを。

Wさんは急に腹が立ってきた。写真馬鹿の M君だったから、浮気なんか絶対にしないと高を括《くく》っていたが、どうやらそれも怪しいものだ。彼女は少し感情的になって、M君を問い詰めた。M君は困ったような泣きそうな表情のまま、「駄目なんだ」とだけいった。何が駄目なのかはわからないが、どうやらWさんにはあの少女のことは話せないらしい。

もう一度、Wさんが窓の外を見ると、そこにはもう少女の姿はなかった。

それからメールや電話で何度もM君に少女のことを尋ねたが、とにかく詳しいことは教えてくれなかった。ただ、浮気ではないらしいということだけはわかったので、取り敢えずは安心した。ストーカーの類かとも考えたが、M君がいうには、それも違うらしい。

モヤモヤした気持ちのまま、更に三日が過ぎて、再びWさんはM君の家を訪れることにした。丘の上に延びる坂道を上りながらM君の家を見上げると、屋根の上にあの青いワンピースの少女が立っていた。

少女はWさんを睨《にら》むように見下ろしている。

「直感的に、生きている人間じゃないってわかりました」

屋根に上っているという異常性よりも、その冷たい眼差しに恐怖を覚えた。

「あの瞬間、これ以上踏み込まない方がいいって心の底から思いました。もう穿鑿《せんさく》はやめよう。あの子は放っておくしかないって」

相変わらずM君は自宅から出たがらなかった。しかし、お盆が終わって一週間、もうすぐ学校が始まるという頃になると、M君から「会いたい」というメッセージがきた。ここしばらくはWさんから連絡しない限りは、何の音沙汰もなかったのに。

二人はWさんの家の近くにあるファミレスで会うことにした。

店内で待っていると、いつになく笑顔のM君が現れた。憑き物が落ちたみたいに、爽やかな表情をしている。M君は店員にドリンクバーを注文したが、飲み物は取りに行かず、バッグから新聞の切り抜きを取り出した。

それは、M君が訪れた茨城の海水浴場の廃ホテルから、男性の遺体が発見されたという小さな記事だった。遺体は死後二箇月から三箇月が経過していて、死因は溺死。現場には亡くなった男性の車があり、警察では事件と事故の両面で捜査を進めるとのことだった。

Wさんが記事を読み終えると、M君は「やっと話せる」といった。

しかし、「あのな……」と会話を始めようとしたM君を、彼女は制した。

M君の後ろの席に、あの青いワンピースの少女がいたからだ。

少女はこちらを黙って見つめている。

初めて間近で少女を見たが、それは幽霊のように曖昧な存在ではなかった。もっと肉体的というか、物質的で、確かにそこにいた。

ただ、彼女は瞬《またた》きをしない。

一切、しない。

Wさんの表情から、M君も背後に少女がいることを察したようだ。

今でも、M君とあの少女との間に何があったのか、Wさんは聞いていない。

*

「青いワンピースの少女」は、不可解な怪談である。

話者であるWさん――綿貫陽菜《わたぬきひな》の考えるように、M君と青いワンピースの少女との間に何かが起きたのは確かだろう。その場所が茨城県の廃ホテルであることも。しかし、それ以上のことは何もわからない。例えば、廃ホテルから発見されたのが少女の屍体だったのなら、話はわかりやすい。だが、実際に見つかったのは男性の屍体であり、その屍体と青いワンピースの少女との接点についても全く情報はない。

当時、私は綿貫陽菜を通して、M君こと水瀬速人《みなせはやと》にも取材を申し込んだのだが、「絶対に厭《いや》だ」と完全に拒否されてしまった。

次に青いワンピースの少女に出会ったのは、二〇一〇年に採集した話の中だった。

呻木叫子「しずくさん」『叫ぶ校舎　学校実話怪談集』より

栃木県内の公立高校に通う女子高生のSさんが、小学五年生だった頃の話である。

Sさんの通っていたT町立F小学校は、彼女が五年生に上がるまでの数年間、建て替え工事を行っていた。これまで校舎の裏手は裏庭になっていて、花壇や畑が整備されていたが、そこを整地して新校舎を建設したのである。

「工事の間も今までと同じ教室で授業ができたし、工事の進み具合も毎日見ることができたんです。あ、でも、音楽室とか、トイレとか、新校舎の建設に邪魔になる場所は取り壊されちゃったから、別の場所に仮設のものが用意されてました。工事の音ですか？　まあ、うるさいっちゃうるさかったですけど、慣れれば平気でしたよ」

もともとの校舎は木造二階建てで、色褪せた赤い尖がり屋根に、黒ずんだ板壁という如何にも「学校の怪談」に登場しそうな外観だったという。廊下も、階段も、染みついた年代の分だけ変色して、滑りやすくなっている。物置になった空き教室は、腐敗した牛乳とカメムシの臭気が混ざり合って、宙を舞う埃があたかも視覚化した悪臭のように感じられた。校舎と渡り廊下で繋がったトイレは汲み取り式で、薄暗い上に臭い。今どき花子さんだって、こんなトイレは厭がるだろうと思っていた。

「だから、夏休み明けに新しい校舎に引っ越してからは、ホント全然学校への印象が変わりました」

新校舎も木造だったが、中に入った瞬間に、木材のよい香りがした。廊下も、教室も、階段も、何処もかしこもピカピカで、自分の机を運び込む時は、傷をつけないように、それはそれは神経を使ったそうだ。教室の窓は大きく、エアコンも完備されている。トイレもすべて水洗になり、図書室に至っては敷き込みカーペット床で、上履きを脱いで入室するようにいわれた。

そんな見違える程に明るく変貌した校舎で、Sさんは奇妙な体験をした。

バスケットボール部に所属していた彼女は、その日、部活動が終わってから、教室に忘れ物をしたことに気付いた。仲の良い友人たちに待って貰って、急いで二階にある五年生の教室へ向かった。外は暗くなっていたが、校庭の外灯が煌々と輝いていたので、既に消灯されていた校舎の中も、薄ぼんやりと照らされていた。これが旧校舎だったら、滅茶苦茶怖かっただろうが、新校舎の清潔な雰囲気からは、恐怖感は全く湧いてこなかったという。

Sさんが机から忘れ物を回収して教室から出ると、廊下に知らない少女がいた。

少女といっても、自分たちと同じくらいの児童ではない。もっと年上の中学生か、高校生くらいの年齢である。長い黒髪で、少しレトロなデザインの真っ青なワンピースを着こなしていた。手には液体の入った瓶を持っている。

「最初は結構驚いたんですけど、向こうもこっちを見て驚いてるみたいだったんで、『こんばんはー』って挨拶したんです」

Sさんは誰かの姉か、卒業生が、新校舎の見学に訪れているのかと思ったそうだ。少女は「こんばんは」とにっこり微笑んだ。そして、「忘れ物かしら?」とこちらに尋ねてきた。Sさんが頷くと、少女は「もう暗いから早くお帰りなさい」といって、その場から去って行ったという。

「その日はそれで終わったんですけど……」

数日が経過して、学校に妙な噂が流れ出した。

放課後の校舎を青いワンピースを着た少女が徘徊しているというのだ。つまり、Sさんが出会った日以外にも、放課後になると、あの少女は校舎に現れているらしい。

当然、児童たちは誰かの家族や卒業生ではないかと思ったのだが、教師たちに尋ねても誰もそんな少女のことは知らないという。いつの間にか、少女は「しずくさん」と呼ばれるようになった。なんでも彼女に遭遇した児童の一人が名前を聞いたのだそうだ。

結局、年が明ける頃には、しずくさんの噂は収束していたという。

ここまでの話では、しずくさんが幽霊なのか、校舎に不法侵入していた人間なのかは判然としない。

この話には後日談がある。

Sさんが在学当時、ある教師がしずくさんらしき少女と一緒にいるところを目撃されている。その教師は、Sさんが卒業後に行方不明となり、夏休みの終わり頃に別の県で屍体となって発見されたのだそうだ。

教師の死としずくさんとの間に因果関係があるかはわからない。しかし、Sさんは何となくしずくさんが教師をあの世へ連れ去ってしまったのではないかと思っている。

＊

この時点では、まだ私はWさんの話とSさんの話を関連付けて考えることはなかった。というのも、学校の怪談では青い頭巾を被《かぶ》った怪異や青いドレスの女の怪異など、類似の事例があるからだ。しずくさんもそうした青い衣服を纏《まと》った怪異の一種だと思ったのである。しかし、二〇一二年に次の話を採集したことで、事態は変わっていく。

呻木叫子「心霊ビデオ」『廃墟鬼譚』より

都内に住む会社員のTさんが、大学生時代に体験した話だ。

Tさんには同じ大学に通うOさんという友人がいた。Oさんはよく廃墟や心霊スポットを訪れて、写真や動画を撮影することを趣味にしていた。

そのOさんが、茨城県のとある海水浴場に建つ廃ホテルを撮影中に、バスタブに浸かった男の腐乱屍体を発見した。そして、それから一週間もしない内に、駅のホームで電車に飛び込んで死んでしまった。目撃者の証言では、飛び込む直前、Oさんは何かから逃げているようだったという。

彼には自殺をするような動機はなかった。最近彼女が出来たばかりで、今度二人で東北へ旅行する予定だともいっていた。

Tさんの周囲では、廃ホテルで屍体を発見した精神的なショックから、Oさんが鬱状態になっていたのではないかという声がちらほら上がった。

「確かに屍体を発見してすぐのあいつは、随分と暗い表情でした。不法侵入の件で警察に絞られてましたし、大学も停学食らってたんで。でも、それはほんの一時的なもので、三日もしたら明るく笑っていたんです」

Tさんは〇さんの死に、どうにも腑に落ちないものを感じていた。

そんな時に、「Oさんが撮影したビデオの映像を見てみよう」といい出したのは、TさんとOさん共通の友人である女子学生のAさんだった。Aさんがそう提案したのは、実はTさんがOさんの撮影した映像を譲り受けていたからだ。Oさんは「さすがに気味が悪いからお前が持っててくれ」と強引にTさんに押し付けたらしい。

「Oがいうには、警察に変に疑われたくないから、自分の一存で処分することはできないっていうんですよ。俺も気持ちは悪かったですけど、何が映ってるのか知らないってこともあって、O

よりは抵抗感がなかったんで」

　AさんはTさんと同じ大学で、同じ学年だったが、年齢は一つ上だった。明るい色に染めた髪をボブカットにし、原色に近い色彩の服を好んで着るので、美大生と間違われることが多かったというが、実際には思想史を専攻していた。専門は西洋近代儀式魔術という変わり者で、マグレガー・メイザースやアレイスター・クロウリーの著作が書架に並んでいた。

「A自身、タロット占いなんかもしてて、だからってわけじゃないかもしれないんですけど、Oの死にオカルト的な何かを感じ取っているようでした」

　ビデオの上映は、Aさんの部屋で行うことにした。Tさんはビデオテープを再生する機材を持っていなかったからだ。時刻は午後四時。

　TさんはAさんのビデオカメラとテレビを配線で繋いで、より大きな画面で映像を見られるように準備する。そのすぐ側では、Aさんの飼っている愛猫のネネがじゃれつくように動き回っていた。毛足の長い雑種の猫で、頻繁《ひんぱん》に遊びに来るTさんにもよく懐《なつ》いていた。

　家主のAさんはといえば、近くのコンビニで買ってきた缶チューハイを開けて、既に呑み始めている。Tさんもビールのプルタブを開けた。

「いつもはくるくると表情の変わる奴なんですけど、その時は無表情に近い感じで、今思えばAなりに緊張していたんだと思います」

　Tさんは「いくよ」といって映像を再生した。

　最初に夕映えの海が映った。途端に、ネネはびくっと反応すると、二人から離れてキッチンの方に移動してしまった。

「その時は特に気にしませんでしたけど、ネネはネネで何か感じたのかもしれません」

ここからの映像の描写は、実際に著者がTさんから映像を見せて貰い、文章に起こしたものである。

画面に映る海は、波が存外に高く、砂浜に人影は疎らである。沈みかけた太陽が空をピンクと紫のグラデーションに染め上げ、ありきたりだが見る者を引きつける光景だった。

Oさんがカメラを左に振ると、海岸から少し上った場所に、青いドーム型の屋根で白壁の建物が見えた。カメラから距離があるので、天文台のように見えた。建物の周りは松林になっている。そこで映像が一旦切れた。

再びカメラが回ると、建物が正面に映し出された。既に辺りは暗くなっているようで、廃ホテルの白い壁がぼんやりと浮かんでいる。そこでOさんはカメラを自分に向けて「これから中に入りたいと思います」といった。

ホテルには立ち入り禁止の表示はなかった。ロープやバリケードも見当たらない。そのまますんなり敷地に入れるようだ。広大な駐車場は、アスファルトに亀裂が走っていて、そこから背の高い雑草が伸びている。入口のロータリーに近い場所に、シルバーの乗用車が停まっていた。Oさんは車に近付いて、その様子を観察している。「どうやら先客がいるみたいです」と声を落として、寝起きドッキリのリポーターのような口調になった。

正面玄関は自動ドアが開け放たれたままで、エントランスホールに入ることができた。左手にフロント、右手には廊下が延びている。そして、正面に大きな螺旋階段。

Oさんは持っていた懐中電灯をつけた。LEDの白っぽい灯りが、廃ホテルの内部を照らす。

思ったよりも、室内は綺麗だった。玄関が開きっぱなしなので、空き缶やビニールなどのゴミは散乱しているが、破損している個所はない。ガラスも無事だし、壁にも落書きがない。少し掃除をすれば、また営業が出来るのではないかとすら思う。Oさんはそれが気に入らないらしく、一階を探索しながら「もっと汚れてないと雰囲気出ないな」とか、「全然怖くないぞ」とか、小声で愚痴《ぐち》っていた。廊下の突き当たりが大浴場になっていたが、やはりそこも大きな損傷はない。

Oさんは休憩スペース、遊戯室、トイレなどを逐一観察して映しているが、見ているTさんはかなり退屈だったという。ビールを飲みながら見ていたせいもあるが、集中力はかなり低下していた。Oさんが二階に移動すると、客室が多いので映像はさらに単調になる。

Tさんが少しうとうとしかけた時、Aさんが突然「止めて！」と大きな声を出した。Tさんは驚いて短い悲鳴を上げると、一時停止のボタンを押した。

「さっき変な人影が映ってた。二一四号室出てからすぐのとこ」

Aさんの指示通りに、映像を巻き戻した。

Oさんは二一四号室に入って、ぐるりと室内を見回して、異常がないか確認する。そして、廊下に出た時である。カメラの方向に確かに人影が映っていた。

Tさんは何度か巻き戻して、ちょうど人影が映っている画面で一時停止した。仄《ほの》かな闇の中に、青いワンピースを着た少女らしき人影が映っている。どうもOさんに向かって歩いて来ているようだ。しかし、彼はその姿には気付いていないのか、人影とは逆の方向に歩いて行く。Aさんは「やっぱり心霊映像だよ、これ」と食い入るような視線を画面に送る。

再び異常が確認されたのは、三階だった。三〇八号室、そこでOさんは腐乱した屍体を発見することになる。

その部屋は既にドアが開いていた。Oさんは他の客室と同じように、軽い調子で中に入って行く。かなり広い客室で、入ってすぐがリビングのような部屋になっていた。窓際を懐中電灯の光が照らすと、何かが光を反射する。絨毯が敷かれた床に、いくつものペットボトルが散乱しているのだ。それも二リットルの大きなペットボトルである。さらに近付くと、ペットボトルは窓際に置かれたバスタブの周辺に散らばっているのがわかった。

これまで見てきた客室で、こんな位置にバスタブが置かれていたことはない。バスタブは猫足で、移動が可能なタイプらしい。

Oさんはその中を懐中電灯で照らした。

水に沈むように、白っぽく膨らんだ屍体の顔が映っていた。

映像が暗いせいで細かいところは見えないが、それが人間の屍体であることは確認できた。Oさんはだいぶ動揺したようで、すぐにバスタブからビデオカメラごと視線を逸らした。

そこでビデオの映像も終わる。

Aさんが「もう一回屍体を見つけるとこ見せて」といった。Tさんは請《こ》われるままに映像を巻き戻す。再生した映像を見て、今度はTさんも気が付いた。自分で調整して、一時停止する。

先程は屍体にばかり目を奪われていて気付かなかったが、バスタブの脇から少女の顔の上半分が覗いていた。その目には、感情が一切籠もっていない。映像を確認すると、Tさんはすぐにビデオの電源を切った。

映像にははっきりと少女の姿が映っていた。しかし、警察も、Oさんも、現場に少女がいたことは知らなかったようだ。いや、そもそもこれは生きている人間なのだろうか。Tさんにはどうしても、映像に映った少女が普通の人間だとは思えなかった。

Aさんが主張するように霊の類ではないのか。だとしたらOさんの死は、あの少女と何か関係があるのかもしれない。それにあの映像を見てしまった自分たちにも、災難が降りかかる可能性もある。Tさんは湧き上がる不安から、缶に残っていたビールを一気に飲み干した。

いっぽうのAさんは手早く自分のノートパソコンを起動させていた。何をするのか尋ねると、さっきの映像を編集して、動画サイトに心霊映像としてアップするというのだ。「屍体も一瞬しか見えなかったし、大きな問題はないよね」とAさんはいう。

Tさんが何もいえないままでいる内に、Aさんはビデオとパソコンをケーブルで繋いで、映像編集ソフトを起動させた。彼女は高校時代から映画に関心があって、映像編集をしていたのだそうだ。Aさんが映像をパソコンに取り込んでトリミング作業をしていると、急にパソコンが動かなくなった。「え、え、え」とAさんは苛立たしげに声を出す。

すると今度は突然、パソコンの画面が映像を再生し始めた。廃ホテルの廊下の映像。向こうから少女らしき人影がこちらにやってくる。どんどん影が近付くにつれて、少女の青いワンピースがレトロなデザインだというのがわかる。少女の顔がアップになった時点で、パソコンの電源が落ちた。

「俺もAも声が出ませんでした。Aが新しい缶チューハイを開けて飲む音が、すごく大きく聞こえたのを覚えています。ネネもずっと怯えた様子で、キッチンの隅っこに丸くなったまま、じっとしていました」

それから四日後、Aさんの屍体が自身のアパートの部屋から発見された。彼女は服を着たまま、バスルームの浴槽に仰向けに寝るような形で死んでいたという。バスルームには幾つものミネラルウォーターのペットボトルが転がっていた。その中身は全部浴槽へと注がれていたらしい。

「玄関のドアにも窓にも鍵が掛かっていて、部屋の鍵も室内にあったんで、自殺として処理されたんですけど……」

Tさんはビデオに映っていたあの少女の祟《たた》りだと信じ切っている。

＊

この話を採集した時点で、私はOさんの訪れた茨城県の廃ホテルが二〇〇七年に採集した「青いワンピースの少女」で水瀬速人が写真撮影のために向かった場所と同じ建物だということに気付いた。茨城県の海沿いにあって、青いドーム型の屋根に白い壁の廃ホテルとなると、そう幾つも存在するはずがない。

ここへきて私はようやく過去の新聞を検索して、屍体発見の記事を確認した。廃ホテルで見つかったのは、各務充嗣《かがみみつぐ》という三十代の小学校教諭だった。屍体の詳しい状況までは書かれていなかったが、死因は溺死であり、自殺の可能性が高いと記されていた。そして、各務が勤務していたのは、「しずくさん」の話者であるSさんの母校の月隈《つきくま》町立船山《ふなやま》小学校である。つまり、Sさんがいっていた行方不明になった教師というのが、各務のことなのだ。これで「青いワンピースの少女」「しずくさん」「心霊ビデオ」の三つの怪談がすべて繋がったことになる。

この発見に興奮を覚えながら、廃ホテルの詳しい場所を水瀬に確認したいと思い、かなり久し振りに綿貫陽菜に連絡を取った。すると、更に衝撃的な事実が判明した。

水瀬速人は、既に亡くなっているというのだ。

「大学に進学してすぐに、一人暮らしを始めたアパートのユニットバスで自殺しているのを発見されました。でも、死に方がちょっと変だからって、卒業前に別れていたのに、あたしのところにも警察が来ました」

綿貫の話では、水瀬はアパートのユニットバスの浴槽で、服を着たまま沈むように死んでいたそうだ。ただ、その時浴槽に張られていたのは水道水ではなく、市販のミネラルウォーターだったという。そして、部屋の中には幾つものペットボトルが散乱していた。

同じだ。

廃ホテルで見つかった各務充嗣、アパートで見つかったAさん、そして、水瀬速人。三人ともミネラルウォーターで満たされた浴槽で水死している。私には彼らの死の背後に、青いワンピースの少女が存在しているように思えてならない。

私は水瀬速人とAさんこと安藤唯《あんどうゆい》の死について、もう少し詳しい情報を得たいと考えた。そこで咄嗟《とっさ》に頭に浮かんだのは、警視庁で刑事をしているTという友人の顔だった。水瀬と安藤の死亡した現場は東京都内なので、Tならばある程度の情報を得られるのではないかと考えたのだ。彼とは中学高校と一緒で、現在も付き合いがある。しばしば不思議な体験をするので、何度か取材もしたし、彼の伝手《つて》で他の警察関係者を紹介して貰い、怪談を聞いたこともある。

連絡を取ってみると、「ちょっと調べてみる」と存外に軽く応じた。その後、一週間もしない内に、二人の死亡した状況について詳細を調べてくれた。

当時、栃木の実家で暮らしていた私は、上京してTと会うことにした。場所は神保町《じんぼうちょう》で、私が宿泊するビジネスホテルの向かいの中華料理屋だった。

生ビールで乾杯した後、Tは水瀬速人と安藤唯、それぞれの屍体が発見された状況について説明してくれた。

話を聞く前に、念のため「事件の内容を部外者に教えていいの？」と確認してみた。

「教えていいのって、お前が調べろっていったんじゃねぇかよ」

「それはそうだけど……」

「継続中の事件ならまずいけど、どっちももう自殺ってことで処理されてっから問題はねぇよ、多分」

水瀬速人の屍体は、築年数の浅い1Kのアパートの一階で発見された。玄関から向かって右手にキッチン、左手にユニットバス、扉の奥に六畳のフローリングという間取りである。

屍体は着衣のままで、ユニットバスの浴槽に頭を沈めるように仰向けの状態で発見された。

「浴槽が狭いから、両足は水面から出て、壁にもたれるような姿勢だったらしい」

周囲には空のペットボトルが散乱し、足の踏み場がないような状態だったそうだ。鑑識の調べで、浴槽の水とペットボトルに巻かれたラベルのミネラルウォーターの成分が一致している。窓にはクレセント錠が掛かり、玄関も施錠されていた上、内側からドアチェーンが掛けられていた。部屋の鍵は、フローリングの部屋に置かれた水瀬のリュックのポケットの中から発見されている。

「事件の第一発見者は、最寄りの交番の警察官だ」

一週間近く連絡が取れない状況を不審に思った水瀬の母親が、予備の鍵を携え、息子のアパートを訪れた。内側からドアチェーンが掛けられているにも拘わらず、息子が応じないので、何かあったのではと思い警察に通報、その後到着した警察官がチェーンを切断して中に入り、水瀬速人の屍体を発見したのである。司法解剖の結果、死因は溺死で、肺の中からミネラルウォーターが検出されている。死後一週間程度ということなので、母親の連絡が取れなかったという証言とも一致している。

一方、安藤唯の屍体も水瀬と似たような状況で発見された。安藤の部屋は１ＤＫでアパートの二階にあった。かなり古い物件で、ドアポストも扉に口が開いているだけだし、ドアチェーンもない。但《ただ》し、内装はリフォームされていて、ガス湯沸かし器などの設備も比較的新しいものに交換されていた。玄関を入るとダイニングキッチンがあり、右手にトイレ、左手に浴室、奥には六畳の和室となっている。

「安藤唯の遺体も服を着たまま、浴槽に仰向けの状態で発見された。こっちは浴槽が比較的大きいのと、本人が小柄だったんで、全身が水の中に沈んでいたみてぇだな」

死因は溺死で、やはり浴室には空になったミネラルウォーターのペットボトルが散乱していた。浴槽の水とミネラルウォーターの成分が一致しているのも同じである。室内の窓はすべて内側から鍵が掛かっており、玄関も施錠されていた。そして、部屋の鍵は和室の卓袱台《ちゃぶだい》の下から見つかっている。他に室内には安藤の飼い猫がいた。

第一発見者は安藤の交際相手の男性で、以前に怪談を教えてくれたＴさんこと坪井《つぼい》翔馬《しょうま》とは別人だった。男性は安藤と連絡がつかないことを心配し、合鍵で中に入り、屍体を発見したという。こちらは死後から発見までが早かったため、詳しい死亡推定時刻が判明している。安藤唯が死んだのは、屍体が発見された日の午前一時から三時までの間であった。

「どっちも完全な密室だったわけだ」

「だな。捜査資料を見る限り、玄関や窓の鍵に細工がされたような痕跡はない。水瀬速人の場合はドアチェーンが掛かっていたことから、割と早い段階で自殺だと判断されたみてぇだな。安藤唯の方は、安藤の家族や交際相手が合鍵を持っていたから、一応、慎重に捜査を進めて、全員にアリバイがあることがわかった。結果として自殺として処理されたって流れだ」

「アリバイがあったの？　だって、安藤さんの死亡推定時刻って夜中だよね？」

「ああ。だが、全員にきちんとしたアリバイがあったんだよ。まず安藤の実家は札幌《さっぽろ》なんだが、父親は三年前からアメリカに単身赴任中だった。母親は看護師で、その日は夜勤のためにずっと札幌市内の病院にいたことが確認されている。安藤の弟は茨城の大学に通っていて、数日前から大学の授業の一環で高知県に滞在していたんだと」

詳しく聞くと、安藤の弟は大学で民俗学を専攻していて、姉が死んだ日には高知県で民俗調査を行っていたそうだ。彼のアリバイは指導教官や同行した学生たちが証言しているという。

「それから、安藤の交際相手は二十四時間営業のファミレスでバイトしてて、午前一時から三時はちょうどシフトに入っていた。バイト先のファミレスは都内だが、安藤のアパートまでは直線距離を車で移動しても片道十五分はかかる。往復で三十分だな。同じ時間にシフトに入っていた従業員たちの証言じゃ、そんなに長い間、姿を見なかったことはないってことだ」

「なるほどね」

ただ、これらの事実と青いワンピースの少女がどう繋がるのかはわからない。青いワンピースの少女に接触した人間が、自ら生命を絶っているということだろうか？　それにしても何故《なぜ》、わざわざミネラルウォーターを満たした浴槽で溺死したのだろう？　水道水では駄目な理由があるのだろうか？

私はその日の夕食を奢《おご》ることで、友人への謝礼に代えた。

さて、時系列から考えると、三人の死者の中で一番最初に死んだのは各務充嗣だ。そして、船山小学校での「しずくさん」の事例が、青いワンピースの少女の最初の目撃談だと考えられる。そこで今度は船山小学校について調べることにした。もしも青いワンピースの少女のオリジンが船山小学校にあるとしたら、その場所で何らかの事件や事故が発生している可能性が高い。

小学校の歴史をさかのぼって調べると、船山小学校の校舎は創建当初は同地区の中学校のものであったことが判明した。後になって別の場所に中学校が建てられ、それから小学校として使用されるようになったという経緯《いきさつ》がある。

私が見つけた気になる新聞記事は、船山小学校が船山中学校だった時期のものだ。今から五十年以上前の一九六〇年代に、ある少女が行方不明となっていた。その少女の名前が火野雫《ひのしずく》――「しずくさん」なのである。

私はこの少女失踪事件の詳細を知りたいと思い、地方紙にも当たったのだが、火野雫が行方不明になり、一週間が過ぎても消息不明ということしかわからなかった。しかも警察が誘拐も視野に入れて捜査していたためか、詳しい状況については伏せられているようだった。こうなると、やはり当時の捜査関係者に当たるしかないだろう。そう思って、再び警視庁の友人に訊いてみたのだが、さすがに五十年以上も前の管轄違いの事件となると、調べるのは無理だと断られてしまった。二〇一二年の段階では、調査はここで断念せざるを得なくなった。

私が火野雫の失踪事件の詳細を知ることになったのは、それから三年後の二〇一五年のことである。この年、私の家族がとある密室殺人事件に巻き込まれるという異常事態が発生した。その縁で栃木県警の刑事たちと知り合うことになったのである。

事件が無事に解決して少し経った頃、私は担当だった沼尾《ぬまお》警部に連絡をした。そして、簡単に事情を説明し、火野雫の失踪事件の当時の捜査関係者を紹介して貰うことはできないかと頼んだ。私が密室殺人事件の解決に貢献したためか、沼尾警部の対応は非常に親切だった。「こちらで当時の捜査資料を調べてみます」と返答があってから数日で、事件の捜査に当たった警察官OBを仲介してくれた。

沼尾警部が連絡を取ってくれたのは、かつて栃木県警の刑事であった伏見《ふしみ》雅也《まさや》という人物だった。現在、伏見は宇都宮《うつのみや》市にある住宅街で、次男夫婦と同居している。

私が訪ねると、伏見雅也は自身で出迎えてくれた。沼尾警部の話では、七十代半ばだというが、もっと若い印象だった。綺麗に整えられた銀髪としゃんと伸びた背筋からは、現役の頃の貫禄が滲み出ていた。自宅なのにも拘わらず、来客を意識してか、きちんとジャケットまで羽織っている。

日当たりのよいリビングで、二人分のお茶を出してくれながら、平日は息子夫婦は共働きで、孫も学校に行っているので、家に一人なのだと話してくれた。ちなみに、伏見の妻は五年前に脳溢血で亡くなったという。

来訪の目的は大雑把には伝えてあったものの、私は改めて自分の立場とこれまでの経緯について説明した。伏見は怪談に関する話については反応が薄かったが、青いワンピースの少女に関わった者たちが、相次いでミネラルウォーターで満たされた浴槽で溺死したことを聞くと、俄然《がぜん》興味を持った様子だった。

「その亡くなった方々は、本当に自殺だったのですか？」

伏見のその質問に、私は「というと？」と聞き返した。

「いえね、実は今日あなたにお話ししようとしていた火野雫の件ですが、当時にも同じような状況で亡くなった男がいたものですから……。まあ、順を追ってお話ししましょう」

そういって、伏見は自身の体験を穏やかな口調で話し出した。

それは五十年以上前、伏見が刑事になって程なく起こった事件だったという。

二月の初め、月隈町の船山という集落で、中学二年生の少女が行方不明になった。火野雫という名のその少女は、四箇月前に東京から引っ越してきたばかりで、祖父母の家で暮らしていた。雫は夕方にふと外出したまま、日が沈んでも帰ってこなかった。心配した祖父母がその日の午後八時に駐在所に通報し、付近一帯を警察と消防、それに青年団が捜索したものの、雫を発見することはできなかった。

「当初、所轄署では東京の親元に帰ってしまったのではないかと考えたようです。というのも、どうも火野雫は東京にいる両親から厄介払いされて、母親の実家に預けられたらしいんですよ」

その辺りの詳しい経緯について、少女の祖父母は警察に対しても語りたがらなかった。両親もかなり非協力的だったと記憶しているという。

　東京で彼女が何か事件を起こしたらしいということだけはわかったので、調べてみると、火野雫は心中未遂事件の当事者であることが判明した。東京で交際していた男子高校生と駆け落ちし、日光の中禅寺湖《ちゆうぜんじ》で入水《じゆすい》自殺を図ったのである。男子高校生は死亡、雫は一命を取り留めたが、精神的にかなり不安定な状況に陥った。

　捜査本部はこの情報を受けて、火野雫が恋人を追って何処かで自ら生命を絶つために、行方を晦《くら》ましたのではないかという見解を強めた。それならやはり心中の現場になった中禅寺湖が怪しいということになって、そちらに捜査の手を回したが、失踪から一週間が経過しても手掛かりは一向に得られなかった。

「近所や学校では、当然ですが、心中事件については伏せられていました。しかし、生活環境の変化のせいなのか、火野雫にはなかなか友達もできなかったようです。ただ、これは偶然なのですが、私の姪が彼女と同じクラスで、比較的仲が良かったと聞いています」

　伏見の姪の聖子《せいこ》によると、雫は決して家出などする子ではないという。

　聖子は心中事件についても本人から詳しい事情を聞いていた。それによれば、家族との軋轢《あつれき》により、雫も相手の男子生徒も精神的にかなり追い込まれて、やむにやまれぬ状況だったために、駆け落ちや心中という極端な方法を選んだという。「警察が考えてるみたいに、雫は命を粗末にする子じゃないよ」と聖子は語気を荒らげていたそうだ。

「姪は、火野雫は誰かに誘拐されたのだと主張していました。それも身代金目的ではなく、もっと変質的で猟奇的な理由ではないかと思っていたようです」

確かに営利目的の誘拐ならば、とっくに犯人から何らかの要求があるはずだ。しかし、祖父母の家にも、東京の両親にも、犯人からと思われる連絡は全くなかった。

「写真で見た火野雫は、中学二年でありながら、かなり大人びた風貌をしていました。身長も高めでしたし、なかなかの美人で、今でいうとモデルのような感じの子です」

写真を見て、伏見もこの容姿ならば変質者に狙われても可怪しくはないと、聖子の言葉に納得したという。

「それにあの頃は連続殺人犯の酒浦実《さかうらまこと》が逮捕されて間もなくでしたから、聖子も余計に誘拐を心配したのでしょう。酒浦の事件はご存じですか？」

「勿論です。県内で起こった事件でも稀《まれ》に見る猟奇犯罪ですから」

酒浦実の連続殺人は、栃木県百目鬼《どうめき》町で起こった事件だ。この事件では八人もの若い女性が犠牲になったといわれている。当時は相当な騒ぎになったようだから、聖子も同種の事件の可能性を危惧《きぐ》したというのは頷ける。

伏見は姪の主張を汲んで、徹底的に集落周辺を捜査することにした。怪しい人物や車両を目撃した人物はいないか、細かい聞き込み捜査が行われた。田舎の農村地帯であるから、余所者が訪れればすぐにわかるはずだ。しかし、それらしい目撃証言を得ることはできなかった。雫の持ち物も発見されないし、誘拐などの争った痕跡すら見つけることもできなかった。

「事態が動いたのは、被害者が行方不明になった一年後です。一人の男が自殺したのです」

自殺したのは、関谷《せきや》晃一《こういち》という中学校の理科教諭で、雫と聖子の担任だった。聖子に訊くと、非常に真面目な教師で、よく生徒の相談に乗っていたという。実際、聖子も何度か悩みを相談したことがあるそうだ。加えて、教育熱心で、当時、教材が不足していた理科室を何とかしようと、独学で剝製や骨格標本の製作方法を学び、休日は教材作りに勤しんでいたらしい。

「この関谷の死に方が、先程呻木さんがお話しになった方々と同じだったのです」

彼は自宅の風呂場の浴槽に水をいっぱいにして、その中で溺死したのである。第一発見者は同僚の教員だった。関谷が無断欠勤したことを不審に思い、彼の自宅を訪れて屍体を発見したのだそうだ。発見時に玄関に鍵は掛かっていなかったという。

現場の状況から見て、自殺の可能性が高いと考えられたが、何故か関谷は水道水ではなく、わざわざ山の上から湧水を汲んできて、その中で死んでいた。浴槽をいっぱいにするだけの水だから、軽トラックに大きめのタンクを積んで、水を汲みに行ったようだ。かなりの手間をかけてまで、何故関谷が天然水に拘泥《こうでい》したのか、伏見を始めとする捜査関係者にも理由はわからなかった。

ともあれ、現場検証を進める中で、関谷の死は火野雫の失踪と無関係とは到底思われない証拠が次々と見つかった。

関谷は自宅の庭の納屋《なや》を標本作りの作業場として使用していた。納屋の中は動物の毛皮、血に塗《まみ》れた臓物、そして膠《にかわ》や接着剤の臭いが混然一体となって、何ともいえない臭気を発していた。そこから火野雫の制服が発見されたのだ。納屋の中央には、金属製の大きな作業台があって、そこで動物の屍体を解体したり、骨格標本を組み立てたりしていたことがわかる。その作業台から、人間の血液が検出された。血液の型は雫と一致している。

しかし、肝心の火野雫の遺体は発見されていない。

念のため、関谷の自宅敷地内も掘り返して調べたり、青年団に手伝ってもらって付近の山も調べたりしたが、遺体が埋められた痕跡は皆無だった。

関谷が誘拐犯だったという決定的な証拠は何もない。関谷の自宅からは雫の指紋が多数検出されているが、そもそも彼女は聖子と一緒に何度も関谷の家に遊びに行っている。聖子の証言では納屋にも入ったことがあるし、剝製作りを体験したこともあったというから、その時に雫が怪我をして血痕が作業台に付着してしまった可能性も否定できない。

ただ説明がつかないのは、雫の制服が発見された点である。行方不明になった当日、火野雫が制服を着ていたことは、目撃者の証言からわかっている。だとしたら、その後に関谷の家に来て、制服を脱いだことになる。事実そうだとしても、何故関谷晃一はそのことを警察に黙っていたのだろうか？　そもそも彼はどうして死んだのだろうか？

「捜査本部では関谷晃一が火野雫を殺害したという説が有力ではありました。しかし、遺体は出ていないし、状況証拠も弱い。まあ、関谷本人も亡くなっていましたし、酒浦の事件も裏付け捜査が続いていて、人員がそちらに回されてしまいましたからね、結局、火野雫の失踪は迷宮入りになってしまいました」

「伏見さんご自身は現場を見てどう思われました？」

私の問いかけに、伏見は「う～ん」と唸りながら腕を組んだ。

「これは当時考えた妄想のようなもので、これといった根拠はないのですが……」

「構いません」

「私はね、火野雫と関谷晃一は男女の関係だったのではないかと疑っていたのです。家出をした火野雫は、ずっと関谷の家に匿われていたのではないか、と。雫には心中未遂にまで追い込まれた経験があります。教師と教え子の関係となると、前より一層周囲からの風当たりは強くなるでしょう。そこで、関谷の家にずっと隠れていたのではないかと思うのです」

「そうなると関谷晃一はどうして自殺したのでしょうか？」

「二人の関係が破綻したからではないでしょうか。火野雫が関谷の許を去ってしまい、それが原因で関谷は自殺した。つまり、火野雫はその当時は何処かで生きていたのではないでしょうか」

妄想と謙遜《けんそん》していたが、伏見の推理には頷けるところが多々あった。そもそも船山集落内で不審者の目撃情報がなく、火野雫が出ていくところも目撃されていないのならば、捜索時には集落内に留まっていたと考えるのが自然である。関谷の自殺の動機も（その不可解な方法は措いておくとして）一応筋が通っている。

しかし、伏見の推理が事実だとすると、私が採集した怪談とは齟齬《そご》が生じることになる。伏見の考えでは、火野雫は関谷の許を——船山集落を去ったということになる。しかし、実際の怪談では五十年以上の歳月が経過しているとはいえ、雫は少女の姿のまま船山小学校に出現しているのだ。もしも雫がその後の人生を密かに送っていたとしたら、「しずくさん」として小学校に現れるのは可怪しいだろう。

更にもう一つ、私には疑問があった。伏見のいう通り雫が関谷の家に隠れていたとして、それは果たして自主的なものだったのだろうか？　もしかして彼女は関谷によって監禁されていたのではないか？　そして、隙をついて逃げ出した。或いは、逃げるために関谷を自殺に見せ掛けて殺害したとは考えられないだろうか？　どちらにしてもその後、雫の身には何かが起こっていることは確かである。だからこそ、怪異が発生していると考えられるのだから。

伏見を訪問した翌週の木曜日、私は彼の姪である聖子と会うために、足利市《あしかが》へ赴《おもむ》いた。伏見の話では、聖子は結婚後蒔田《まきた》姓となり、現在は夫と二人暮らし。二人の子供たちは既に独立しているという。

大型バスを何台も収容できそうな広い有料駐車場に車を停めると、土産物屋を脇に見ながら、待ち合わせ場所に向かった。蒔田聖子が指定してきたのは、足利学校や鑁阿寺《ばんなじ》に近い雑居ビルの二階にあるカフェだった。

普段私が利用するような昔ながらの喫茶店ではなく、アンティーク家具やお洒落《しやれ》な小物で満たされた空間だった。正直、聖子を待つ間は居心地が悪かった。書棚に納められたインテリア雑誌や栃木県内の有名カフェを紹介する本などは、私から最も縁遠い存在である。コーヒーにこだわりのある店のようで、やたらと種類が豊富だったが、私はメニューを満足に眺めもせずにブレンドを注文した。

待ち合わせから五分が経過して現れた蒔田聖子は、六十代半ばの大柄な女性だった。栗色に染められた髪はかなり短く、襟足《えりあし》は刈り上げてある。淡い黄色の綿のシャツにジーンズという服装も、活動的な印象を受けた。左腕にはパワーストーンのブレスレット。色から見るとラピスラズリと水晶だろう。ぱっと見だが安物ではないことはわかる。そういう目で見ると、シャツも量販店のものではないようだし、ジーンズもビンテージもののように洒落ており、同じシャツにジーンズ姿といっても、上から下まで量販店の商品を着ている私とは全く違う気がした。

私が火野雫について質問すると、聖子は懐かしそうに目を細めた。

「雫ちゃんはとっても綺麗な子でした」

　都会から引っ越してきたというだけでも刺激的だったが、火野雫は本当に美しかったという。銀幕の女優のようにしなやかで、麗しくて、よい匂いがした。

「私は伏見で、あの子が火野でしょ？　出席番号が近かったから、学校だと一緒のグループになることが多かったんです」

　雫は人見知りのようで、自分からクラスメートに声をかけるようなことはほとんどなかった。だいたい自分の席で本を読んでいるのだが、それがポオや小栗虫太郎《おぐりむしたろう》や江戸川乱歩《えどがわらんぽ》の作品のような、怪奇小説や推理小説ばかりだった。

　実は聖子もその手の本が大好きで、でも、学校で読むのは恥ずかしくて、いつも自分の部屋でこっそり読んでいた。だから、雫が堂々と人前でそんな本を読めることに素直に驚き、それから小声で「それ、あたしも読んだよ」と話しかけた。雫は一瞬目を大きく見開き、それから口許だけで笑った。

「たぶん、その日から私と雫ちゃんは友達になったんだと思います」

　雫には風変わりな点が一つだけあった。それは学校でも、遊びに行くのでも、いつも水の入った小瓶を持ち歩いているのだ。それはサイダーの瓶より少し小さいもので、金属の蓋がしっかり締まっていた。雫はそれをとても大切そうに扱っていて、時折、耳を当てたりしていた。

　ある週末、聖子の家に雫が泊まりに来た。夜になって二人で布団を並べて横になった時、聖子は思い切って瓶について尋ねてみたという。

「ねぇ、そのいつも持ってる瓶には、何が入っているの？」

雫はその質問に答えるのを僅かに躊躇《ためら》った。聖子は「無理に答えなくていいよ」といったが、雫は「大丈夫」と微笑んで、こういった。

「あの瓶にはね、私の恋人の魂が入っているの」

それから雫が話してくれたのは、悲しい恋の思い出だった。

雫には高校生の恋人がいた。中学に入って電車で通学するようになったのだが、彼とはその車内で知り合ったのだという。

「最初から彼に特別な感情を持っていたわけではないの。ただ、いつも同じ電車に乗っているなぁって。朝の風景の一部だったの。それが、突然、素敵なお手紙をくださってね」

彼は都立高校に通っていて、将来は小説家になるのが夢だったそうだ。雫が怪奇小説や推理小説を読むようになったのは、彼の影響によるものだった。

雫の父親は役所に勤めていて、娘の素行には厳しかった。母親も妙に外聞を気にする性格だった。だから、雫は彼との交際について黙っていた。しかし、何度かデートをする内、雫が門限を破ってしまった。当然、激しい質問攻めに遭い、雫はつい恋人の存在を明かしてしまったそうだ。

それからが大変だった。父親が彼の両親に猛抗議をし、二人の恋は周囲からの圧力によって引き裂かれてしまったのである。中学生の雫にはどうすることもできなかった。しかし、どんなに反対されても、彼への気持ちは募るばかりで、雫は何通も何通も手紙を書いた。もちろん彼もその都度《つど》返事を書いてくれていたのだが、それは雫が受け取る前にすべて処分されてしまったらしい。

「ある朝、電車の中で彼が近付いてきてね、このまま逃げようっていったの」

そして、若い恋人たちは電車とバスを乗り継いで、日光《にっこう》へ駆け落ちの旅に出た。彼にも具体的に何か考えがあったわけではなかった。ただ、二人とも一緒にいたかったのだ。日光を選んだのも、雫の母親の実家が日光の近くの町にあり、何度も行ったことがあると以前話したからだった。雫にとってその旅行が最も楽しい彼との思い出だったという。日光駅からバスに乗っていろは坂を上り、中禅寺湖まで行った。季節は秋になる一歩手前だったから、旅行客も疎らだった。

「そこで私たち、死ぬことにしたの」

死にたいと、一緒に死にたいといったのは、雫だった。彼は少し驚いたようだったが、最終的には雫の思いを汲んでくれた。そして、二人は中禅寺湖で心中を図ったのである。

「でもね、死んだのは彼だけだった」

そして、雫は地元の病院に入院した。両親はなかなか雫を引き取りにこなかった。代わりに、今同居している祖父が雫を迎えに来てくれた。雫は祖父の目を盗んで、再び中禅寺湖に行くと、湖の水を瓶に汲んだのだという。恐らく彼の葬儀には出ることは許されないし、もう彼に直接触れることはできない。だから、彼の魂が溶け込んだ湖水がどうしても欲しかった。

「それでね、不思議なんだけど、あの瓶に耳を当てると、彼の声が聞こえる気がするの」

雫はそういって嬉しそうに笑った。聖子は雫の衝撃的な告白に動揺して、何も考えることができなかった。

「今思うと、雫ちゃんは彼を失ったことで、精神的な傷を負っていたんじゃないかって」

雫の心の一部には確実に亀裂が入っていた。その間隙から、死んだ恋人の幻聴が聞こえてくるのだろう。

「この子はちょっと可怪しいのかもしれない、心を病んでいるのかもしれない。そう思うこともありましたが、結局、私はずっと雫ちゃんが好きでした。憧れだったの」

火野雫が水の入った小瓶を持っていたという証言は、非常に重要である。それも中身は心中未遂を行った中禅寺湖の水で、雫はそこに恋人の魂が入っていると思い込んでいた。私が採集した怪談でも青いワンピースの少女は水の入った瓶やペットボトルを持っている。

聖子と雫は時偶《ときたま》、担任の関谷晃一の家に遊びに行くことがあった。目的は関谷が週末に行っている標本作りを見学することだった。教育熱心な関谷は、いつでも歓迎してくれた。

「表向きは私も雫ちゃんも生物学に興味があるって、先生には話してたんですけどね……」

しかし、聖子と雫の本当の関心は、動物の生態ではない。その屍体を解剖し、内臓を取り出し、血の臭いを嗅ぐ。聖子と雫は、そうした背徳的で猟奇的な行為に妙に惹かれていたのである。

「丁度あの頃って、百目鬼町でバラバラ殺人事件の騒ぎがあったでしょう？　雫ちゃんはあの事件にも随分関心があったみたいです」

吐き気を催すような臭気が漂う納屋の中で、雫は両手を赤く染めて、ほんのり頬を上気させていた。聖子はその雫の姿に、エリザベート・バートリやカーミラ、或いはサロメを重ね合わせた。それは聖子がこっそりと読んでいた数多の妖艶で淫靡《いんび》な小説の具現化であり、聖子の隠れた欲望を体現しているのが、雫だったのだ。

「この子の時間は、こうやって永遠になっていくのね」

ある時、剝製になった鼬《いたち》を見て、雫がそういった。関谷は、「永遠なんて大袈裟だ」と笑う。

生真面目な理科教師は、標本の状態を保つためにはきちんとした保管方法とメンテナンスが必要なんだと、鹿爪《しかつめ》らしく語っていた。

　雫にその言葉が届いていたかどうかはわからない。雫は聖子の耳元で「素敵だと思わない？」と囁いた。聖子は雫が何に対して素敵だといっているのか量り兼ねたが、調子を合わせるために「ええ」とわかったような顔をして頷いた。

　雫が行方不明になったのは、二月の初めの寒い季節だった。

「私のところにも警察が来ました。偶然、叔父が事件を担当していて、それとなく警察の考えを教えてくれたんです。当時の捜査本部は雫ちゃんが家出したのではないかと思っていたみたいです。でも、私には彼女が家出する理由がわからなかった。雫ちゃんの大好きな小説は自由に読めるし、愛する恋人の魂は瓶詰めになって、いつも側にいる。だから、雫ちゃんがいなくなる理由はなかったんです。それに私に何もいわずに家出するなんてあり得ません」

　それで聖子は、雫は誘拐されたのだと思ったそうだ。

「叔父たちも周辺で不審者がいなかったかかなり力を入れて捜査してくれたみたいですけど、結局、何の手掛かりもないまま、雫ちゃんは見つかりませんでした」

　蒔田聖子の話からは、火野雫がどんな少女だったのかを知ることができた。殊《こと》に心中未遂事件の詳しい経緯や船山集落での日々の暮らしについては、貴重な証言が聞けたと思う。

　これまで関係者が浴槽を湧水やミネラルウォーターで満たして溺死したのは、雫の入水自殺未遂が関係している可能性が高い。湖での死を再現するために、水道水ではなく、天然水を使用していると考えることはできる。だが、やはり事件の核心に迫るような情報は入手できなかった。

　それに、話を聞いている間、私は蒔田聖子が何かを隠しているような、そんな気がして仕方がなかった。彼女は火野雫が行方不明になった件について、重要な情報を知っているのではないか。知った上で、何故か隠しているのではないか。しかし、直接問い質せるような雰囲気ではなかったから、「また何か思い出されましたらご連絡ください」と当たり障りのない挨拶をして、彼女とは別れた。

結局、五十年前の失踪事件の担当刑事に話を聞いても、火野雫と親しかった女性に話を聞いても、彼女が失踪後に一体どうなったのかを知ることはできなかった。

どうして雫は青いワンピースの少女となって、現代に蘇ったのか？

そんな私の疑問が氷解する契機となったのは、その年の八月に出版されたホラー作家・茅野《ちの》深泥《みどろ》の新作『血みどろ怪異録』である。茅野といえば、日本の農山漁村を舞台にした土俗的なホラー作品で定評があるベストセラー作家で、その作品は何度か映画化もされている。ただ、『血みどろ怪異録』はホラー小説ではなく、これまで茅野自身が体験した話や友人知人から聞いた話を纏めた実話怪談集であった。

茅野深泥「或る少女」『血みどろ怪異録』より

それは夏の終わりのことであった。

僕は冷房の効いた部屋で、妻と朝食を食べた後、いつもの習慣で緑茶を啜《すす》りながら、朝刊を読んでいた。社会面の記事を読んでいた時のことだ。背筋にとても厭な感覚が走った。というのも、かねてより行方不明だった友人Ｋの遺体が、茨城県の廃ホテルから発見されたという記事を見つけたからだ。

僕とＫは、大学時代からの友人である。専攻は違ったが、サークルが一緒で、かなり親密な関係にあった。一緒に泣き、一緒に笑い、そして一緒に浴びる程酒を飲んだ。大学を卒業して、僕は埼玉で就職し、Ｋは地元の栃木に戻って教師になった。それでも頻繁に連絡は取り合っていて、年に一度は一緒に飲むくらいの仲であった。

Ｋから突然電話がかかってきたのは、遺体発見の記事が載る一年くらい前のことだった。相談したいことがあるから、とにかく一度来てほしいとのことだった。僕が電話やメールでは駄目なのかと問うと、「それじゃ駄目なんだ。それじゃ相談できないんだよ」と半ば泣きそうな声で訴えた。幸いその時は目下《もっか》の懸案だった原稿を出版社に送ったばかりだったから、時間的には余裕があった。常宿に連絡すると部屋も空いている。そこで電話のあった翌日に、Ｋの家を訪れることにした。

平日だったから、Ｋの都合を考えて、夜の七時に約束を入れた。Ｋの実家は大きな兼業農家だった。かつては土間だったという広い玄関があり、正面に茶の間、右手に応接間、左手には広い座敷が見えた。天井が高いのに、何処となく薄暗く、こういっては悪いが陰気な印象だった。僕は応接間ではなく、Ｋの自室に通された。

Ｋの表情は思ったよりも明るかったから、僕は肩透かしを食らった。「メシはもう食ったのか？」とか、「新作も読んだぞ」とか、いつもと変わらぬ態度だった。しかし、相談したいこととは何だと問うと、途端に挙動不審になり、きょろきょろと部屋の中を見回す。それから一度押し入れを開けて、中を覗き、奥に向かって何事か呟いていた。誰か中にいるのかと尋ねたが、それには答えない。

再びこちらを向いたKは、少し照れたような表情を浮かべ、それから自分が体験した不思議な現象を話し出した。

Kの勤務するF小学校は、長期間に亙り新校舎の建設を行っていた。これまで使っていた旧校舎は維持したまま、すぐ背後に新しい校舎を建てていたのだそうだ。その新校舎が漸く完成した直後の土曜日のことである。

その日の午後は、旧校舎からの引っ越しが行われることになった。児童たちは、自分で使う机と椅子、それに個人的な荷物を新しい教室へ運び込む作業をすると、すぐ下校した。だが、教師たちはまだまだ仕事があった。

一応、引っ越し業者も頼んでいたが、図工室や理科室などの特別教室は、それぞれの教科の担当教師が中心になって作業を行うことになっていた。理科室の担当は、Kと教頭であった。教頭は職員室などの教職員全員に関わる場所で指示を与えているので、結局、Kが一人で理科室と理科準備室の実験器具や標本、薬品などを整理することになった。

F小学校の理科準備室には、古い動物の剝製や骨格標本が幾つも収蔵されている。教頭は若い時分にもこの学校に赴任したことがあるというが、以前はもっとたくさんの標本があったそうだ。「破損した標本も多かったので、その時にだいたい処分しました」と教頭は云っていた。かつては小学校の裏手に焼却炉があったから、そこで古くなった剝製を燃やし、学校の裏手の山に骨格標本を埋めたようだ。今回の引っ越しでも状態の良いものだけを残して、あとは処分することになっている。数日前から理科準備室の整理をしていたので、だいぶ荷物は片付いてきたが、作業が進むにつれ、部屋の奥にスチール製の古い棚があることがわかった。

上の段は硝子戸がついていて、小動物の骨格標本と両生類と魚類のホルマリン漬けが置かれている。下の段は引き戸になっているのだが、どうも鍵がかかったままで開くことができない。どうせ中も標本の類でごった返しているのだろうが、きちんと確認しないわけにはいかない。もしかしたら劇薬が保管されている可能性もあるからだ。

Kは鍵を探して、理科準備室と理科室の中をあちこち見て回ったが、それらしいものは発見できなかった。仕方がないので工具を持ってきて、鍵の部分を分解することにした。どうせこんな古い棚は処分することになるだろうから、少し壊れてしまっても構わないと思ったそうだ。

Kは十五分程度で戸を開けることに成功した。もともと老朽化が進んで金属の部品が錆びていたので、力を加えたことで内部の部品が折れたようだ。Kがそろそろと戸を開くと、狭い空間に座るような姿勢で少女の人形が置いてある。最初、Kはマネキンかと思った。しかし、よくよく観察すれば、それが人形ではないことがわかった。

信じられないことだが、それは人間の少女の剝製だった。

本物の人体を使って造った、人体標本である。

かつては真っ青だったと思われるワンピースは僅かに変色し、革靴も黴《かび》が生えていたが、不思議と剝製の状態は良好だった。ガラスの瞳がじっとKを見つめて、少女は微笑んでいる。その傍らには濁った液体が入った小さな瓶が置かれていた。

Ｋは全身が粟立つのを感じたが、比較的冷静に対処した。一呼吸置いて、すぐに職員室の教員たちに、事態を知らせに走った。自分一人の判断だけでは不安というのもあったのだ。あれは自分の見間違いで、本当は精巧に造られた実物大の人形なのかもしれない。Ｋは職員室にいた教頭に、できるだけ平静に少女の剝製について報告した。「精巧な人形だとは思いますが、もしかすると本物の遺体の可能性もあります」そう云った。

教頭は半信半疑のようだったが、理科準備室に同行してくれた。そして、二人で件の棚を確認すると、少女の剝製は忽然《こつぜん》として姿を消していたのである。

教頭は何も云わなかった。軽くＫの肩を叩くと、職員室に戻って行った。

Ｋも殊更《ことさら》に剝製の存在を主張しなかった。

そんなものは現実にあるはずがないし、あってはならないものだからだ。

翌日の日曜日も引っ越し作業の予定だったので、その日は作業を早めに切り上げて、帰宅した。Ｋは実家で両親と妹の四人で暮らしていた。Ｆ小学校からは車で十分もかからない場所だ。自宅に帰ると、玄関に見慣れない、しかし、見覚えのある古い革靴があった。玄関先まで出迎えた母親が、「アンタの教え子が来てるよ」と云った。応接間でずっとＫの帰りを待っているそうだ。

児童が家に来たことなど、今まで一度もなかった。Ｋは五年生のクラスを担当しているが、わざわざ家を訪問するような児童に心当たりはない。急いで応接間に行ったが、そこには手つかずのオレンジジュースとクッキーだけがあって、児童の姿は見当たらなかった。怪訝《けげん》に思いながらも、とにかく鞄を置こうと思って、Ｋは二階にある自室に行った。

入口の襖《ふすま》を開けると、薄暗い六畳の部屋。奥の窓際にシングルベッドが置かれている。そのベッドの上に、あの少女の剝製が横たわっていた。

Kは別に驚かなかったという。玄関であの靴を見た時から、もしかしたらこの少女がここにいるのではと思ったからだ。Kは僅かの間に警察へ通報するか否かを考えた。しかし、通報したところでこの状況を説明するのは困難だろう。

何気なく少女の艶やかな黒髪を撫でると、何処からともなく笑い声が聞こえた。

Kの話を聞いている内に、どうして友人が自分を相談相手に選んだのかはわかった。僕はホラー小説を書いているだけではなく、しばしばイベントなどで参加者から不思議な体験談を聞く機会がある。そのことをKに話したこともあった。だから、僕ならば偏見なく自分の話を聞いてくれると判断したのだろう。

ただ、僕はといえば、かなり戸惑っていた。その戸惑いの原因は、少女の剝製が見つかった場所のロケーションである。これが例えば人里離れた場所にある廃屋だとか、由緒ある屋敷の地下室だとかなら、すんなりと受け入れたかもしれない。しかし、小学校の理科準備室の奥というのは、余りにも怪談的というか、作り話っぽくはないか。だが、話をするKは怖いくらい真剣な表情をしている。嘘を吐いているわけではないようだ。

ひと頻《しき》り話が終わった時、Kは上目遣いにこちらを見て、「見るか?」と尋ねてきた。Kは実際に少女の剝製を見せてくれると云うのだ。僕は即座に勿論と応じた。物理的な証拠があるならば、話が早い。Kはするりと背後の押し入れに近付いて、その戸を勢いよく開けた。しかし、そこには布団が畳んで入れてあるだけで、少女の姿は見当たらなかった。Kは明らかに動揺していた。

「ついさっきまでは、いたんだ。ここに。さっき俺はこの中を見てただろ？　あの時はいたんだよ」

僕も押し入れの中を観察した。押し入れの下の段は布団や衣類を入れたボックスでいっぱいだったが、上の段にはかなりのスペースがあった。その上の段に畳んである布団には、確かに今の今まで何かが乗っていたらしい痕跡があった。布団が僅かに凹んでいたのである。勿論、温もりは皆無だったが……。

Kは頻りに首を傾げて、「可怪しい」とか「何処に行ったんだ」とかぶつぶつ呟き出した。僕は急に病的な雰囲気を纏い出した友人に辟易《へきえき》した。何かあった時は、またいつでも連絡してくれとだけ云って、早々に辞去することにした。

車に乗ってエンジンをかけ、バックするためにミラーを覗いた時、僕は硬直した。鏡に映った後部座席に、青いワンピースの少女が座っていたのである。少女は先程のKの話に聞いた通りの特徴だったが、どう見ても剝製には見えない。もっと潤っていて、もっと生々しい肉体を具《そな》えていた。少女はミラー越しに、じっとこちらを見つめていた。

覚悟を決めて振り返ったが、そこには誰もいなかった。僕は急いで車を出した。

それからKからの連絡がぷっつり来なくなった。僕から連絡すれば電話やメールには応じる。だが、会いに行こうとすると「都合が悪い」と云って断られる。その内に、Kは行方不明になった。

僕の許にも栃木県警の警察が訪れた。青白い蛸《たこ》のような顔をした刑事に、「Ｋさんの行方に心当たりはありませんか？」と質問されたので、ありませんと答えた。それから、Ｋはストレスのせいか少し鬱っぽいというか、ノイローゼ気味なところがありましたとだけ伝えた。僕の言葉に嘘はない。本当にＫの行き先は見当もつかないし、彼が精神的に不安定になっていたのも事実である。ただ、僕はあの少女のことは黙っていた。云ったところで警察が取り合うとは思えないし、逆にこちらがあらぬ疑いをかけられる可能性もある。

Ｋの遺体がどうして茨城県の廃ホテルで発見されたのか、僕にはわからない。しかし、きっとあの青いワンピースの少女が原因なのだと思う。

そう、この文章を書いている時に、気になることがあった。実は執筆中の僕の視界の片隅に、ちらっちらっと青い布が見えていた。ちょうど窓際に座って揺れるカーテンが視界の隅に入ってくるのに似ている。しかし、その青い布が見えるのは、窓際ではない。そちらにあるのは大きな本棚で、上から下までぎっちりとおどろおどろしい小説が詰まっている。

恐らく彼女が来ているのだ。

そう思うと、どうしても青い布が見えた方向を確認する気にはなれなかった。ただ、書斎の中には重々しい気配と生き物が乾燥したような独特の臭気が漂っていた。

＊

茅野深泥の作品を読み終えた私は、担当編集者を経由して、すぐに茅野へ連絡を取った。そして、茅野とのメールのやり取りで、友人のKが各務充嗣であることを確認することができた。

各務充嗣が茅野に話したことが真実ならば、五十年以上もの時を経て、火野雫が船山小学校に出現した謎は解けたことになる。彼女は剝製にされた上で、船山小学校が中学校だった頃から、理科準備室の棚の中に閉じ込められていたのだ。雫を剝製にしたのが、関谷晃一であることは、想像に難くない。当時、理科準備室を自由に使えたのも、関谷である。

ただ、私にはどうにも違和感があった。蒔田聖子の話を聞く限り、関谷は教育熱心で真面目な男のように思えた。教え子を殺害して、その剝製を作るような猟奇的な人物にはどうしても思えない。関谷が雫を剝製にした動機を推測するには、何かもう一つ欠けているピースがあるように思う。

それに、どうして関谷は剝製にした火野雫をわざわざ勤務先の理科準備室に隠したのだろうか？　見つからないようにするためとはいえ、運搬しているところを誰かに目撃される可能性だって高いだろう。そんなリスクを冒してまで剝製を移動させ、更には無理な姿勢を取らせて鍵まで掛けるというのは、やはり妙だ。これではまるで雫の剝製を封印したように見えるではないか。

その時、不意に私の脳裏にある言葉が蘇ってきた。

――この子の時間は、こうやって永遠になっていくのね。

――素敵だと思わない？

私が再び蒔田聖子に会いに行ったのは、二〇一五年の十月に入ってすぐのことだった。

場所は前回と同じカフェである。

「蒔田さん、雫さんの剝製をご覧になったことがありますね?」

開口一番の私の言葉に、聖子はあからさまに動揺した。私としては鎌をかけただけだったが、この反応を見る限り、彼女は雫の剝製の存在を知っているようだ。私は前回話さなかった青いワンピースの少女についての怪談と、それに関連した変死事件について話した。そして、何か知っていることがあるなら教えて欲しいと伝えた。

蒔田聖子は僅かな沈黙の後、「関谷先生の遺体が発見された次の日、私、雫ちゃんに会ったんです」といった。

「え? 次の日にですか?」

だとしたら、関谷晃一が死んだ後も、火野雫は生きていたということか? 私が戸惑っている内に、聖子はその時の状況を話し出した。

その日の放課後、聖子は忘れ物を取りに、教室に戻った。既にクラスメートたちは部活に行くか、下校してしまって、教室には聖子しかいなかった。そこへひょっこり火野雫が現れたのだ。

「雫ちゃんはお気に入りっていっていた青いワンピースを着て、学校の中なのに革靴を履いていました」

聖子が「今まで何処にいたの?」と声をかけると、雫はいつものように微笑んで、何もいわず廊下に出てしまった。聖子は呆気にとられながらもその後を追った。雫は廊下を進み、階段を降りて、一階にある理科室に入って行った。聖子も続いたが、部屋の中には誰もいない。その代わり、いつもは鍵がかかったままの理科準備室の扉が、僅かに開いていた。

理科準備室の中は関谷が作った剝製や骨格標本が整然と並んでいた。その中の幾つかは聖子と雫が手伝って作ったものだ。たった一年前なのに、随分懐かしく感じた。雫の姿は見えなかったが、部屋の奥にある棚の戸から、スカートの端が覗いていた。

聖子が思い切ってそこを開けると、雫がいた。

いや、いたという表現は可怪しいかもしれない。

そこには火野雫の剝製があったのだ。

まったく瞬きをしない彼女の瞳を見詰めた時、聖子はすべてを悟った。

関谷晃一が死んだ理由も、朧気ながら想像が出来た。

「それから放課後になると、私は雫ちゃんと会うようになりました。雫ちゃんは戸棚の中で動かず、私もじっと彼女をみつめるだけでしたけど」

雫は相変わらず美しかった。だが、以前とは違ったところもあった。あの恋人の魂が入ったという小瓶が、違う形のガラス瓶になっていた。聖子はそれに気付きながらも、そのことに触れるのが怖くて、結局、何も訊かなかった。

「多分、あの瓶の中の水は、関谷先生が死んだ時に浸かっていた浴槽の水なんだと思います」

そのうち雫自身のことも怖くなった。関谷との間に何があったのかはわからない。しかし、聖子は雫が自ら望んで剝製になったのではないかと思うようになった。関谷の家の納屋の中で、雫が口にした「永遠」という単語を思い出したからだ。

「そう思うと、雫ちゃんのことがわからなくなりました。いいえ。ひょっとすると、最初から私は雫ちゃんのことなんてわかっていなかったのかもしれない」

聖子は休み時間にこっそり理科準備室に入ると、動かない雫が入っているのを確認してから、棚に鍵をかけてしまった。

「その鍵は、今も持っています」

つまり、火野雫の剝製を封印したのは、関谷晃一ではなく、蒔田聖子だったのだ。

これまでの人生で、雫のことを思い出す瞬間は何度もあったという。しかし、記憶の襞から滲み出てくる雫の顔を、聖子は何度も何度も拭き取って、見ないようにしていた。ようやく子供たちが成人して、「学校」が自分から遠い場所になってからは、雫のことを思い出す機会はずっと減った。もう少しで、雫との思い出はすっかり風化するはずだった。

「あの学校の建て替え工事が決まって、校舎が取り壊されるのを知った時は、気が気ではありませんでした」

工事やら引っ越しやらの際に、火野雫の遺体が見つかるに違いない。そうなれば、自分のところにも警察関係者が来るかもしれない。しかし、毎日毎日新聞の地方欄に目を配っていたが、一向にそんなニュースは見つからなかった。最終的に無事に校舎の取り壊しが行われたという新聞記事を見た時、聖子の心中は複雑だったという。

「雫ちゃんの遺体が見つからなかったことに対しては、正直、ほっとしたんです。でも、それなら、アレは何処に行ってしまったのって。全部私の夢だったんじゃないかって思ったこともあったんですが……。そうですか、あの棚を開けた人がいたんですね」

そして、棚を開けた各務充嗣は既に死んでいる。火野雫が持っているものが瓶からペットボトルへと変わっていたことから、彼女がまた心変わりを起こしたことがわかる。

「雫ちゃんは、今、何処に?」

「わかりません。私がわかっている範囲で、直近で彼女の犠牲になったのは、都内に住んでいた女子大生です」

「女子大生？　それは可怪しいんじゃないかしら？」

「え？」

「だって、雫ちゃんは自分が好きになった相手を自殺させているんじゃないのですか？　あの子、年上の男性が好みなんです。女の子には興味ないと思いますよ」

蒔田聖子のその言葉は、かなり重要な意味を孕《はら》んでいた。

もしも、安藤唯の死が青いワンピースの少女である火野雫が齎《もたら》したものではないのだとしたら、彼女が関谷晃一や各務充嗣と同様の方法で自殺をする必要はない。というよりも、本当に彼女は自殺だったのか？

聖子の話を聞いたおかげで、青いワンピースの少女については、概ね疑問が氷解した。火野雫に魅入られた男たちが、天然水で満たした浴槽で疑似的な心中を行う。雫はその水を保存して、彼女なりの「永遠」というものを享受しているのだろう。水道水ではなく、敢えて天然水を使うのは、最初の心中未遂の経験が、自然環境下の水だったからかもしれない。

安藤唯の死は、やはり不可解だ。聖子と別れてからも、私の頭の中にはその件がぐるぐると回っていた。彼女の屍体が発見されたのは、アパートの一室である。玄関にも、窓にも内側から鍵が掛かった密室状況だった。窓の鍵には細工が施《ほどこ》されたような痕跡はなく、玄関の合鍵を持っていた安藤の家族と交際相手には鉄壁のアリバイがある。

「じゃあ、もしも犯人が合鍵を使っていなかったのなら？」

合鍵を使用せずに玄関を施錠するには、当然、安藤の所有していた鍵を使わなければならない。その鍵は奥の六畳間の卓袱台の下から見つかっている。

「ん？　何で卓袱台の下？」

そこまで考えて、私にはあるアイディアが浮かんだ。これを確かめるのはそう難しいことではない。私は急いで警視庁の友人にメールを送った。

「これが実際の鍵の写真だ」

そういって友人のTは自らのスマートフォンの画像を見せてくれた。私が彼にメールを送ってから三日後のことである。場所は日比谷にあるカフェだった。平日の昼間に会うのは初めてだったが、スーツ姿の彼は刑事というよりもサラリーマンのような雰囲気だった。

スマホの写真は、捜査資料に添付された写真を直接撮ったものだった。画像は余りよくないが、私が確認したかったものははっきりと写っている。安藤唯の部屋で見つかった鍵には、大きなキーホルダーが付いていた。ふわふわした尻尾のような代物である。

「これがそんなに重要なのか？」

「うん。犯人はこれを使って、部屋の鍵を掛けたんだよ」

既にTには、安藤唯の死が他殺である可能性が高いことを伝えてある。

「でも、この鍵は玄関からかなり距離があるところに落ちてたんだぞ」

「まず可怪しいのはそこだよ。どうして家の鍵が卓袱台の下なんかに落ちてるの？　普通、自分の家の鍵って鞄の中とか、棚の上とかわかりやすい場所に置いておくでしょ？　でも、卓袱台の下っていうのは不自然過ぎるって」

「たまたま落ちただけってこともあるじゃねぇか。部屋の中には猫もいたんだし」

「そう。部屋の中には猫がいた。それも重要」

「どういうことだ？」

「犯人はあらかじめ、このふわふわのキーホルダーをおもちゃとして猫に与えていたんだと思う。事件が起こった日、犯人は被害者を殺害して、現場をビデオで見た各務充嗣の屍体と同じような状況にすると、部屋を出て鍵で施錠したの。そして、キーホルダーを付けた鍵をドアポストから部屋の中に入れた。あとは飼い猫がキーホルダーを咥《くわ》えて、部屋の中に鍵を運んでくれるってわけ」

「その犯人ってのは誰だ？」

「あの部屋に頻繁に出入りしていて、被害者の飼い猫がとても懐いていた人物。でも、交際相手にはアリバイがあったわけだから、親しい友人ってことになる」

そう、安藤唯を殺したのは、私に怪談を聞かせた坪井翔馬だろう。

今から思えば、坪井が語った怪談そのものが作り話だった可能性もある。確かに坪井と安藤の共通の友人は、廃ホテルで各務充嗣の屍体を発見してすぐに死んだのだろう。撮影されたビデオだって私自身が確認している。しかし、坪井が話した怪談の安藤唯が映像を編集するという辺りからは、妙に作為的なものを感じる。まるでホラー映画のワンシーンのような、既視感が強くあったのだ。

私の推理を聞いたTは、すぐに警視庁へ戻って行った。恐らく安藤唯の死については、再捜査が行われるだろう。但し、事件からはだいぶ時間が経過しているから、どれだけの物証が得られるのかはわからない。ただ、私の中では、青いワンピースの少女を巡る一連の事件はその時幕を閉じた……はずだった。

それなのに、その二年後に、よりにもよって栃木県内の博物館で彼女の話を聞くことになるとは。

水瀬速人の死からだいぶ年月が経過しているから、東京から栃木まで火野雫が何処をどうやって移動したのかはわからない。そもそも彼女は物理的な移動を行っているのかも、時間や空間の制限を受けずに移動しているのかも判然としない。それに、彼女の持つペットボトルの中身の水が、今は誰が入水自殺した時のものなのかも謎である。水瀬のものなのか、それとも私が知らない別の被害者のものなのか。

ただ、彼女は今、博物館にいる。

そこは永遠を求めた彼女にとって、如何にも相応《ふさわ》しい場所のようには思えるのだ。

つい先日、学芸員の玉居子幽見から電話が掛かってきた。

「み、見ちゃったんです！」

電話の向こうの玉居子は、かなり興奮しているようだった。

彼女の話では、博物館の収蔵庫で作業をしていた時、再び青いものが動くのを見たのだそうだ。

「今度こそは正体を確かめようって思ったんです」

玉居子はところ狭しと置かれた農具や漁具などの民具の合間を縫って、青いものが見えた場所に移動した。すると、市内の神楽で使用されていた仮面が並んだ棚の傍らに、青いワンピースを着た少女が座っていたという。彼女が近付いても、少女は逃げる様子はない。玉居子は「こんにちは」と恐る恐る声をかけながら、少女の側に屈み込んだ。その時見たものについて、玉居子は次のように語った。

「それは剝製でした。見間違いなんかじゃありません。人間の女の子の剝製だったんです。人形や模型とは皮膚の質感が全然違います。私、前に人間の皮膚で装丁された本を見る機会があったんですけど、それとよく似てました。産毛とか、毛穴とか、皺《しわ》とか、細かいところがやっぱり私たちと同じで、生々しくて。あの子は口許が笑ってるみたいでした。でも、目は焦点が合ってないみたいにまっすぐ前を向いていて……」

玉居子は人を呼びに収蔵庫を出たが、同僚と二人で戻った時には、少女の剝製は消えていたらしい。

勿論、それ以降も博物館では青いワンピースを着た少女が目撃されている。

片野塚古墳の怪談

1

私が「魔所」という言葉を初めて目にしたのは、泉鏡花《いずみきようか》の「草迷宮」だった。

この作品は江戸時代の妖怪遭遇譚である『稲生物怪録《いのうもののけろく》』に影響を受けたことで知られているが、物語の幕開けに「三浦の大崩壊《おおくずれ》を、魔所だと云ふ」とある。当時中学生だった私は図書室の片隅でその古風な響きに魅了され、物語に惹き込まれていったのを覚えている。勿論、それまでにも「魔の踏切」や「魔のトンネル」という言葉は目にしたり、耳にしたりしたことがあった。しかし、鏡花の描く「魔所」は、俗っぽい現代の心霊スポットとは一線を画していて、畏怖《いふ》を孕《はら》んだ幻想性に彩られ、活字越しにもじわりじわりと私に迫って来るように感じた。

呻木叫子《うめききようこ》というペンネームで怪談作家になって、実際に多くの心霊スポットを訪れるようになったが、なかなか鏡花の描くような魔所には出会うことはなかった。

それが今、私はまさに魔所と呼ぶべき場所にいる。

ここは静岡県湯護《ゆご》市にある片野塚《かたのづか》古墳という場所だ。湯護市といえば、知る人ぞ知る温泉地であるが、片野塚古墳もまた、古墳ファンを唸らせる名所である。五世紀頃に造られた円墳で、直径は一〇五メートル、高さは八メートル。埼玉県行田《ぎようだ》市の丸墓山古墳と並び、円墳としては全国第二位の大きさを誇っている（ちなみに第一位は奈良県奈良市の富雄《とみお》丸山《まるやま》古墳で直径一〇九メートルである）。現在、墳丘の上は松林になっていて、真っ昼間でも薄暗い。

片野塚古墳には、古くから「片野様」と呼ばれる神が祀《まつ》られ、一部の住民から信仰の対象とされてきた。そのため、墳頂部に一メートル程のささやかな石の祠《ほこら》があり、正面には鳥居が立っている。『湯護市史　考古編』によれば、片野塚古墳は国指定の史跡であり、埋葬されているのは、この地域の権力者だと考えられている。昭和二十三年（一九四八）に行われた発掘調査では、横穴式石室《せきしつ》が確認されているが、石棺の中は確認されていない。出土した遺物には他の古墳では見られないような奇妙な意匠の土器や埴輪《はにわ》があり、古代の湯護市周辺は独自の文化を形成していた可能性が高いそうだ。

ただ、私が興味を引かれるのはそうした考古学的な成果よりも、片野塚古墳を巡る民俗学的な報告である。湯護市には古墳に埋葬されている人物の子孫だという、片野一族が点在している。彼らは本家分家共に、自宅の敷地内に屋敷神として片野様を祀っている。

民俗学者・直江《なおえ》廣治《ひろじ》の著作『屋敷神の研究―日本信仰伝承論―』には静岡県各地で「地《ち》ノ神」と呼んで先祖を屋敷神として祀る事例が記載されているし、『湯護市史　民俗編』によれば現在の湯護市でも同様の信仰は見ることができる。従って、片野一族だけが屋敷神を祀っているわけではない。だが、彼らは市内で一般的に使用される「地ノ神」という呼称ではなく、あくまで屋敷神を「片野様」と呼んでいることに特異性がある。

さて、片野塚古墳は外側から見るならば、何の変哲もない松林である。裏手は崖になっていて、その下を露井《ろい》川という大きな川が流れている。また正面には国道を挟んで湯護市歴史民俗資料館が建っているし、周辺には人家も散見できるから、決して辺鄙《へんぴ》な場所にあるわけではない。しかし、石造りの鳥居を潜《くぐ》って一歩足を踏み入れると、途端に異様な光景を目の当たりにすることになる。

古墳の上には、奇妙な形状の石柱が乱立しているのである。

それらはシルエットだけ見るなら人間の姿にそっくりで、直立した形、万歳をした形、中腰の形、横臥した形と様々なスタイルをしている。多くの石柱は一メートルを超えるが、中にはそれにも満たない小さなものもある。全部で四十一体あるこれらの石柱は「生け石《いけいし》」と呼ばれている。地元の伝説によれば、生け石は片野様の祟《たた》りによって石に変えられた住民たちであり、今もまだ石の姿で生き続けていると伝えられている。

北九州の古墳には、石人や石馬などの石製立物《たてもの》が見つかっているが、片野塚古墳の生け石はそれらとは異なっている。どうやら生け石は古墳が造られた時点でそこに置かれたものではなく、だいぶ時代が下ってから新たに立てられたものらしいのだ。

昭和二十三年の発掘の際に行われた生け石に対する科学的調査では、更に信じ難いことが判明する。なんと生け石は人の手が加わったものではないというのである。これは石を構成する分子の状態などから判明したことで、人間が加工した痕跡――例えば、砕かれたり、削られたりした跡が見受けられなかったらしい。従って、生け石がどういったメカニズムで形成されたのかは現在でも不明である。

オカルト愛好家の間では、異星人が造ったものだとか、超古代文明の遺物だとか、様々な珍説奇説が披露されていて、古墳に埋葬されていた人物も異星人だという説まである。湯護市では昔から頻繁《ひんぱん》にＵＦＯも目撃されているから、こうした説がある程度支持されるのだろう。

昨日取材した近隣に住む男性からも、妙なモノが飛んでいるのを目撃したと聞いた。夜中に片野塚古墳の前を通る国道の上空を鳥よりも大きな何かが確かに横切ったそうだ。

「昔なら天狗《てんぐ》が出たなんて話になったのかもね」

その男性はそういって笑っていた。

事実、近世の随筆『諸国里人談《しょこくりじんだん》』に載る木葉《このは》天狗のように、静岡県には天狗が川で魚を獲るという伝承がある。川沿いのこの場所で不可思議なモノが飛翔していたならば、かつては天狗だと思われただろう。

さて、私がここを魔所だと評する所以《ゆえん》は、自然が作った前衛芸術が広がる景観だけではない。実はこの場所には更に忌まわしい歴史がある。片野塚古墳は現在に至るまで何度も殺人事件や屍体遺棄事件の現場になっているのだ。

記憶に新しいのは、五年前の秋に起こった事件である。当時小学二年生の男子児童が下校途中で行方不明となり、この場所で屍体となって発見された。死因は頸部《けいぶ》圧迫による窒息死で、犯人は未《いま》だにわかっていない。その二年前には、旅行でこの場所を訪れた都内在住の夫婦が口論の末に地元住民に撲殺《ぼくさつ》されている。

更に遡《さかのぼ》ってみると、二、三年に一度はこの場所で屍体が見つかっている。湯護市全体で起きている屍体遺棄事件の比率から見ても、尋常な数ではない。余りに事件が続発するため、三年前には古墳の周囲に多数の防犯カメラが設置された程だ。地元では、こうした事件が起こる原因も、片野様の祟りだと噂されている。

片野塚古墳で起こった殺人の記録で、現存する最も古い文献資料は、鎌倉時代のものである。

しかし、その資料によれば、既に平安時代には片野塚で殺人や傷害が頻発していたことが読み取れる。忌まわしい記録は、古代から脈々《みゃくみゃく》と続いているのだ。

こうした状況から、片野塚古墳は古くから怪談奇談の舞台となっている。私は一年前の二〇一六年四月から断続的に古墳周辺の地域を訪れて取材を続けているが、実に多くの逸話を蒐集することができた。

最も代表的なものは、生け石が一つ増えるという話である。これは戦前の民俗調査報告書にも記されているもので、丑三《うしみ》つ時《どき》になると四十一体ある生け石が四十二体になるらしい。この増えた石を「死に石」といい、見た者は死ぬとされる。現在では主に小中学生の間の都市伝説として語られていて、その中では丑三つ時ではなく四時四十四分四十四秒だといわれている。また、生け石が動くという話も頻繁に耳にする。残念ながらそれを目撃した人物には出会ったことはないが、地元住民ならば誰もが口にする怪談である。

生け石については、こんな体験をした人もいる。

三十代の会社員Mさんが中学生の頃のことだ。当時Mさんの通っていた中学校では、年に一度ウォークラリーが行われていた。学区内の名所旧跡を巡って、郷土の歴史や文化について理解を深めるのが目的だった。

「男女混合の四人で班を組んで、チェックポイントを回るんです。それぞれの場所には生徒会が作ったクイズが掲示されていて、全問正解すると賞品がもらえました」

Mさんたちの班が片野塚古墳を訪れたのは、十四時くらいだった。Mさんたちが到着した時は、他の班の姿はなかったそうだ。クイズの内容は「生け石の中で両手を挙げているものは何体か?」というものだった。Mさんたち男子二人は手分けして調べることを提案したが、女子たちはそれを拒否した。

「まあ、あそこは殺された人たちの幽霊が出るとか色々と噂がありましたからね。女子がビビるのは仕方なかったんです」

Mさんたちが生け石を調べていると、唐突に背後から「おい!」という野太い男性の声がした。慌てて振り返ると、そこには片手を挙げた生け石があるだけだった。Mさんは石の後ろに誰かが隠れて自分たちを揶揄《からか》っているのかと思ったそうだ。

「すぐに石の後ろを確認したんですが、それらしい人物は見当たりませんでした」

不気味に思いながらも四人は調査を続けた。すると今度は斜め前方から「ねえ」と若い女性の声が聞こえた。明らかに一緒にいる女子二人とは違う声である。そちらを見ると、腰の辺りが括《くび》れた女性に見える生け石が立っていた。

「流石《さすが》に二度目でしたから、俺もちょっと怖くなりました。でも、女子の一人がこんなことをいったんです」

「多分、石が他の場所から届いた声を反響させてるだけだよ」

その娘はクラスの学級委員で、成績もよかったという。Mさんも彼女の冷静な考えになるほどと納得しかけた。しかし……。

「ちがうよ」

僅かな間を置いて、頭上からそんな子供の声が聞こえた。

Mさんたちはすぐにその場から逃げ出したという。

他の班も大なり小なり片野塚古墳で不思議な現象に見舞われたり、それが原因で諍《いさか》いが起こったりして、ウォークラリーで古墳の問題を解いたのは、Mさんと同じ学年の一つの班だけだった。Mさんが聞いたところ、彼らも怪異に遭遇したものの、それらを悉《ことごと》く無視して生け石を調べたようだ。

「実際関係あるかどうかわからないんですけど、その班の奴らみんなもう死んでるんですよね」

亡くなった時期や死因はバラバラだったが、全員が若くしてこの世を去っているのだそうだ。

女子の一人は、片野塚古墳の松の木で首を吊っていたが、ロープを縛った枝はどうやっても彼女の身長では届かない程高い位置だった。

「梯子みたいなものも見つかっていないって話です」

これもまた片野様の祟りだと噂されたらしい。


生け石が引き起こす怪異以外にも、こんな話がある。

都内在住の大学生Hさんは、一昨年の夏休みにサークルのメンバー十二人で湯護市を訪れた。彼女が所属しているのは文学サークルで、年に二回合宿と称して旅行をするのが恒例になっている。

「合宿ですから一応読書会とか、それ以外に会員の書いた作品を合評したりもするんですけど、メインは温泉と飲み会なんです」

昼間は観光地を回るのが常だが、参加者の中に考古学を専攻している学生が二人いて、是非とも片野塚古墳へ行きたいと主張した。そこで他のメンバーたちも彼らに付き合うことになったそうだ。

片野塚古墳に到着すると、集合時間だけ決めて自由行動になった。とはいえ、最初に古墳を見るか、歴史民俗資料館を見るかの二択しかない。大部分のメンバーが資料館へ向かう中、Hさんは考古学専攻のTさんとYさんに同行し、先に古墳を見学することにした。正直なところ、Hさんは古墳に興味があったわけではなかった。彼女は好意を寄せるTさんとできるだけ一緒にいたかったのだという。

Tさんも、Yさんも、かなり興奮気味でスマートフォンで写真や動画を撮影していた。ハイテンションな二人に辟易《へきえき》しながらも、Hさんも生け石が立ち並ぶ古墳の奇観に徐々に惹きつけられていった。

十分程度が経過した頃のことだ。ある生け石の前で異変が起こった。

「それは男性が両腕を左右に広げるような恰好をした生け石だったんですけど、Tくんが写真を撮ろうとしたら、スマホの画面が真っ黒になっちゃったんです」

タップしても変化がないので、Tさんは一度電源を切って再起動した。スマホが正常に戻ったので、もう一度撮影を試みたのだが、やはり先程と同じように画面が黒くなって、フリーズしてしまった。

「変だな」

Tさんが再びスマホの電源を入れ直した時だ。何の操作もしていないのに、カメラ機能が立ち上がった。そして画面には生け石が映し出されたのだが……。

「そこに、いるはずのない髪の長い女の人が映り込んでいたんです」

次の瞬間、Tさんのスマホは電源が落ちてしまい、完全に故障してしまった。

「後で知ったことなんですけど、そこって何年か前に女の人の屍体が見つかった場所だったんです」

また、Yさんが撮影した動画には、子供の声らしきものが一度ならず録音されていた。しかし、三人が古墳にいた時、子供は疎《おろ》か他の観光客の姿も皆無だったそうだ。


先日、心霊系動画配信者の禍田野《まがたの》さんから聞いた話だ。

彼女は真夜中に全国の心霊スポットを訪れ、その様子を撮影した動画をアップしている。怪談イベントにも度々《たびたび》出演していて、私ともその縁で知り合った。

禍田野さんが去年の七月に片野塚古墳を訪れたのは、とある静岡県の廃ホテルに撮影に赴《おもむ》くついでだったそうだ。

「ちょうど目的地に向かう途中に片野塚古墳の近くを通ったんで、ちょっと覗いて行こうって思ったんだ」

時刻は十八時を過ぎたところだったので、周囲はまだ明るかった。禍田野さんは何の期待もせずに、スマートフォンで撮影しながら、片野塚古墳へ踏み入った。松林の中は存外に暗く、入ってすぐにスマホの設定を夜間撮影モードに切り替えたという。

「最初は配信用の動画を撮影しようとしてたわけじゃなかったんだけど、生け石だっけ？　あの人間みたいな形の石。あれを撮ってたら、何か絵になる感じになってさ」

そこからはコメントにも気を付けて、撮影を行った。

すると、禍田野さんは自身の真横から視線を感じた。

勿論、そちらを向いても誰もいない。

「こう、死角から誰かがこっちを見ているみたいな感じがしたんだよ。まあ、心霊スポットに行った時はたまに経験することだから、あんまり気にしなかったんだけど……」

古墳を上りながら撮影していると、あちらこちらで同じように視線を感じる。しかも徐々に視界の隅に相手の一部が見えるようになったらしい。

「白っぽいスカートが見えたり、背広の一部が見えたり、坊主頭もあったし、長い黒髪ってのも見えたな。一番覚えてるのは、血塗《ちまみ》れの着物の袖《そで》だね」

つまり、視線を送ってくるモノは、その都度《つど》違うようなのだ。

禍田野さんは何かが映ることを期待して、視線を感じる度にスマホと一緒にそちらを向くのだが、肉眼でも、スマホの画面でも、何も捉えることはできなかった。しかし……。

墳頂部で片野様の祠を撮影していた時のことだ。

耳元にふうっと生臭い息を感じた。

彼女はさっとスマホを構えて、相手の方向を見た。

「すぐ目の前に女が立ってたんだ。ホント、キスできるくらいの距離」

女には眼球がなく、暗くぽっかりと空いた眼窩《がんか》と大きく開けた口が、まるで埴輪のようだったそうだ。

この時撮影した動画には、残念ながらその女は映っていなかった。しかし、禍田野さんは、その時に間近で見た女の紫に変色した舌が、今でも忘れられないという。

一箇月程前の二月下旬、私は片野塚古墳の怪談を友人の鰐口《わにぐち》に話した。彼女は大学時代の後輩で、今でも親しい付き合いがある。金髪の鰐口は不自然な程の厚化粧で、背中に白虎《びゃっこ》が刺繡《ししゅう》された緑色のスカジャンを着ていた。

「次の『ギャラギャラファンファン』のロケ、そこでしたいっす」

鰐口は映像制作会社でディレクターをしている。今は『ギャラクシー・ファントムのギャラギャラファンファン』という、無駄に長いタイトルの番組を担当している。ギャラクシー・ファントムは知る人ぞ知るオカルト系アイドルグループで、メンバーがそれぞれUFO、未確認動物、心霊、超能力、超古代文明という専門分野を持っている。アイドル戦国時代といわれる今日《こんにち》、彼女たちは単純に歌って踊るだけでは生き残ることは難しいらしい。

ただ、ギャラファンには固定ファンがかなり多く、冠番組である『ギャラクシー・ファントムのギャラギャラファンファン』はBSで毎週放送され、視聴率も悪くないという。内容は所謂《いわゆる》超常現象を扱ったもので、メンバー自身が専門家と共に現地でロケを行うのがメインである。私も心霊や怪談がテーマの場合は、アドバイザーとして番組の企画に関わり、時には出演もしている。

「古代の伝奇浪漫に、UFOに、幽霊なんて、ギャラファンフルメンバーで特番が撮れるっすよ」

「いや、鰐口さんが思ってるより地味な場所だよ」

「人間そっくりの石柱がめっさある古墳ってだけで、絵的には十分だと思うんすけど」

そのようなわけで、鰐口は番組のロケハンのために、実際に片野塚古墳へ赴くことになった。

私に案内を頼みたいというので、次に取材に行くタイミングとロケハンの日程を合わせる約束をした。それが今日なのである。

私は昨日から前乗りして、改めて何人かに怪談を聞いて回った。鰐口とは午後に合流する予定だ。事前にアポイントを取って、湯護市歴史民俗資料館で普段は展示されていない遺物を特別に見学したり、展示解説をして貰う手筈《てはず》が整っている。すべて私のコーディネートだが、取材協力の名目で幾分か報酬が発生するので、これも仕事の内である。

腕時計で時間を確認すると、十三時を回っている。もう少しで約束の時間だ。

私は眼前の生け石に向けてデジタルカメラを構えた。両腕を広げた格好のものだ。

片野塚古墳に来る度に、私は生け石やかつて屍体が発見された場所の写真を撮っているのだが、これまで心霊写真が撮れたことは一度もない。今回こそ何かが撮れるといいのだが。そう思ってシャッターを押すと、何の異常もなく撮影ができた。

余り幸先のよいスタートではない。

2

待ち合わせ場所は、湯護市歴史民俗資料館だった。駐車場には二十台程度の車が停められるスペースがあるものの、今は私が乗ってきたレンタカーだけしかない。恐らく職員用の駐車場は別の場所にあるのだろう。

敷地は存外に広く、屋外には移築された古民家や復元された竪穴式住居もある。休日には子供たちを対象としたイベントも行われるらしい。私がネットで見たのはどれも考古学に関わるもので、自作の石鏃《いしやじり》をつけた矢を弓に番《つが》えて射《い》る体験や黒曜石《こくようせき》のナイフを使用した川魚の調理などのイベントだった。

駐車場の周囲には桜が植えられていて、丁度見頃だった。微風に小さな花弁が舞い、駐車場のあちこちに薄桃色の斑点《はんてん》を描いている。

鰐口は約束の十分前に、黒いワンボックスカーで現れた。レンタカーではなく会社の車だから、どうやら東京から運転してきたらしい。赤いパーカーを着た鰐口は『バットマン』のロゴの刺繍入りキャップを被《かぶ》っている。いつも通り化粧が濃く、年齢不詳である。

「おはようございます」

業界人らしく時間を無視した挨拶に、私も「おはよう」と応じた。

「すっごく眠そうだけど、大丈夫?」

「問題ないっす」

鰐口が目を擦りながらそういった直後、助手席から予想外の人物が飛び出した。

栗色のツインテールに、一七九センチの高身長。顔が小さく、手も足も長いその体形と猫背気味の姿勢は、かの汎用人型決戦兵器にそこはかとなく似ている。

「え?　何で?」

思わず私がそう口にすると、相手はにっこり笑って「サプラ～イズ!」といった。

それは「ギャラファンの巨神」の異名を持つ南沢香恋《みなみさわかれん》だった。彼女はギャラクシー・ファントムのメンバーでは最も若い十九歳で、超古代文明を専門としている。

「お、流石の叫子姐さんも驚いてますな～」

南沢は黒いブルゾンにジーンズという控え目な服装だった。仕事で目にする時はミニスカートが多いので、今のような服装は新鮮に映る。ただどんな控え目なファッションでも、物理的に大きいので、目立つことに変わりはない。

「オフだったから、ついてきちゃった」

そういって南沢はわざとらしいテヘペロの表情を作った。仕草は愛らしいが、如何《いかん》せん私とは身長差があるので、威圧感の方が大きい。テーマパークで着ぐるみと接近遭遇した時の感覚と似ている。

鰐口は溜息を吐《つ》くと、「一応、深見《ふかみ》さんには連絡しといたっす」といった。深見紳吾《しんご》はギャラファンのマネージャーだ。完全なプライベートではなく、今回はテレビ番組のロケハンへの同行ということで、念のために事務所に一報を入れたそうだ。恐らくは南沢が事故に遭ったり怪我をしたりした場合の扱いなどを考えてのことだろう。

そんな鰐口の苦労など知らぬ風情で、南沢はその場でくるくる回る。ツインテールが遠心力で広がって、今にも大空に向かって飛び上がらんばかりの勢いだ。

「ずっとず～っと来たかったんだよ、片野塚。でも、電車だと最寄駅から遠くて不便だし～、タクシー代払うのはちょっとアレだし～。いつかいつかと思ってたんだけど、なかなか来れなくて。偶然鰐口さんが片野塚に来るって聞いた時は、マジ神様に感謝って感じだったの！」

そこでようやく回転をやめると、こちらに向かって微笑《ほほえ》んだ。

正直、私は南沢が苦手だ。ギャラファンのメンバーとは全員面識があるものの、私が最も関わりがあるのは、心霊現象や怪談が専門の牛腸夏鈴《ごちょうかりん》である。次に親しいのは、リーダーの淵脇飛鳥《ふちわきあすか》だ。座敷童子《ざしきわらし》のような風貌の彼女は、未確認動物や妖怪を担当しているから、興味の対象も近い。しかし、南沢とは年齢も離れているし、専門とする分野も違うので、余り接点がない。何より予測不能な言動にはいつも唖然とさせられる。

「休みの日までロケハンについてくるなんて、暇なの？」

私がそういうと、南沢は頬を膨《ふく》らませる。

「勉強熱心といっていただきたい！　だって〜、いつもは見れない出土品とか見せて貰えるんでしょ？」

「まあね」

南沢が古代史や超古代文明について学び始めたのは、デビューが決まってからのことだと聞いたことがある。それから必死に勉強し、事務所が用意したテストに合格した上で、ギャラファンのメンバーになったそうだ。若さゆえの吸収力なのか、アイドルとしてデビューすることへの執念なのか、とにかく彼女は短い期間でマニアが唸る程の知識を習得した。今ではオカルト雑誌から原稿の依頼があるくらい、その分野の造詣《ぞうけい》が深い。アイドルには珍しいことではないが、彼女も水面下では多大な努力を続けているのだ。

湯護市歴史民俗資料館の建物は、一見してピラミッドを思わせる外観だった。天辺こそ尖ってはいないが、外壁が煉瓦《れんが》色のタイルで覆われた四角錐《しかくすい》に近い見た目である。私は地元にあるピラミッドを模した温泉施設を思い出した。あれもなかなかインパクトのある建物だが、こちらも周囲の景観からはかなり浮いている。

事前にホームページを閲覧したところ、一階に展示室があり、二階には講演などが行える大会議室や自動販売機が並んだ休憩室があることがわかった。ただ、建物自体は地下一階、地上三階だから、公開されていない部分は職員用のフロアや収蔵庫なのだろう。外から見た限り屋上もあるようで、金属製の手摺《てす》りが確認できた。

三人でエントランスに入ると、受付の女性がこちらに怪訝《けげん》そうな視線を送ってきた。まあ、厚化粧の金髪女性とモデル体型のアイドルという取り合わせは相当パンチあるので無理もない。そんな二人を従える形になっている私は、一体どのように見られているのだろうか。急に不安になったが、そんなことは顔には出さずに、私はあくまでスマートに来意を告げた。

「すみません。一時半に学芸員の古林《ふるばやし》さんとお約束している呻木と申します」

「あ、はい」

応じたのは二十代前半くらいの女性で、鰐口と南沢に向けていた視線を私に合わせた。

「少々お待ちください」

彼女はそういって、すぐに手許の電話機で内線をかけた。私たちが来館したことを伝えると、短く言葉を交わして、受話器を置く。

「古林はすぐに参りますので、そちらでお待ちくださいませ」

私たちがロビーで待っていると、五分もしない内に考古担当の学芸員・古林賢《けん》が現れた。黒縁眼鏡をかけた中肉中背の男性で、年齢は三十代後半だろうか。一緒に現れたのは、五十代半ばの恰幅《かっぷく》のよい男性で、館長の城巽博《じょうそんひろし》と名乗った。髪の量は多いがほとんど白髪で、実年齢よりも年老いて見える。

先程まで眠そうな顔をしていた鰐口は、館長を前にすると途端にしゃきっとして、名刺を差し出しながら「どうもこの度は貴重なお時間をいただき、ありがとうございます」と慇懃《いんぎん》に頭を下げた。

私が事前の連絡よりも一人増えたことを伝えると、古林は「特に問題ないですよ」と柔和な笑顔で応じた。資料館の二人は、南沢を見てもノーリアクションなので、恐らくギャラファンのことは知らないのだろう。そこまでメジャーなグループではないのだ。南沢も簡単に挨拶をしたが、空気を読んで自分がアイドルであることや出演者であることは口にしなかった。古林と城巽館長には番組スタッフの一人と思われたようだ。

私たちが古林に案内されたのは、地下にある作業室というプレートの掲げられた部屋だった。ここは一般の来館者は立ち入りができない区域で、収蔵庫の隣に位置している。室内は白を基調とした内装で統一され、中央には大きなテーブルが置かれていた。今、その上には遺物の入った木製のケースが並んでいる。最も多いのは土器の破片のようだが、ひときわ目立っているのは奇妙な形状の埴輪だった。

「ご存じかもしれませんが、片野塚古墳は全国的に見ても大型の古墳に属します。静岡県内には松林山《しょうりんざん》古墳など墳丘長が一〇〇メートルを超える前方後円墳が幾つかありますが、円墳でその規模というのは片野塚だけです。大きさから考えると、相当な権力者のために築かれたと思われますが、造られた時期と古墳の形状から判断して、ヤマト王権とは距離をおいていた人物と推察されます」

古墳について明るくない私のために、南沢が「前方後円墳はヤマト王権に関わりが深い人物しか造れなかったらしいよ」と教えてくれた。

「今日は収蔵資料の中でも、とりわけ特徴のあるものを用意しました」

私は資料ケースに目を落とした。

土器の側面と思われる大きな破片には、二つの目のようなものを持つ円形の意匠が施《ほどこ》されている。そこからは放射状に何本も紐のようなものが伸びていた。

「これは太陽ですか?」

私が尋ねた。

「いいえ。発掘された当初は確かに太陽を象《かたど》ったものと思われたのですが、周りに点々が見えますでしょう?」

いわれてみれば、円形の周囲には黒い点が幾つも描かれている。

「この点々は星を描いたものだと考えられています。よって、この丸いものは太陽ではなく、月ではないかというのが、現在の通説です」

「これは火星人ではないのですか?」

唐突に南沢がいった。突拍子もない発言であったが、古林は「そういった俗説もありますね」と然程《さほど》驚いていない様子だ。恐らく、この手の質問は初めてではないのだろう。

というのも、オカルトマニアの間では、片野塚古墳から出土した土器に見られる意匠は、蛸《たこ》型の異星人ではないかという仮説、というか珍説がしばしば唱えられているのだ。異形の存在が古代人に知識や技術を与え、その結果、生け石のような現代の科学では説明ができないような物体を生み出したというのである。

「そこにある埴輪も、蛸のように見えるんですけど〜」

南沢はテーブルの上に置かれた奇妙な埴輪を指差した。

「ええ。こちらの埴輪は恐らく蛸か烏賊《いか》をモチーフにしたものだと思われます。他の地域では見られない大変珍しいものです」

古林が蛸とも烏賊とも断言できないのは、胴体から伸びる触手の本数が、全部で十三あるからだという。

「それも火星人に似てますよね〜」

南沢の言葉に古林は苦笑した。

「まあ、見ようによってはそうですね。この埴輪のレプリカは上の常設展示にもあるのですが、小さいお子さんなんかは『象さんに見える』なんていいますよ」

確かに埴輪の正面に触手が一本あるので、角度によっては象の鼻のように見える。

「えっと、こちらの資料をご覧ください。これは青銅でできた首飾りの一部なのですが、魚のような絵が施されているのがおわかりになりますか？　それからこの首飾りに使用された石には波のような文様が刻まれています。このように片野塚古墳から出土した副葬品には、海をモチーフとしたものも見受けられるのです」

「出土品には空に関係するものと海に関係するものが多いということですか？」

私が確認すると、古林は頷く。

「そうです。ここから考えられるのは、片野塚古墳を造った人々は、ある程度天体と海洋の知識を持っていたのではないかということです。もっといえば、そうした知識を駆使して航海を行っていた可能性があると私は考えています」

古林の話では、出土品には星図が記された銅鏡もあり、片野塚古墳を作った人々が相当天文学に精通していたことがわかるそうだ。

「ヤマト王権と距離があったのも、もしかすると渡来系の人々だったからかもしれません」

「あの〜、片野塚って結局どんな人の古墳なのか、正確にはわかっていないんですよね？」

南沢のその質問に、古林は「はい」と応えた。

「昭和二十三年に大規模な発掘調査が行われましたが、石室を確認した直後に事故があったらしく、棺《ひつぎ》を調べることはできなかったようです。平成三年になって学術調査が行われる予定だったのですが、こちらも関係者が亡くなってしまい、結局、直前で中止になっています。当時は片野塚古墳の呪いなんて週刊誌が騒いだりもしたようですが」

その記事は私も確認している。他の遺跡ならばファラオの呪い宜《よろ》しくセンセーショナルな報道がなされるのだろうが、片野塚古墳では呪いだと伝えられる事件や事故が余りにも多いため、発掘調査に関する死者については一時的な騒動で落ち着いたようだ。

「ただ、先程も申し上げましたが、古墳の規模や副葬品から考えると、埋葬されているのは相当な権力者だったことは確かです」

そこで私は素朴な疑問を口にした。

「生け石に関しては、古林さんはどうやってできたと思いますか？」

「その質問はよくされるんですよ。そうですね、あれらはこの周辺地域、もしかしたらもっと広い範囲で、人間に似た石を見つけて、わざわざあの場所に運んだのではないかと推測しています」

「なるほど」

「それも年に一度とか数年に一度のように定期的に運ばれてきて、長い年月をかけてあのような状態になったのではないかと」

「何のためにそんなことを?」

私が尋ねると、古林は「これは個人的な見解ですが……」と断ってから説明を始めた。

「あそこに埋葬されている存在を祀るためには、ああした形状の石柱が必要だったのではないかと思われます。端的にいえば、生け石は生贄《いけにえ》の代用品だったのではないかと」

「生贄ですか?」

「はい。私はあの石が置かれる以前は、本当に人間を生贄にしていたのではないかと考えています。その証拠に、片野塚からは幾つも石室に入っていない古い骨が出土しているのです。もっとも、他の研究者からは信憑性が薄いと批判されていますけれどね」

死して尚、生贄を求める権力者とは一体どのような人物なのだろうか?

古林の説明を聞いたことで、私は片野塚古墳に眠る何者かに禍々《まがまが》しいイメージを抱いた。

3

私たちは、歴史担当の学芸員・昼戸《ひると》永子《えいこ》からも話を聞かせてもらう予定だった。ちょうど今行われている企画展が「江戸時代の片野塚」ということで、一階の特別展示室で解説をして貰うことになった。

昼戸は私と同年代——三十代半ばで、セミロングの黒髪に細い目が特徴的だ。パンツスーツを着ていたが、何故《なぜ》か平安絵巻に登場する女性を連想させる。きっと十二単《じゅうにひとえ》がよく似合うのではないだろうか。

「近世の資料で片野塚という地名が最も多く見受けられるのは、実は代官所の同心や村役人の記した文書なのです。現代でもそうですが、どういうわけか片野塚では頻繁に殺人や傷害など血《ち》腥《なまぐさ》い事件が発生していました。こうした事件についての記録が多数残されているのです」

昼戸の話では、片野塚古墳に関しては、資料館に収蔵されている資料の他に、市内の神社が所蔵している文書もあり、そこには武士が乱心して自身の従者を含めた十数人を斬り殺したと記されているらしい。

「ただ、こうした資料は片野塚にマイナスなイメージを与えてしまいますので、上からは企画展には相応《ふさわ》しくないと判断されました。地元の議員さんなどもご覧になりますから、後からクレームが入って展示の差し替えとなると面倒ですので。ですから、今回の展示ではほんの僅かに留めました」

表情は変わらなかったが、昼戸としては上の判断には忸怩《じくじ》たるものがあったのではないだろうか。片野塚で起こった刃傷沙汰についての資料を数点でも展示したのは、彼女なりの抵抗なのだと思う。

「さて、今回の企画展で中心となるのは絵図や随筆です。中でも紀行文や奇談集の類を多く展示しています。こうした資料での片野塚は名所旧跡として扱われているか、怪異が起こる場所として記述されているかの、どちらかになります。この『駿府名所図会《すんぷめいしょずえ》』は文化《ぶんか》二年——一八〇五年に描かれたものですが、当時から一種の観光地として片野塚が認識されていたことがわかります」

昼戸が示した『駿府名所図会』には、見開きで片野塚古墳の絵が描かれている。見出しが「片野塚」とあり、また「神の鎮まる塚なり」とも書かれているので、当時は古墳という認識は稀薄だったのかもしれない。松の木から人間そっくりの生け石が幾つか覗いているが、これは絵画的な演出だという。塚の保護のために松の木が植えられたのは近世前期のことである。従って、この絵が描かれた近世後期には既に松は繁茂しており、外から生け石は窺うことはできなかったと考えられている。

「こちらにあるのは宝暦《ほうれき》十年——一七六〇年に刊行された『駿州奇談』という文献で、遊苞浮音《ゆっとふおん》という俳人が駿府の珍談、奇談、怪談を集めたものです。この中では片野塚に関する怪談が二話収録されています。一つは旅の修験が片野塚の神の逆鱗《げきりん》に触れて石になる話、もう一つは近隣に住む若者たちが片野塚で百物語をして夥《おびただ》しい数の亡者に取り囲まれるという話です」

片野塚の神の話が出てきたので、私は片野様の祭祀に関する文献資料は残っていないのか尋ねてみたのだが、昼戸は眉を寄せて「生憎《あいにく》そうした資料は確認されていません」といった。

「そもそも片野塚に祀られている神を『片野様』と呼ぶのは、片野家の方々だけのようです。多くの文献では『片野塚の神』や『片野の屋敷神』という呼称が使用されています」

「片野様は片野家のプライベートな神だと考えられていたということでしょうか?」

「う〜ん、そこが難しいところで、先程紹介したように、片野塚そのものは広く開放されていて、現在と同様に一種の観光地として認識されていました。ですから、そこに祀られている片野様もある程度開かれた環境にはあったわけです」

「江戸時代の於岩稲荷《おいわいなり》みたいなものってことですか？」

所謂「四谷怪談」でも知られる於岩稲荷は、そもそも御先手組同心《おさきてぐみどうしん》である田宮《たみや》家の屋敷神であった。しかし、そのご利益から近隣住民から信仰され、やがて一般にも参拝が許されたという経緯《いきさつ》がある。

「違いますね。別に片野塚の神は周囲から信仰されていたわけではありません。むしろ祟りを及ぼすことで忌避されていたようです。旅人の目的も塚に詣《もう》でるのではなく、物見遊山《ものみゆさん》に生け石を見ることにあったようですから。片野様はそうした場所に祀られている神であって、特にご利益があるという認識はなかったと思われます」

昼戸は十五分ばかり展示解説を行ってくれたが、殊更《ことさら》に私の興味を引く資料はなかった。鰐口は欠伸《あくび》こそしなかったもののかなり退屈な様子で、専《もっぱ》ら南沢香恋が昼戸に向かって質問をしていた。

鰐口と南沢が常設展示を見に行くというので、私は二階の休憩室で少し休むことにした。壁際に黄色いソファが並んでいる他、白いテーブルと折り畳み式の椅子が四セット置かれている。今は室内には私一人である。壁にかかった円形の時計を見ると、間もなく十六時を回ろうとしている。あと一時間で歴史民俗資料館は閉館時刻になる。

自動販売機で甘いミルクティーを買って、ソファに凭《もた》れて飲んでいると、「こんにちは」と声をかけられた。

相手は民俗担当学芸員の名楽梨花《ならくりんか》である。二十代半ばの短髪の女性で、ウルトラアイを彷彿《ほうふつ》とさせるメタリックレッドのフレームの眼鏡をかけている。名楽とは去年の取材で知り合ったので、既に面識がある。それからも時折連絡を取り合っていて、彼女が新たに聞いた片野塚古墳に纏《まつ》わる怪談を教えてくれることもあった。今日の訪問についても事前に連絡してあったから、こうしてわざわざ挨拶に来てくれたのだろう。

「さっきまで小学校で出張授業だったんです」

そういえば心なしか前回会った時よりもフォーマルな服装だ。

「よくあるんですか、そういうの?」

「はい。大抵は昔の暮らしについて、実際に民具や古い家電なんかを使用して授業するんです。あ、それで、今日行った小学校で、片野塚古墳について子供たちから面白い話が聞けたんです」

「え、それは是非聞きたいです。えっと、今って大丈夫ですか?」

「勿論。そのつもりでお声がけしました」

私はテーブル席に移動し、名楽と向かい合った。テーブルに置かれた名楽の携帯電話には、ウルトラマンオーブのストラップが付いていた。

「最近、片野様の祠が縁切りの神様として話題になっているらしいんです」

「縁切り?」

「はい。元々は中高生を中心に、『片野塚古墳を訪れたカップルは破局する』って都市伝説があるらしいんですね」

「それも初めて聞きました」

中高生に話を聞くことはあったが、怪談に焦点を当てていたため、そのようなジンクスめいた都市伝説は聞き洩らしてしまったようだ。

「半年くらい前に、ネットでちょっとだけ話題になったみたいです。ですから、いつ頃からある話なのかはわかりません。その噂では、片野様は喧嘩が好きな神様なので、訪れた者同士を争わせるっていうんです。どうもそこから片野様は人間の仲を裂くのが好きという話になって、縁切りの神様と考えられたようですね」

「古墳にお参りに来る子もいるんですか?」

「直接そういう子には会えませんでしたけど、隣のクラスの子が試したとかいう話は聞きました」

「じゃあ、結構リアルに信じられている?」

「はい。しかも片野様に縁切りをお願いする時は一応作法があるそうです。あたしも時間がなくて詳しくは聞けなかったのですけど、縁を切りたい相手の髪の毛や爪を入れた人形を用意するのと、片野様に自分の血を捧げるらしいです」

「血ってどのくらい?」

「さあ、そこまでは。でも、話からはそんなに深刻な量ではないみたいでしたよ。きっと指先に針でも刺すんじゃないでしょうかね」

確かに刃物を使った本格的な儀式ということなら、もっと秘密裏に語られるはずだ。ゲストである名楽が話を聞き出せたということは、児童たちの間でも然程深刻には捉えられてはいないのだろう。

「で、この話を聞いた後、あたし思い出したんです」

「何をです?」

「先月、古林さんが古墳を見回りに行った時に、生け石の前にぬいぐるみが落ちていたっていうんですね。あたしも実物を見ましたけど、クレーンゲームの景品のアニメキャラのものでした。でも、背中に赤い糸で縫い直した跡があったんです」

「それって……」

「恐らく誰かが縁切りのために使った人形なんだと思います」

「えっと、その人形って、まだ資料館にあるんですか?」

「ええ。落とし物として保管しています」

「見せて貰うことってできます?」

「構いませんよ」

ただ、ほかの遺失物と一緒にしまい込んであるので、探すのには時間が必要とのことだった。名楽は明日までには人形を用意してくれるといって、仕事へ戻って行った。

その後、常設展示を見終えた鰐口と南沢と合流し、二人を片野塚古墳へ案内した。南沢は終始はしゃいでいて、私と鰐口はそのハイテンションな様子にただただ圧倒されるばかりだった。

4

片野塚古墳見学の後は、三人で夕食をとるために、私が宿泊しているホテルの近くにある洋食屋へ向かった。中年の夫婦が経営する小さな店である。開店して間もない時間だったにも拘わらず、既に店内は混み合っていた。地元では人気のある店なのだ。厨房からは肉をグリルする得《え》もいわれぬ良い匂いが漂い、空腹感が増した。

私は生ビールを注文したが、鰐口はこれから運転して東京へ戻るため、ジンジャーエールを飲んでいる。未成年の南沢は食前にも拘わらずクリームソーダを選んだ。そういえば、私も十代の頃は食前にパフェを注文していたことを思い出す。

「温泉地に来たのに、温泉に入れないなんて、何の罰ゲームなんすかね」

鰐口は不満そうな顔でそういった。

私が自分の泊まっているホテルなら日帰り温泉は十時までやっていると伝えると、鰐口は「違うんす」と一層暗い顔をする。

「あたし、風呂に入ったら眠くなると思うんすよ。居眠り運転は流石にまずいんで」

「そうだよね〜。あたしのことも送らなきゃならないし〜」

南沢は悪びれずにそういった。

「あのさ、香恋ちゃん。片野塚古墳を実際に見て、何か気付いたことってある？　その、専門家の目から見て」

私がそう尋ねると、南沢はソーダを啜《すす》ってから「そうだな〜」と斜め上に視線を彷徨《さまよ》わせた。まるでそこに蝶か妖精でも飛んでいるかのような雰囲気である。

「片野塚がオカルト界隈《かいわい》で問題になるのは、やっぱあの人間そっくりな石柱の存在なんだよ。考古学者も、地質学者も、あれは自然にできたものだっていうけどね、どう考えても可怪《おか》しいでしょ？　何をどうしたらあんな形になるわけ？　みんな納得しないから、あれは未知の技術で造られたオーパーツなんじゃないかって発想になる」

オーパーツというのは、out-of-place artifacts（場違いな加工物）の略称である。古代の遺跡からは時折、当時の技術では作成できないような遺物が出土することがあるそうで、そうしたものをオーパーツと呼び、高度な古代文明の存在や太古に地球を訪問した異星人の存在を示すものとして紹介される。代表的なものとして、水晶髑髏《どくろ》、インカの黄金ジェット機、エジプトの電球レリーフ、コスタリカの石球などがある。日本の遮光器土偶《しゃこうきどぐう》も、宇宙服姿の異星人を模したものとして、オーパーツに含まれることがある。

「それにあの土器に描かれた絵。背景が星空だから太陽だの月だのって議論されるわけだけど、ぶっちゃけどっちにも見えないじゃん」

確かに南沢のいう通り、歴史民俗資料館で見た土器の意匠は、一見しただけでは太陽にも月にも見えない。素直に見れば蛸や海月《くらげ》に似ている。だが、それらの海洋生物が星空に浮かんでいるシチュエーションは不可解だ。

「結構昔から、あれは蛸みたいな奴が空からやって来たってことを表しているんじゃないかって説があるんだ。それに加えて、極めつきはあの蛸型埴輪。あれって墳頂部から見つかってるの。これってすっごく変わってるんだよ」

南沢の話では、通常墳頂部に置かれるのは、魔除けの意味のある円筒埴輪、埋葬された人物の死後の住まいを表現した家形埴輪、そして、その権威を表現する器財埴輪だという。更に墳頂部に置かれる唯一の動物埴輪は鶏であり、これは時間を司《つかさど》る権力者を象徴していると考えられるらしい。

「だから、そんな場所からああいう埴輪が出るっていうのは、ホントに珍しいことなの。多分、片野塚古墳を造った人たちにとって、あの蛸っぽい何かはそれ程重要なものだったたってことになる」

「それで、火星人?」

「そう。あれは地球外からやってきた何者かを表現しているんだよ」

「ちょっと飛躍《ひやく》が過ぎない?」

「過ぎる。それはあたしもそう思う。でも、ここで重要なのは、あの蛸が火星人かどうかってことよりも、H・G・ウェルズが『宇宙戦争』で蛸みたいな火星人を書く前に、古代の日本に同じようなデザインの地球外生命体らしきモノが描かれていたってことなんだよ」

「嗚呼《ああ》、なるほどね」

ウェルズは一八九八年の『宇宙戦争』において、火星人を巨大な丸い頭(胴体)に十六本の鞭《むち》を思わせる触手を持った蛸のような姿で表現している。ウェルズがこのように火星人を表現したのは、それが遥か未来の人類の姿を予見したものであったからといわれている。未来の人類は脳が高度に発達し、手以外の器官が退化して、頭ばかりが大きい蛸のような姿へと変貌しているというのだ。

　南沢やオカルト愛好家たちが片野塚古墳の蛸型埴輪を問題にしているのは、そうした未来の科学技術を予見するような発想がなかったはずの古墳時代に、既に超越的存在を蛸のような姿で表現している点なのだ。

「美空《みそら》ちゃんも、『片野塚の蛸型埴輪はうつろ舟と似てる』っていってた」

　田宮美空はギャラファンの中でＵＦＯを担当しているメンバーである。そして、田宮がいうところのうつろ舟とは、江戸時代の随筆『兎園小説《とえんしょうせつ》』『弘賢随筆《ひろかたずいひつ》』『梅の塵《ちり》』などに記載されているもので、常陸国の海岸に漂着した円盤のような形状の物体である。全体は鉄製だが一部にはガラス障子《しょうじ》が嵌められ、中には異国風の女性が乗っていたとされている。

　うつろ舟については複数の絵図が残されているが、その形状が余りにも空飛ぶ円盤に似ていることから、日本だけではなく海外のＵＦＯ研究でも言及されることがある。ちなみに、常陸国のうつろ舟漂着事件は、養蚕や機織りを伝えたとする金色姫という漂着神の縁起説話との関連が研究者から指摘されている。

「香恋ちゃん自身は、ぶっちゃけどう思ってるんすか？　蛸型埴輪のモデルになったのはやっぱり異星人？」

　鰐口が尋ねた。

「まっさか〜。流石にあたしもそんなにロマンチストじゃないよ〜。あたしはね、あの埴輪は神様か、神様の使いなんじゃないかって思うんだ」

「蛸がっすか？」

「そう。あの古墳を造った人たちは蛸っぽい形の神様を信仰していた。だから、土器や埴輪にその形を残したんじゃないかな」

南沢の説に、私は「面白いね、それ」と反応した。というのも、今年の初めに私は愛媛県の赤《あか》虫村《むしむら》という場所で取材を行ったのだが、そこに住むある一族は頭足類《とうそくるい》に似た姿の苦取《くとる》神という神を信仰していたからだ。

クトル信仰は東北地方から近畿《きんき》地方の太平洋沿岸に分布しているが、祭神の苦取神は蛸や烏賊などの頭足類の頭部に龍や蛇の胴体という姿を持つと考えられている。片野塚古墳を築いた古代人も苦取神に似た神を信仰していたとしたら、非常に興味深いことだ。

もっとも苦取神は、海神や海の向こうから来訪する神として認識されているので、頭足類に似ているのは頷けるが、あの土器に描かれた蛸状の意匠は、空から降臨しているように見えた。従って、天空と蛸がどのように結びついているのかは依然として謎が残る。その点を指摘すると、南沢も「そうなんだよね～」と頷いた。

「だから火星人説が主張されるんだけど、あたしはさ、人間の深層心理に原因があるんじゃないかって思うんだ」

「どういうこと？」

「ウェルズの火星人って、遙か未来の地球人の想像図をモデルにしてるでしょ？　それってウェルズのアイディアっていうよりも、人類が誰しも深層心理に持っているビジョンなんじゃないのかな。こう、超越的な存在っていうのは、頭がデカいっていうか、脳味噌《のうみそ》しかない、みたいな。

この場合触手は飾りみたいなものってわけよ」

「だったら、世界中の神様はみんな蛸になっちゃうじゃない」

私が突っ込むと、南沢は「あ、それもそうか〜」といって笑った。

食事は一時間半程で終わり、私は駐車場で二人の乗った車を見送った。

ホテルに戻って少し休憩すると、大浴場に行った。温泉に浸かりながら、歴史民俗資料館での学芸員たちの話を反芻《はんすう》する。

原稿を書くに当たって、片野塚古墳に関する基本的な情報は得られたと思う。ただ、片野様そのものについての情報は思ったよりも少ない。あの蛸型埴輪と片野様にはどういった関係があるのだろうか？　南沢がいうように、もしもあれが何らかの神格を表したものだとしたら、片野様信仰とも関連する可能性は高い。だが、片野様はあくまで同族で祭祀される屋敷神だ。かつて空から降臨した宇宙規模の神が存在したとして、それと片野様を同一視してよいものかは疑問が残る。

汗を流して部屋で缶ビールを飲んでいると、携帯電話に鰐口から着信があった。まさか帰路で交通事故にでも遭ったのかと心配して電話に出ると、事態は更に深刻だった。

「あたしたち、古墳で古林さんの屍体を見つけちゃったっす」

鰐口は「今日はもう帰れないっすよ」と悲しそうな声を出した。

それから二時間以上が経過した零時過ぎ、私の宿泊しているホテルに、ようやく鰐口と南沢香恋がやって来た。電話を受けた時に鰐口から頼まれて、私は二人のための部屋を確保していたのだ。幸い繁忙期ではなかったので、ホテルは迅速に対応してくれた。

ロビーは照明が絞られて薄暗い。南沢は屍体を発見した割には明るい表情で、別段ショックを受けている様子はなかったが、対照的に鰐口はこの世の終わりのような悲壮感漂う表情だった。化粧も崩れているから、なかなかの迫力である。子供が見たらハリウッド映画のクリーチャーだと思って泣き出すのではないだろうか。

「眠いっす」

私の顔を見て開口一番発したその言葉は、ボリュームの小ささにも拘わらず、まさに魂の叫びに聞こえた。

既にチェックインは済ませておいたので、私は二人を部屋まで案内した。私の滞在している部屋と同じフロアの和室である。蒲団に倒れ込む鰐口に「メイクはちゃんと落としなさいよ」と一応注意した。

「ちょっといい？」

南沢に声をかけると、広縁の椅子に向かい合って座る。蒲団からは早くも鰐口の鼾《いびき》が聞こえてきた。

「何があったのか、詳しく教えてくれる？」

「うん。あのね、あの後、帰る途中にもう一回片野塚へ行ったの。本番のために、夜の様子も見ておかなきゃならないから」

それについては私も鰐口から聞いていた。安全性や照明などの撮影機材をどの程度用意するのかを決めるため、夜間の現場を確認しておくという話だった。

鰐口は再び湯護市歴史民俗資料館の駐車場に車を停めたそうだ。夜間であったが、ゲートは閉まっていなかったという。時刻は二十一時になろうとしていて、二人は懐中電灯を持って、古墳へ向かった。

夜の片野塚古墳周辺は、外灯も乏しく随分と暗かった。ほとんど車も通らないし、当然ながら歩道に人影もない。

「いつものことだけど、鰐口さんめっちゃビビってたよ」

そうなのだ。鰐口は超常現象を扱うテレビ番組のディレクターでありながら、大変な怖がりなのである。殊《こと》に幽霊が苦手らしく、心霊スポットを訪れるといつも挙動不審になる。赤いものを必ず身に付けているのも魔除けのためだそうだ。

その時もなかなか進もうとしない鰐口に業《ごう》を煮やして、南沢が先に立って鳥居を潜ったらしい。

「なんか夜の方が生け石がよく見えない分、普通の松林みたいな感じで、そんなに怖くなかったよ」

二人は懐中電灯で辺りを照らしながら、取り敢えず墳頂を目指したという。静けさに包まれた古代の墓所では、二人の息遣いや声しか聞こえなかった。南沢がいうには、一応、鰐口は周囲にも灯りを向けて、撮影ポイントを探っているようだったが、生け石が見える度に「ひゃあ」とか「うわ」とか大きなリアクションを取っていたそうだ。もしも本当に幽霊が現れたとしたら、どんな反応を示すのか、密かに南沢は気になっていたらしい。

だが、二人が見つけたのは霊ではなく、屍体だった。

「古林さんは、古墳の一番高い部分の手前辺りで、俯《うつぶ》せに倒れてたの。すぐ側に両手を挙げた格好の生け石が立っててさ、まるで古林さんに襲いかかっているように見えたんだよね」

古林の傍らには、大きな丸い石が落ちていて、懐中電灯で照らすと、赤黒い液体がべったりと付着していたという。辺りが暗闇であることと、場所の非現実性から、南沢は眼前の状況が即時には飲み込めなかったそうだ。しかし、鰐口は機敏に動くと、すぐに古林の名前を呼びかけながら、呼吸や脈を確認した。この時点で古林は亡くなっていたらしい。

「鰐口さんが警察に連絡して、あたしたちは歴史民俗資料館の駐車場に戻ったの。警察が来るまでは十分ちょっとだったかな」

警察が到着すると、南沢と鰐口は個別に捜査員からの事情聴取を受けた。屍体の第一発見者とはいえ自分たちは部外者だからすぐに解放されると、南沢は楽観視していたという。しかし、警察側からはしばらく現場で待機するようにいわれ、仕方がないので二人は車の中で次の指示を待つことになった。その間、南沢は携帯ゲーム機で遊んでいたが、鰐口は会社や深見に連絡を入れるなど、終始忙しそうにしていたようだ。

「それからまた違う刑事さんたちに質問されて、今度は午後七時から屍体を見つけるまで何処《どこ》にいたのか訊かれたから、あたしは鰐口さんと叫子姐さんとご飯食べてたって答えといた」

恐らく、明日にでも南沢と鰐口のアリバイの裏を取るため、私の許にも捜査員が来るだろう。それだけではなく、私も事件の関係者だと判断されている可能性がある。被害者の古林とは取材の前段階で何度も連絡を取り合っていたし、昨日は直接会ってもいる。

「なんかさ～、途中までは結構ぞんざいな扱いだったんだけど、県警本部からお偉いさんが来てから、いきなり待遇が変わったんだよね」

松風《まつかぜ》というその人物は、県警本部の刑事部長という肩書きで、どうやら鰐口の知り合いだったそうだ。五十代前半と思《おぼ》しきダンディーな男性だったが、鰐口に対してかなり遜《へりくだ》った態度だった。彼の登場で、すぐに二人は自由になったという。

「いや〜、鰐口さん、只者《ただもの》じゃないとは思ってたけど、まさか警察のお偉いさんにまで知り合いがいるとはね」

南沢はかなり驚いていたが、私は意外には思わなかった。鰐口は学生時代から何度も厄介な事件に巻き込まれているから、警察関係者に知り合いがいても不思議ではない。しかも彼女には卓越した推理力がある。詳しいことはわからないが、きっと松風という人物も鰐口のお陰で事件を解決した経験があるのだろう。案外、現在の地位を獲得したのも、鰐口あってのことなのかもしれない。

とにかく南沢の話から古林の屍体が発見された状況はわかった。恐らく古林は何者かに背後から殴られたのだろう。凶器と思われるものが石ならば、突発的な犯行の可能性が高い。ただ、私が疑問に思ったのは、どうして古林は夜間の古墳に足を踏み入れたのかということだ。これは犯人についても同じことがいえる。

彼らは一体、あの場所で何をしていたのだろう？

5

翌日九時半、ホテルに二人の刑事がやって来た。一人は県警本部の警部で、杉山《すぎやま》と名乗った。四十代前半の杉山警部は、やたらとへらへらした笑みを湛えている。わざとらしく腰も低いため、私は軽薄そうな印象を持った。もう一人は湯護署の加藤《かとう》という頭髪の薄い刑事で、年齢は五十代後半だろうか。杉山警部と対照的にこちらは仏頂面だった。

私と鰐口と南沢の三人は、ラウンジで刑事たちと話をすることになった。会話の主導権は杉山警部が握っていた。まず古林の死亡推定時刻が昨夜の十九時から二十一時であることを告げた上で、全員に対してその時間の行動について質問があった。

既に鰐口と南沢の聴取は済んでいたが、杉山警部は改めて二人からも屍体発見までの経緯を聞きたがった。そこで、鰐口、南沢、私の順に、昨夜の行動について話した。私は二人と別れた後はホテルで基本的に一人だったのだが、それについては殊更に突っ込んだ質問はされなかった。

杉山警部と私たちが話をする間、加藤はこちらに不愉快そうな視線を送ってきていたから、はっきりいって居心地が悪かった。杉山警部はともかく、加藤は明らかにこちらに敵意を持っているようだ。何か私たちが気に障ることでもしたのだろうか？　それとも古林殺害について疑われている？　事情聴取の間、そんな疑問が渦巻いていた。

加藤の態度の原因がわかったのは、杉山警部の次の一言だった。

「実は、今日こちらに伺ったのは、鰐口さんと呻木先生にお知恵を拝借《はいしゃく》したいからなのです」

意外な申し出に、「え?」と驚きの声を出してしまった。

「私もですか?」

鰐口はともかく、どうして私まで?

「はい。上からは呻木先生も幾つも難事件を解決されたと聞いております。是非、私たちにもお力添えをお願いします」

確かに私はこれまで何件か、所謂密室殺人事件の解決に寄与した経験がある。しかし、その事実が静岡県警にまで知れ渡っているとは到底思えなかった。

私は隣に座る鰐口を睨《にら》んだ。きっと彼女が松風刑事部長に私のことも話したに違いない。鰐口は面倒臭がりだから、あわよくば私に自分の役割を押し付けようという魂胆なのだろう。この想像が当たっている証拠に、彼女は努《つと》めてこちらを見ないようにしている。

そして、加藤が私たちに対して明らかに不機嫌な態度を取っているのは、捜査に素人《しろうと》が介入することを嫌っているからだ。こちらだって好きでそんなものに関わっているわけではないのだから、一方的に敵意を持たれる筋合いはないと思う。

だが、色々と思うことはあったものの、結局、私は警察の捜査に協力することにした。わざわざ私たちのような民間人――それも怪談作家とオカルト番組のディレクターという胡散臭い肩書きのコンビに相談を持ち掛けるということは、それなりに不可解な状況が起こっているに違いない。もしかしたら、本当に超常現象が発生している可能性だってある。それには興味があった。

この先は捜査状況について詳しい情報を共有するため、南沢は席を外すように要請された。南沢は不満を漏らすでもなく「あいあいさ〜」といって敬礼する。

「あと少しで温泉入れるみたいだから、ひとっ風呂浴びてくるよ」

そういって南沢が立ち去るのを鰐口が羨ましそうに見送っていた。

「今回の事件、どうにも不思議な状況でして」

南沢の姿が完全に見えなくなってから、杉山警部が話し出した。

「と、いいますと？」

「被害者の死因は、後頭部を殴られたことによる脳挫傷《のうざしよう》でした。凶器は古墳に以前からあった大きめの石で、遺体のすぐ側に落ちていました。ご存じの通り、あの古墳の周囲には防犯カメラが複数設置されています。ですから、古墳に出入りする人間はすべて撮影されているのです。しかし、犯行時刻と思われる時間帯の前後に、古墳の周りの防犯カメラには、犯人と思しき人物も、被害者の姿も、映っていませんでした」

「それは……誰も立ち入っていないはずの古墳に、何故か屍体があったということですか？」

まさか密室状況の古墳に、忽然《こつぜん》と屍体が出現したとでもいうのだろうか。

「いえ、流石にそんなことはないと思われます。確かにカメラには誰も映っていませんでしたが、カメラに映らず古墳に出入りするためには北側の崖を上り下りすればよいのですから。ただ、犯人にしろ、被害者にしろ、どうしてそんなルートを使って古墳に立ち入ったのか、もっといえば、どうしてあの場所が犯行現場となったのか、その経緯がまるでわからないのです」

「犯人がカメラに映らないルートを選んで古墳にいたのは、別に変ではないと思うのですが」

私がそういうと、杉山警部は「どうしてですか？」と訊いた。

「犯人が何か良からぬこと——例えば、古墳に悪戯《いたずら》をしようとしていて、そこに古林さんが居合わせてトラブルになったというような状況ならば、最初から犯人が崖を上って古墳に立ち入った可能性はあるのではないでしょうか？」

「いや、その場合、被害者もまた防犯カメラに映らずに現場に侵入したことになりますよね。でも、被害者までそうする理由がわかりません。また悪戯が目的ならば、もっと人目につき難《づら》い深夜に実行するのが自然ではないでしょうか」

杉山警部が説明する間、加藤はこちらを嘲笑《あざわら》うような表情を浮かべていた。初めて見せた笑みであったが、甚《はなは》だしく不快なものだった。

「まあ、順を追ってご説明いたします。お二人のお考えはその後にでもお聞かせください」

そういって杉山警部は手帳を確認しながら事件について説明を始めた。

湯護市歴史民俗資料館の職員は七人いて、昨日は全員が出勤していた。私が知っているのは、館長の城巽博、学芸員の古林賢、昼戸永子、名楽梨花、そして受付の女性（彼女は井桝《いますも》望結《ゆ》というそうだ）の五人だが、この他に事務職員として大河《おおかわ》千明《ち あき》という男性と土肥《どい》真理《まり》という女性がいる。この他、閉館時間以降は警備員が二人勤務しているそうだ。ちなみに、全員が自分の車で通勤している。

「昨日、最初に退勤したのは井桝です。彼女はパート職員で、十七時半に歴史民俗資料館を出ています」

その後、十八時になって、城巽館長、大河、土肥が帰宅の途に就いた。

井桝は市内に実家があり、両親と祖父母の五人家族である。ただ、昨夜はすぐに帰宅はせずに、市内中心街にあるショッピングモールに立ち寄っている。

城巽館長は市内の一戸建てに住んでいる。子供たちは独立して、現在は妻と二人暮らしである。帰宅したのは十八時半くらいだったそうだが、それを証明する者は妻しかいない。

大河は昨夜の十九時に市内のレストランに予約を入れていた。交際相手の誕生日を祝うためである。二人は二十一時まで店内で過ごしていたことが複数の人物によって目撃されている。ちなみに、歴史民俗資料館とレストランは車で片道三十分はかかる距離で、中座して犯行現場へ向かうのは不可能である。

土肥は隣の静岡市から勤務している。以前は湯護市内で一人暮らしをしていたが、去年結婚してからは、夫とその両親と同居している。職場から自宅までは一時間程かかり、実際、昨夜も帰宅したのは十九時過ぎだったそうだ。土肥の証言を証明しているのは家族だけではなく、彼女の帰路に設置された防犯カメラの映像がある。

さて、以上四人の職員が帰宅した後は、三人の学芸員が残業していた。これはいつものことで、殊に古林は毎日遅くまで資料館に残っていたらしい。

以前、名楽から聞いたが、学芸員は残業をしないと仕事が終わらないのだそうだ。彼らは昼間、電話対応、展示解説、外部での講演、資料の収集、時には市民を伴って史跡を巡るなど、対外的な業務に多くの時間を費やす。その結果、溜まった書類を処理したり、展示の準備をしたり、研究を進めたりするのは、閉館後になってしまう。

これは人手不足が主な要因なのだが、何も湯護市歴史民俗資料館に限った話ではない。私の知り合いの学芸員たちの話では、他の博物館や郷土資料館でも同じような労働環境である。殊に企画展の直前ともなれば、会場の設営のため深夜まで残業することも珍しいことではない。

さて、被害者を最後に見たのは、昼戸と名楽の二人だった。場所は三階の事務室で、ここは職員たちのデスクが並んでいる場所だそうだ。古林は十九時になる五分程前に「収蔵庫に行ってくる」といって部屋から出ていった。それ以降、古林が戻ってくることはなかったという。

それから十九時を少し過ぎた頃、井桝が忘れ物をしたといって事務室に現れた。彼女が帰るのを機に、名楽も仕事を切り上げた。この後、二人は連れ立って食事に行っている。場所は職場から車で十分程のファミリーレストランで、二十一時まで滞在していたことが確認されている。

「井桝と名楽の二人は普段から親しくしており、月に一、二度食事に行くことがあるそうです」

昼戸は二十時半まで仕事をして帰宅したと証言している。彼女が建物から出る様子は防犯カメラにも映っていた。昼戸は市内のマンションに夫と息子の三人で暮らしている。帰宅したのは二十一時少し前で、その後は家族と共に過ごしていたらしい。

「ここまでの事情聴取だけですと、被害者の死亡推定時刻に完全にアリバイがないのは館長の城巽だけです。それから昼戸や井桝にも犯行は可能かと思われました。しかし、状況はそう簡単なものではなかったのです」

そういって杉山警部は頭を掻いた。

「事件当夜の防犯カメラの映像を確認したところ、十八時五十分に井桝が古墳に立ち入ったところが映っていました。井桝はその十五分後十九時五分に古墳から出ています。最初の事情聴取の際、井桝はこの点について何も話していませんでしたので改めて問い質すと、昨夜、彼女は被害者から十九時に古墳に来るようにいわれていたらしいのです」

井桝が退勤した後にショッピングモールに行ったのは、どうやら約束の時間までの暇潰しだったようだ。

「肝試《きもだめ》しでもする約束だったんすか？」

鰐口が冗談交じりにそういうと、杉山警部は苦笑した。

「さあ。目的は不明です。ですが、被害者と井桝は、職場には隠していたようですが、交際していたそうです。彼女は『大事な話がある』というメールをもらって、被害者を待っていたと証言しています。実際に被害者の携帯電話と井桝の携帯電話からメールのやり取りは確認できました。しかし、十九時になっても被害者は現れなかった。何度か電話をかけたのですが、それにも出ない。それで様子を見に資料館へ寄ったのだそうです。つまり、忘れ物を取りに戻ったという最初の証言は嘘だったわけです」

古林の携帯電話には、彼女からの着信履歴が三件残されていた。この点は彼女の証言と一致している。

「次にカメラに映っているのは、鰐口さんと南沢さんのお二人で、二十一時八分のことです。つまり、十九時五分から二十一時八分までのおよそ二時間、防犯カメラには誰も映っていないのです」

「井桝さんが古墳に入る前はどうですか？」

「十八時二十五分に被害者が古墳に立ち入っています。十分程で出てきますが」

「古林さんはどうしてそんな時間に古墳へ？」

「職員に確認したところ、被害者が朝と夕方に古墳へ行くのは日課だそうです。片野塚古墳は所謂心霊スポットでもありますでしょう？　ですから考古担当の学芸員として、悪戯などがされていないか見回っていたらしいのです」

ちなみに、古林が休みの日は、他の学芸員が交代で見回りをしていたそうだ。

「防犯カメラに映らないように古墳に立ち入るには、具体的にはどうすればいいんすか？」

鰐口が尋ねた。

「カメラの死角から古墳に侵入するためには、北側の崖を上らなければなりません。およそ五メートルの高さですから、ロープを使用すれば上れないことはない。しかし当然ながら、そこまで行くにはまず河原《かわら》に下りる必要があります。国道から河原へ下りる道は、古墳から西に三キロ程移動した地点にしかありません」

その道は未舗装ではあるが、車が一台通れるくらいの幅はあるそうだ。主に釣り客や河川敷でバーベキューを楽しむ家族連れなどが利用するものだという。ちなみに、古墳の東側は崖が続いていて、河原に下りられるような場所はないという。

「でも、崖を上がるのにロープを使えば何とかなるなら、同じ方法で何処からでも下りられるんじゃないっすか？」

「はい。理論的には可能です。しかし、河原へ下りる道の近くで、被害者のものと見られる折り畳み式の自転車が見つかっています。ですから、先程申し上げた道を利用したと考えられるのです。それから、こちらで確認したところ、歴史民俗資料館の一階の男子トイレの鍵が開いていたことが判明しました。資料館の防犯カメラにも被害者が映っていないことから考えて、被害者は資料館のトイレの窓からこっそりと抜け出して自転車でそこまで行き、更に河原を徒歩で古墳の下まで移動、崖を上ったことになります。被害者の所持品にはそれらしいロープも見つかっています」

「そのルートですと、どのくらいの時間がかかるのですか？」

「そうですね、自転車で十数分かかって、そこから三、四十分歩いて古墳に着く感じですから、一時間はかかりませんが五十分程度はかかると思います」

古林が最後に目撃されたのは十八時五十五分なので、仮に歴史民俗資料館を十九時丁度に出発したとする。自転車と徒歩で移動したとして、古墳には十九時四十分から五十分くらいには着けるだろうか。夜間であるから、河原を走るのは危険性が高く、大幅に時間を短縮することはできないらしい。

だが、何故、そんな面倒な手段を使って古墳まで移動したのか？　それ程までして防犯カメラに映りたくなかったとしか思えない。加えて、犯人もまた防犯カメラに映っていないとすれば、似たようなルートで古墳に立ち入ったことになる。こちらもまたカメラに捉えられては困る理由があったということだろうか？

例えば、古林が地権者に許可を得ずに発掘を行おうとしたというのはどうだろうか。昨夜、彼は仲間と共謀して、そうしたよからぬことを行おうとしていた。しかし、いざ発掘を始めようとしたところでトラブルになって、古林は殺されてしまった。凶器が古墳に落ちていた石であったことも、こうした突発的な事情を反映してのことだったのではないだろうか。

私がそうした考えを話すと、杉山警部は「なるほど、なるほど」とわざとらしく頷いた。

「大変興味深いお話ですね。ですが、今のところ被害者の所持品から発掘に使用するような道具は見付かってはおりません。勿論、犯人が持ち去った可能性もありますが」

その反応を見て、警察でもとっくにその可能性は検討していることに気付いた。恐らくは資料館にある発掘調査に必要な備品が紛失していないかも既に調べているのではないだろうか。

加藤が冷たい眼差しをこちらに向けているので、私は何となく気まずい心地がした。それで勢いに任せ、「じゃあ、何かの受け渡しが行われていたとか」と思い付きを口にしてしまった。

「いや、呻木さん、それはないっす」

鰐口は同情するような表情を浮かべる。

「違法薬物の売買なり、発掘品の横流しなり、他に幾らでも相応しい場所はあるっすよ。何も好き好んで崖を上り下りしなくったって、こんな田舎じゃ人目につかない場所はたくさんあるじゃないっすか」

「うん。それもそうだね」

私は背中に厭《いや》な汗を掻いた。

ともかく古林が十九時四十分から五十分に古墳に辿り着いたとすると、犯行時刻はそこから二十一時までの間ということになる。このことから井桝望結が古墳に行った時刻にはまだ古林は到着していなかったと考えられる。よって捜査本部では井桝には犯行は不可能であると考えているという。

これで歴史民俗資料館で客観的なアリバイがないのは、城巽館長と昼戸永子の二人となる。だが、二人には古林を殺害するような動機は今のところ見つかっていない。捜査本部では古林の職場以外の人間関係にも捜査の対象を広げているとのことだ。

「お二人には是非とも事件解決にご協力をお願いいたします」

滑稽な程に低姿勢な杉山警部を加藤が冷めた目で見ている。

「取り敢えず、もう一度現場を見せて欲しいっす」

鰐口は杉山警部に向かってそういった。

「わかりました。私から現場に伝えておきます」

6

こうして私たちは午前中の内に、片野塚古墳を訪れることになった。南沢にはホテルで待機するようにいったのだが、彼女はそれを拒否した。

「あたし、もう一回歴史民俗資料館に行きたい」

上目遣いの瞳を潤《うる》ませながら、南沢は「お願い」という。私や鰐口よりも彼女の方が高身長であるから、上目遣いをするにもかなり腰を折った姿勢になっていて、まるで腹痛を堪《こら》えているようだ。

ここで無理に待機を命じても、南沢の性格なら自力で目的を達成するに決まっている。そこで私たちは三人で鰐口の運転する車に乗り込んで、歴史民俗資料館に向かうことにした。途中名楽梨花から連絡があって、「縁切りで使用されたと思しき人形を見せて貰う約束は延期にしてほしい」ということだった。資料館自体は休館ではないが、突発的な事件に対応するため、職員は何かと忙しいに違いない。

駐車場で激しく手を振る南沢と別れると、私と鰐口は国道を渡って片野塚古墳の前に立った。石の鳥居の前には制服姿の警察官が立っていて、立入禁止のテープも張られている。警戒の色を見せる警察官に、鰐口は平生通りの軽い口調で名前を告げた。こういう度胸の据わった態度はいつもながら感心する。

警察官は矢庭《やにわ》に態度を軟化させ、私たちが中に入ることを許可した。ただ、何故か同伴しようとはしない。既に鑑識作業を終えて問題がないからなのか、それとも古墳に立ち入るのを極力避けたいと思っているのか。ともあれ余計な気を遣う相手がいない方がよい。私たちにとっては僥倖《ぎょうこう》だったといえる。

「よく素直に警察に協力する気になったね」

古墳の緩やかな斜面を上りながら、私は鰐口にいった。

「杉山さんはともかく、あの加藤って人、滅茶苦茶感じ悪かったじゃない。鰐口さん、てっきり断るかと思った」

「あたしだってこんな面倒なことはスルーしたいっすよ。でも、早く事件を解決しないと、いつ帰れるかわかんないじゃないっすか」

「いや、別に解決しなくても帰ることはできるでしょ。仕事だってあるわけだし」

「こちとら第一発見者なんすよ。しかも防犯カメラに映ってるのは、あたしと香恋ちゃんと受付の子だけって、疑われる要素満載じゃないっすか」

確かに、密かに古墳で何かをしていた古林を鰐口や南沢が不可抗力で殺害してしまったというシナリオは、動機を度外視すれば存外に無理がない。加藤などはそうした考えを持っている可能性もある。捜査本部も現状に頭を悩ませている様子だから、進展がなければ鰐口や南沢に任意同行を求めることも十分考えられる。そうしないのは、県警本部の松風刑事部長が抑止力になっているからなのだろう。私が思っているよりも、鰐口の立場は危ういのだ。

鰐口たちが古林の屍体を見つけた場所は、ほぼ墳頂部といってよい場所であった。片野様が祀られている祠から一メートル程度離れた場所に、両腕を挙げた姿の生け石がある。屍体はその下に横たわっていたらしい。生け石には赤黒い血痕も飛び散っていて、殺害現場がこの周辺であったことがわかる。杉山警部からも司法解剖の結果から屍体を移動した形跡はなかったと聞いている。

「例えばさ、肝試しに来た若者が、古林さんを幽霊だと勘違いして石を投げちゃったとかはどうかな」

単なる思い付きである。本気でそう考えたわけではない。

「可能性としてはゼロじゃないと思うんすけど、肝試しする奴が防犯カメラを意識して、わざわざ崖を上りますかね」

「上らないだろうね」

実際のところ、防犯カメラの映像には、ここへ肝試しに訪れる者も頻繁に映されるらしい。この場所は個人の所有している土地とはいえ、夜間も立ち入りは自由である。古墳を荒らすようなことをしなければ、肝試しは違法行為ではない。

「ずっと気になってたんすけど、幽霊が犯人ってことはないんすか?」

鰐口は真顔でそう尋ねてきた。人によっては馬鹿馬鹿しいと思える質問であるが、彼女にとって死者の霊魂はそれだけリアリティを持った存在なのだ。

「えっと、ここに現れる幽霊が石を動かして古林さんを殺したのかってこと？」

「そうっす」

「ないと思うな。幽霊だって、何でもできるわけじゃないからさ」

凶器となった石を動かすには、それなりに大きなＰＫ《サイコキネシス》（念力）が必要となる。しかし、生け石に傷はないし、松の枝にも折れた様子がないことから、そうした超常的な力が現場周辺に発生したとは考え難い。勿論、ピンポイントで凶器にだけＰＫが働いた可能性は完全に否定できないものの、そのようなご都合主義な現象は滅多に起こらないだろう。

そもそも偶発的なＰＫが観測されるポルターガイスト現象の事例においても、人間が殺害される事例は多くない。死者を出したことで有名なポルターガイスト現象では、一八一七年から一八二〇年頃にかけてアメリカのテネシー州で起こったものが挙げられる。これは「ベルの魔女」という呼称で知られ、ポルターガイスト現象だけではなく、犬や鳥のような姿をした幻の生物も出現している。ただ、ベルの魔女の犠牲者の死は毒によるものであって、物理的な打撃ではない。

更にこれまで聞いた片野塚古墳の怪談で、石が浮かぶとか、持ち物が飛ぶといった、ポルターガイスト現象が発生したという話は聞いたことがない。

私がそう説明すると、鰐口は少し安心したようだった。

「古林さんがここで殺されたとして、一体何をしてたんだろう」

私はずっと疑問に思っていたことを口にした。

わざわざ防犯カメラを避けるルートを選んで古墳に立ち入っている以上、やはり法に触れるような行為をしていたのだろうか？

「何してたかも気になるっすけど、そもそも事件当夜の古林さんの言動が意味不明っす」

「どの辺りが？」

「一番わけがわからんのは、井桝さんをここに十九時に呼び出したのに、自分は直前まで仕事してた挙げ句、遠回りして古墳に向かってる点っすね」

「そうだね。自転車で移動して、河原を歩いて、崖を上ってなんてしてたら、約束の時間に間に合わないもんね。あ、でも、ちょっと待って」

「何すか？」

「井桝さんとの約束と遠回りの件は関係ないって場合もあるんじゃない？」

「ん？」

「えっと、だからね、突然井桝さんとの約束よりも何か優先すべきことが起こって、その結果防犯カメラに映らないように古墳に向かったわけよ」

「いや、その場合、古林さんは井桝さんに連絡するんじゃないっすか」

「まあ、それもそうか」

「古林さんが古墳に行くのに、同僚に嘘を吐いているのも妙だと思うんす。トイレの窓なんか使って、こっそり資料館を抜け出す必要がわかんないんすよね」

「どうして？　疚《やま》しいことしようとしてるなら、嘘吐くのは普通じゃない？」

「いや、疚しいことしたいなら、家に帰る振りをしたらいいじゃないっすか。どうして職場にいる体《てい》を装いたかったのか。だって、仮に古林さんが殺されなかったとしたら、往復で二時間近くもかかるんすよ。どうしてそんなに時間をかけてまで資料館に戻りたかったんすかね」

いわれてみればそうだ。もしも古林が古墳でこっそりと何かしようとしていたのなら、一度退勤した方が遙かに自由に動けるだろう。

「多分、古林さんの意味不明な言動の謎が解ければ、この事件は解決できると思うんすよ」

鰐口は血飛沫《しぶき》が散った生け石を見つめながらそういった。

7

その日の午後、私は一人で片野家の本家に赴いた。これは湯護市訪問の前から決まっていた予定で、今回の取材旅行のメインともいえるものだ。

鰐口は所轄署で、古墳の周囲に設置された防犯カメラの録画映像を確認するといっていた。南沢香恋は一旦ホテルに戻って少し休むらしい。鰐口とは歴史民俗資料館で再び落ち合うことを約束し、私は徒歩で片野家へ向かった。

片野家の本家は、古墳から五分弱の距離にある。古くて大きな門を潜ると、広い敷地には木造二階建ての住宅が二軒あった。門から向かって正面が母屋《おもや》で、その右隣に建っているのは別棟だと聞いている。どちらも現代的な外観で、古いものではない。元からあった建物をリフォームしたのか、或いは建て替えをしたものだと思われる。

私が通されたのは母屋の客間である。八畳の和室には床の間に山水図の掛け軸と伊万里焼の壺が飾られている。美術品には詳しくないので値段はわからないが、屋敷の規模から判断して安物ではないだろう。

廊下に面した障子は開け放たれ、苔生《こけむ》した中庭が見えた。瓢簞《ひょうたん》型の池の傍らには人に似た石柱が立っている。祈るような姿のそれは、片野塚古墳にあった生け石と同じものだろう。もしかすると、中庭はこの建物よりもずっと古いものなのかもしれない。そう思って改めて眺めると、枝振りのよい松も新緑の芽吹いた楓も風格があるように感じる。

しばらく待っていると、足を引き摺る音が廊下から聞こえ、小柄な老婆が現れた。波打つ髪は白く、顔には深く皺《しわ》が刻まれている。ロケーションからして和服姿なら雰囲気が出ただろうが、生憎彼女の服装はフリースにストレッチ素材のパンツであった。どちらも量販店で買えるような安価なものである。

「お待たせしてごめんなさいね」

頼りない足取りとは対照的に、声音はしっかりしている。老婆——片野とわはテーブルに手をつきながら、私の向かいに座った。足の具合が悪い彼女のために、そこには予《あらかじ》め座椅子が置かれていた。私は簡単に挨拶をしてから、取材に応じてくれたことに対して謝意を述べた。

「取材って聞いて、最初はお断りしようと思ったんですけどね。昔厭なことがあったもんだから。でも、曾孫《ひまご》があなたの本が大好きらしいのよ。夕方には学校から帰って来るから、どうか会ってやってくださいね」

私は柔和な笑みを作って「はい」と応じた。

とわの曾孫は市内の高校に通っているそうだ。部活動などはしていないそうで、十七時前には帰って来るらしい。

私はまず雑談を交えながら、とわ自身について情報を聞き出した。彼女は現在八十五歳で、二十五年前に二つ年上の夫を亡くしている。とわは十九の時に市内の片野家の分家から嫁いできたそうだ。

「本家の長男の嫁は、代々分家から取るように決まっているの。息子も、孫も、お嫁さんは分家から貰ったのよ」

現在、とわは長男夫婦と孫夫婦、それに二人の曾孫の七人家族だそうだ。別棟は孫夫婦一家が住んでいるが、共働きのため、二人の曾孫は母屋で食事を取ることが多いという。

「片野塚古墳の土地は、こちらの所有なんですよね？　現在はどなたの名義になっているのでしょうか？」

だいぶ打ち解けた雰囲気になったので、私はそう尋ねた。

「多分、息子の名義になっているんじゃないかしら」

「古墳に埋葬されているのは、片野家のご先祖に当たる人物だと伺ったのですが」

「そう聞いていますけど、ホントのところはわかりませんよ。千五百年近く昔の話なんだから。でも、本家は代々片野様の眠る片野塚をお守りしてきたの」

改めて確認すると、古墳に埋葬されている先祖を片野家では片野様と呼んでいるそうだ。

片野様の祭日は十二月十五日で、この地域の地ノ神様と同じ日にちである。当日は片野塚に一族が集まり、儀礼を行う。詳しい内容については教えて貰えなかったが、本家の長男が中心になって、供物を捧げたり、祝詞《のりと》のようなものを唱えたりするそうだ。その後各々《おのおの》帰宅して、自分の家に祀っている片野様に対しても家長が同様の儀礼を行う。

「うちもこの家の裏手に社がありますよ」

「え？　こちらにも片野様がお祀りされているんですか？」

私がそう尋ねると、とわは当然のことのように「ええ」と頷いた。その表情から彼女が何の疑問も抱いていないことがわかる。しかし、私には違和感があった。

片野塚古墳は本家の土地であり、そこに祀られている片野様は本家のものである。しかし、実際には本家の屋敷には別の片野様が祀られているというのだ。本家が二重に片野様を祭祀していることになるのではないか。私がそう確認すると、とわは困ったような表情を浮かべた。

「そういわれてもねぇ、昔からそうだから」

どうやらとわにも本家が古墳と自宅双方で片野様を祀っている理由はよくわからないようだ。

「あの、こちらのお家の片野様のお社を拝見させていただくことはできますでしょうか？」

「構いませんよ。でも、私は足が悪いから、曾孫が帰ってきたら案内させますね」

「ありがとうございます。あの、片野家の方々にとって、片野様はどんな存在なのですか？」

「家の守り神といわれています」

「地元の方から片野様の祟りについて色々と伺ったんですけど」

「それはそうでしょうね。片野様といえば第一に祟りですから」

ただ、そうした片野様の特徴は、決して特別なものではない。

直江廣治は先述の『屋敷神の研究―日本信仰伝承論―』において「いったい屋敷神がよく祟る

神だということは、ほとんど全国を通じていわれることで、これが屋敷神の性格の著《いちじる》しい特色をなしている。屋敷神の木を伐ったために、ひどい祟りを受けた、或いは粗末にしたり祀り方が足りなかったがために、祟られて病気になったという類の話は、枚挙に暇《いとま》がないほどである」と述べている。

「気難しい神様ですからね。間違いがあると、すぐに祟ります。昭和二十三年に古墳が発掘された時なんか大変だったのよ」

「事故があったと聞いていますが」

「ええ」

その日、本家の当主が孫娘を連れて発掘調査の見学に訪れた。この時の当主はとわの夫の祖父であり、伴われたのはとわの夫の従妹《いとこ》である。発掘に参加していた大学教授の案内で、石室に入った時のことだ。突然入口付近の天井が崩落し、入口が塞がってしまった。中には当主、孫娘、教授の他、二人の学生がいたそうで、全員が生き埋めとなった。周囲の決死の救出活動により、数時間後に入口付近の岩は撤去されたが、五人中、生きていたのは本家の孫娘一人だけだったそうだ。

それ以来、片野塚古墳には誰も手を出さなくなった。片野家だけではなく、この地域一帯では片野塚は神聖な場所であり、妄《みだ》りに掘り起こしてはならないという認識が広まったらしい。

「でもね、平成三年になって、うちの人が片野塚を発掘しようとしたの」

とわの夫は元々考古学を学んでいて、若い頃は発掘調査のアルバイトもしていたらしい。昭和二十三年の発掘時にも度々手伝いをしていたそうで、とわが当時の事件のことを知っているのも夫から聞いたからだという。平成二年に口煩い父親が亡くなり、自分が当主になると早速片野塚古墳の発掘の計画を始めた。

「あの人、県会議員をやってたものだからね、県の教育委員会に働きかけて、片野塚の発掘をしようとしたの。市の職員は怖がっちゃって全然話に乗ってこないから、県の方に話を持っていったわけよ」

しかし、その計画は早々に頓挫した。

事前の下調べに片野塚古墳を訪れた教育委員会の職員の一人が、その場でとわの夫を刺し殺したのである。

「あれも片野様の祟りだったって、私は思ってますよ」


十七時十分前になって、とわの曾孫の蒼空《そうあ》が客間に現れた。ブレザーの制服姿で、私の著作を胸に抱えていた。

蒼空は非常に整った顔立ちの少年である。美少年とはこのような子のことかと、素直に感心した。私はギャラファンだけではなく、怪談イベントなどでも、アイドルや若い俳優たちと交流することがある。しかし、蒼空の美しさはそうした若者たちのそれを凌駕《りょうが》して、別次元のものだった。眉目秀麗という言葉ですら、蒼空の容貌を表すには全く足りない。恐らく異性にも同性にも好意を寄せられるのではないだろうか。

「感動です！」

蒼空が頬を紅潮させてそういうので、私はかなり照れた。既に変声期は迎えているはずだが、女性的な澄んだ声音だった。私は請《こ》われるままにサインと握手をし、その様子をとわが微笑みながら見守っていた。

蒼空は相当熱心なファンで、私の作品をよく読み込んでいた。

「先生の本に、たまに青いワンピースの女の子が出てくるじゃないですか」

「あ、うん」

「あれって、もしかして全部の話がそれぞれ関連してるんですか？」

「あ、うん。まあ、一応ね」

一瞬、あの少女と蒼空が出会ったら、一体どうなるのだろうかと考えてしまう。私は二人が並んでいるところを夢想し、一人身震いした。それは余りにも悪魔的な光景に思えたからだ。

蒼空はまだ青いワンピースの少女について話したい様子だったが、とわが「暗くなる前に呻木さんをうちの片野様に案内して差し上げて」というと、屈託《くったく》ない笑みを浮かべて「うん」と頷いた。

夕方の裏庭は鬱蒼《うっそう》とした屋敷林のせいもあって、既に暗かった。制服姿の蒼空はＬＥＤの懐中電灯を片手に、迷いなく進んで行く。

「そうだ、先生。曾祖母《ひいばあ》ちゃんから昭和二十三年の片野塚の話って聞きましたか？」

「ええ。事故があって五人が生き埋めになったって」

私がそういうと、蒼空は足を止めて振り返った。

「嗚呼、やっぱりホントのことは話さなかったんだ」

「どういうこと？」

「えっと、これは僕から聞いたっていうのは内緒にして貰えます？」

「勿論」

「本には書いて貰っていいんで、住民の誰かから聞いたって体にしてください」

「わかった」

私が頷くと、蒼空はこちらに近寄って声を潜めた。少年の美しい顔は周囲の闇から白く浮き上がって見え、何とも蠱惑的である。

「石室の中を見学している時に、天井が崩れて五人が生き埋めになって、一人だけが助かったっていうのは、本当の話です。でも、四人が死んだ直接の原因は、事故じゃないんですよ」

「どういうこと？」

「五人が助け出された時、石室の中にはあちこちに血が飛び散って、酷い有様だったそうです。どうも閉じ込められている間に諍いがあって、大人同士が殺し合ったみたいで。中には首を切断されたり、手足をもがれたりした人もいたとか」

それは……壮絶である。最早諍いというレベルではない。

「発掘中の事故ってだけでも体裁がよくないのに、中で残虐な殺人が行われたとなると一大事です。だから、県のお偉いさんが警察に圧力をかけて、事故ってことにしたみたいですよ」

「蒼空くんは、それ、誰から聞いたの？」

「祖父《じい》ちゃんです。でも、中学の時の同級生も知ってたから、思ったよりたくさんの人が知ってるんじゃないですかね。みんな口にしないだけで」

蒼空の話が本当だとすると、発掘が中止されたのは頷ける。その惨状を目の当たりにしたら、誰でも片野様の祟りを恐れたことだろう。

本家の片野様は、敷地の北西に祀られていた。片野塚古墳の上に立つ祠よりもずっと立派なもので、石の鳥居の後ろには小さいながらも木造の社が立っている。格子戸の向こうには白い御幣《おんべい》が見えた。

「祖父ちゃんがいうには、昔は御神体《ごしんたい》があったらしいんですけど、誰かに盗まれちゃったらしいです」

「御神体って?」

「さあ、そこまでは。多分、古い鏡とかだと思いますよ」

社には鍵は掛かっていない。盗もうと思えば誰でも犯行は可能だろう。しかし、他人の家の屋敷神の神体を盗むというのは、どういう了見なのだろうか。恐らくは余程値打ちのあるものに見えたのだろう。古墳から出土した銅鏡か、或いは剣などだったのかもしれない。

本家の取材を終えて私は一つの可能性に思い至った。片野家では片野様は古墳に埋葬された先祖であると考えているようだが、元々は片野様と古墳の被葬者は別々の存在であったのではないだろうか。恐らく、古墳で眠る人物が信仰していた神こそが片野様なのだろう。

これは各地の屋敷神に、稲荷、神明、祇園《ぎおん》、熊野、天王、白山、愛宕《あたご》、秋葉、八幡など、神社から勧請したものが見受けられるのと同じだといえる。先祖を祀っているわけではないからこそ、古墳と本家の敷地という二つの場所で片野様は祀られるのだ。

しかし、そうなると片野様とは一体如何《いか》なる神格なのだろう?

管見《かんけん》の限り、他の場所でその名の神が祀られているのは、聞いたことがない。ちなみに、大阪府枚方市には片埜《かたの》神社があるが、こちらの主祭神は建速須佐之男命《たけはやすさのおのみこと》と菅原道真《すがわらのみちざね》であり、片野塚古墳とは関係ないと思われる。

私が歴史民俗資料館に戻ったのは、十八時を回った頃だった。既に閉館時刻になっていたので、鰐口は駐車場に停めた車の中で口を開けて眠っていた。口の端に唾液が流れている。

運転席側のドアを軽く叩くと、鰐口は存外に素早く目を覚ました。車から降りた彼女は、「う～ん」と唸りながら、大きな背伸びをする。

「カメラの映像はどうだった？」

「細工された形跡はなかったっす」

「そっか。でも、カメラの死角とかはあるんじゃないの？」

「ないっすよ。防犯カメラは古墳をきっちり取り囲むように設置されてたっす。あれならフェンスでも用意した方が経済的だったんじゃないかって思うくらいっす」

「まあ、防犯カメラは犯罪抑止のためのもので、出入りを禁じるためのものじゃないから」

「それはそうっすけど。でも、あんな数を設置できるって、片野家ってお金持ちなんすね」

「うん。お家、かなり大きかった。でも、カメラの設置の費用は本家だけじゃなくて一族全部で出したんじゃないかな。その他には何か収穫はあった？」

「鑑識課にもお邪魔したんすけど、古林さんの靴底からは北側の崖と同じ鉱物や河原の土壌《どじょう》が検出されたそうっす」

「じゃあ、犯人が屍体を運んだわけじゃないってことだね」

「運ぶ？　司法解剖の結果にそんな痕跡はなかったって、杉山さんがいってたじゃないっすか」

「それはそうなんだけどさ、例えば、歴史民俗資料館にいた古林さんがＵＦＯに攫われて、古墳の上空から落とされた、みたいな？」

「落ちたところに丁度石があって、死んだってことっすか？」

「まあ、ないだろうね」

「ないっすよ。大体高い位置から落とされたなら、屍体に損傷が見られるはずっす」

「そういう痕跡はないんだね」

「あい。全く。状況から見て、古林さんはあの場所で撲殺されたと考えられるそうっす。大体ＵＦＯに攫われたんなら、自転車なんて用意しておくわけがないじゃないっすか」

「そうだね」

私だって本気で事件にＵＦＯが介在しているとは思っていない。しかし、次の鰐口の言葉は意外なものであった。

「でも、まあ、呻木さんの思い付きは案外いい線いってるっすよ」

「え？　その口振りだと、もしかしてもう事件の謎は解けたの？」

私がそう尋ねると、鰐口は「あい」といって厚化粧の顔を奇妙に歪《ゆが》ませた。一瞬遅れて、微笑んだのだとわかる。

「今、杉山さんに諸々確認を頼んでいます。あたしの想像通りなら、事件は解決っす」

8

二十一時のホテルのラウンジはひっそりとしていた。

私と鰐口は杉山警部と加藤刑事に向かい合って座っている。

今から鰐口が古林賢殺害事件についての真相を話すことになっていた。私も事前には何も聞かされていないから、一体誰が犯人なのかわかっていない。

それは二人の刑事たちも同じようで、杉山警部は早く鰐口から話を聞きたいと身を乗り出している。一方の加藤は腕組みをしてソファにふんぞり返り、疑わし気な視線をこちらに送ってきた。相変わらず態度が悪い。

直前にメイクを直した鰐口は、いつも通りの厚化粧で、まるで田植え時の農家の嫁のようだった。まあ、戦闘態勢という意味では両者に違いはないのかもしれない。

「さて、これから片野塚古墳で起こった殺人事件の真相についてお話しするっす」

「お願いします」

杉山警部は手帳とペンを構える。

「この事件の謎を解く鍵は、事件当夜古林さんが一体何をしようとしていたのかを明らかにすることっす。知っての通り、古林さんは防犯カメラに映らないように、古墳に立ち入っています。このことから、彼は何か疚しいことを画策していたと考えられるっす」

「具体的には何をしようとしていたの？」

私が尋ねると、鰐口はひと呼吸おいてからこういった。

「古林さんは、古墳で井桝さんを殺そうとしてたんす」

「それは……」

杉山警部は手帳から顔を上げて、驚いた表情を浮かべた。

「古林さんが立てた計画はこうっす。事前に井桝さんを十九時に古墳へ呼び出しておいて、自分はカメラに映らないようにそこに行く。そして、井桝さんを殺したら、再びカメラを避けて古墳から脱出する。しかも古林さんは、自分には犯行が不可能だと見せかけるためにアリバイ工作まで用意してたんす」

鰐口は更に説明を続けようとしたが、杉山警部が「ちょっと待ってください」と遮《さえぎ》った。

「つまり、古林は十九時の段階で、既に古墳にいたということですか？」

「そうっす」

今度は加藤が反論する。

「しかし、昼戸と名楽の証言では、古林は十九時五分前まで歴史民俗資料館にいたというじゃありませんか。たった五分で防犯カメラの死角になる北側の崖に移動するのは不可能だと思いますよ」

「それこそが古林さんが用意したアリバイトリックなんす。古林さんは歴史民俗資料館の屋上と古墳の生け石の間にロープを渡し、そのロープに滑車を付けて、傾斜を利用して空中を移動したんす」

「空中を移動?」

二人の刑事たちは未だ半信半疑の様子である。私が半分冗談で口にしたUFO犯人説を鰐口が「いい線いってる」といったのは、こういうことだったのか。実は私は誰かが凶器となった石を古墳の外から投擲した可能性も考えていたのだが……。

「この方法なら、あっという間に古墳に辿り着けるっす。勿論、トリックを使うには事前に準備が必要っすよ。杉山さんたちも事件が起こった日のカメラ映像は確認してるっすよね」

杉山警部は「ええ」と応え、加藤も黙って頷く。

「古林さんは十八時二十五分に見回りと称して古墳に立ち入っています。この時、古林さんは生け石に黒いロープを固定し、弓矢にもう一方の端を結んで、屋上に向けて放ったんす。辺りは既に薄暗いので、ロープが見つかる可能性はかなり低かったはずっす。古林さんはすぐに資料館の屋上へ行き、ロープを手摺りに結び付けたんす」

「それで我々に古林が弓道経験者か調べるようにいったんですね」

「あい」

杉山警部の話では、古林は学生時代に弓道部に所属していたそうだ。そういえば、彼は歴史民俗資料館のイベントでも、石の鏃を使った弓矢体験を実施していた。

刹那、私は怪談の取材中に聞いた話を思い出した。

「そういえば、国道の上を何かが飛んでいるのを見たって人がいた!」

「恐らく、古林さんが殺人のリハーサルをしていたんすよ」

取材相手の男性は「昔なら天狗が出たなんて話になったのかもね」といっていたが、まさに天狗と同じくらいの身長の男性が、空中を移動していたことになる。

「さて、古林さんの計画では井桝さんを殺した後、生け石のロープを解いてから、古墳の北側の崖を下りる予定だったんす。そして、河原を移動し、事前に隠しておいた折り畳み式自転車に乗って歴史民俗資料館へ戻る。屋上でロープを回収したら、何食わぬ顔で同僚たちの前に現れるって感じだったんすよ。この方法なら、通常の防犯カメラに映らないルートの半分の時間で、古墳との間を往復することができるっす。だから、古林さんには犯行が不可能だと思わせることが可能だった」

つまり、河川敷の近くで見つかった自転車は歴史民俗資料館から古林が乗ってきたものではなく、これから乗ろうとして予め用意していたものだったのだ。

「古林さんは事前に何度もリハーサルを行っていたはずっす。だからこそ、古林さんの履いていた靴からは、崖や河原の土壌が見つかったんす」

「お話はよくわかりましたが、今回殺されているのは井桝ではなく、古林なんですよ」

杉山警部は困惑した表情でそういった。

「ですから、古林さんは井桝さんに返り討ちにあったんすよ」

「じゃあ……」

「あい。古林さんを殺したのは、井桝望結さんっす」

私は受付に座っていた井桝の顔を思い出す。一度だけ、しかも短時間しか会っていないが、とても殺人を犯すような人間には見えなかった。それだけに、私は鰐口の推理に実感が持てない。

「井桝さんは十九時少し前に古墳で古林さんを待っていたんす。そこで生け石にロープが張られているのを見つけたんじゃないっすかね。『これは何だろう?』と思っていたところへ、誰かが空中から突如として現れた。片野塚古墳は心霊スポットとしても有名っす。驚いた井桝さんが咄嗟《とっさ》に自衛のため古林さんを殴りつけても不思議じゃないっす」

その後、井桝望結は警察の任意の取り調べに対して、古林殺害を自供したという。ただ、犯行時の状況についてはは自分でもよくわからないと供述しているそうだ。

「あの人がロープを伝って現れた時、どうしてかわからないんですけど、殺さなくちゃって思ったんです」

井桝が古林を殴った時、彼はまだこちらを向いていなかったらしい。だが、井桝は暗がりの中でも相手が古林であることは認識していたそうだ。つまり、彼女が恋人を殺害したのは、自衛のためではなかった。

しかし、その時まで井桝は古林に対して殺意を持ったことは一度もないという。少なくとも井桝から見て、二人の関係は良好で、そろそろ結婚の話も出始めていたらしい。自分には古林を殺す動機がない。しかし、結果として彼を殺害してしまったことに、井桝自身が大いに戸惑っているそうだ。

一方、古林の方にも井桝を殺害する明瞭な動機は見つからなかった。自宅への捜索やスマートフォンの調査などからも、彼を殺人衝動へ駆り立てたものが何であったのかはわかっていない。しかし、古林の立てた殺人計画は綿密なものであり、突発的な感情で行えるようなものではない。原動力となる何かがあったはずだが、古林が死んでしまった今となっては、真実は藪《やぶ》の中である。

ただ、私は二人の行動には、片野様が関わっているのではないかと疑っている。片野塚古墳では昔から刃傷沙汰が続いているだけではなく、現代ではカップルを破局させるとか、縁切りの神だといわれている。私は片野様の意思が古墳を訪れた人間を争わせているのではないかと思うのだ。その理由は、古林のいっていた生贄と関係している可能性がある。

片野様は人間の生贄を得るために、殺人や屍体遺棄事件を誘発しているのではないだろうか。殊に古林は考古学担当の学芸員として、最も片野塚古墳に関わってきた。従って、片野様の影響を誰よりも強く受けていたと考えられる。

古林賢殺害事件が解決してから半月ばかりが経過した四月の半ば、再び片野塚古墳で血腥い事件が発生した。

観光客の女性グループが、墳頂部で成人男性のバラバラ屍体を発見したのである。

防犯カメラの映像から、屍体を遺棄したのは男性の妻であることが判明した。逮捕された妻は、夫の殺害も自供している。それによれば、被害者男性は妻や小学生の娘に対して日常的に暴力を振るっていたらしい。

事件は存外に早く解決したものの、不可解な点も残っている。それは犯人がどうして夫の屍体をわざわざ片野塚古墳に遺棄したのかということだ。

妻が夫を殺害したのは、自宅の寝室であることがわかっている。その後、バスルームで屍体を切断して運び易くした。ここまでは彼女に犯行を隠蔽《いんぺい》しようとする意図があったものと思われる。

しかし実際は、何故か防犯カメラに囲まれた片野塚古墳に屍体を運び込んだのである。市内にはもっと人目に付き難い場所は幾らでもある。それこそ山沿いの地域に遺棄した方が事件の発覚を遅らせることはできただろう。この点について、犯人自身も巧く説明ができないらしい。

この事件に関連して、私は歴史民俗資料館の名楽梨花から興味深い話を聞いた。

ちょうどバラバラ屍体の見つかる前日の夕方のことである。名楽は古墳の見回りの担当だった。

「生け石の前に、小さな鬼のぬいぐるみを見つけたんです」

拾い上げてみると、背中には明らかに縫い直した痕跡がある。どうやらまた誰かが縁切りの願掛けをしたらしい。片野様の祠の周囲を念入りに確認すると、地面に血の跡のようなものも見つけたという。

「その直後にバラバラ屍体の発見じゃないですか。だから、あたし、その願掛けをしたのがバラバラにされた男の人の娘さんなんじゃないかって思ったんです」

明確な根拠はない。しかし、私も名楽の考えには妙に説得力があるように思えた。もしも、縁切りの願掛けとバラバラ殺人とに関係があるのならば、犯人が屍体を古墳に遺棄した理由も何となく理解できるだろう。

そう、片野様がまた生贄を欲したのだ。

「その鬼のぬいぐるみはどうされたんですか?」

「一応、警察にもお話しはしたんですけど、関係ないだろうってことで、調べて貰えませんでした。だから、今もうちで保管しています」

このまま歴史民俗資料館に縁切りで使われた人形が溜まっていったらどうなるのだろうか。私はつい禍々しい想像をして、微笑んでしまった。

にしうり駅の怪談

地下鉄が目的の駅へ近付くにつれて、両手が汗ばんできた。下りるために座席から立ち上がると、僅かに眩暈《めまい》がする。無意識に身体が拒否反応を示しているのを感じて、臺彩人《うてなあやと》は溜息を吐《つ》いた。

先月から新型コロナウイルス感染症の法律上の位置づけが五類へと移行したことで、マスクを外している利用客も増えているが、臺はまだ外出時には不織布のマスクを着用している。感染症への不安もあるが、長いマスク生活のせいで、不特定多数の前で素顔を晒すのに抵抗感もあった。

到着した駅に下り立つと、妙な不安と焦燥感に支配され、帰りたいと強く思ってしまう。

ＪＲ線、地下鉄、私鉄、全部で五つの路線が乗り入れるターミナル駅である。渋谷《しぶや》駅や新宿《しんじゅく》駅程ではないが、構内は重層的で、それなりに複雑な造りになっている。

臺がここを訪れるのは七年振りだ。全体の雰囲気には見覚えがあるのに、地下通路の広告や構内の店舗が入れ替わっていて、別の場所にいるような違和感があった。

人の流れに乗って移動すると、先《ま》ずトイレへ向かった。幸いなことに、手前の個室が空いていたので、素早く中に入って鍵を掛ける。

ただ、臺の目的は、用を足すことではない。

スマートフォンのアプリを使って、正確に西の方向を確かめてから、鞄からビニール袋に入った精霊馬《しょうりょうま》を取り出した。僅かにカーブした胡瓜《きゅうり》の身体に、苧殻《おがら》の足のついたそれは、お盆でもない限り、目にする機会はないだろう。臺はマスクを顎までずらすと、西を向いたまま、胡瓜の先端を齧《かじ》る。途端に、口の中に青臭い味が広がった。

どのくらい食べるのが正解なのだろう?

念のため、臺はもう一齧りしてから、精霊馬を再びビニール袋に入れて、鞄に仕舞った。マスクを戻してから、不審に思われないように、一応、水を流しておく。

乗り換えのために移動する間も、ずっと気が重かった。どうしてこんな場所に来てしまったのだろうという後悔の念もある。だから、エスカレーターを上がって、目的のホームに辿り着いた時は、思った以上の疲労感に襲われた。

ホームは存外に混雑している。制服を着た中高生が最も多かったが、スーツ姿の男性客や中高年の夫婦も少なくない。大きなスーツケースを持った男女も見受けられる。平日はいつもこんな状況なのか、それとも休日でも変わらないのか、臺には判断ができない。

時刻を確認すると、間もなく十六時半である。もう少しすると帰宅ラッシュとなって、ホームの人口密度はより高くなるだろう。下りは満員電車になること必至である。

本来なら今日のこの時間は、交際相手と出かける予定だった。

それが今、臺は東京から北関東を結ぶ私鉄の列車を一人で待っている。

自宅とも、職場とも、ましてや実家とも、全く関係のない路線である。本来なら利用する機会は全くない。というよりも、できれば一生使いたくないと思う程に、これまで忌避してきた路線だ。

それなのに……。

先週、臺はある女性から連絡を受けた。

七年前のあなたの体験について、大切な話がある。できれば直接会って話したい。相手はそのような内容のメールを送ってきた。

差出人は呻木叫子《うめききょうこ》。数年前に、取材を受けたことのある怪談作家である。臺の記憶では、取材を受けた翌年に、何らかの事件に巻き込まれて意識不明になったとか、行方不明になったとか、そんな噂を聞いた記憶がある。しかし、本人がメールを送ってきたのだから、やはりあれはガセネタだったのだろう。まさか、なりすましということもあるまい。

妙な胸騒ぎを覚えつつも、臺は呻木と会う約束を交わした。

井の頭恩賜公園近くのカフェで向かい合った呻木は、驚く程に以前のままだった。否、むしろ記憶の中の彼女よりも若くすらある。今年で不惑になるはずだが、見た目は自分と同世代――二十代半ばくらいだ。セミロングの黒髪に薄化粧の彼女は、淡い緑色のコットンシャツにカーゴパンツというラフな装いだった。

「お久し振りですね」

そういって呻木は微笑《ほほえ》んだが、その笑みに何故《なぜ》か不気味なものを嗅ぎとってしまった。以前の彼女からは感じたことのない、冷たい空気が周りに纏《まと》わりついて、あたかも空間が歪《ゆが》んでいるような、そんな錯覚を覚えたからだ。

臺はアイスコーヒー、呻木はクリームソーダを注文する。以前取材を受けた際、彼女はＩＣレコーダーを用意していたが、今はスマートフォンも含めて、テーブルの上には録音機器は置かれていなかった。

まあ、今回は臺に話を聞くのが目的ではなく、彼女自身が話をするのだから、当然といえば当然なのかもしれない。

呻木は飲み物が運ばれる前に、早速本題に入った。

それは臺にとって衝撃的な内容で、しばらくアイスコーヒーに口をつけることすら忘れていた。しかも、ただでさえ混乱している臺に対して、呻木は更に禍々《まがまが》しい事件の背景を縷々《るる》として語ったのである。

その情報量の多さと悍《おぞ》ましさに、消化不良に陥りそうになった臺は、呻木が細長いスプーンでアイスクリームを掬《すく》う動作をぼんやりと眺めるしかなかった。

そして、一週間考え抜いた末に、ようやくこの場所に来ることを決めたのである。

間もなく列車がやって来るというアナウンスが入る。

ホームにいる大部分の人々は次に来る準急を待っているらしく、黄色い点字ブロックの内側に並ぶのは少人数だった。

到着した列車は乗客でいっぱいだったが、ほとんどがこの駅で下りてしまう。

がらんとした車内に乗り込んで、ドアに近い席に腰を下ろした。

果たして自分は、再びあの場所に辿り着くことができるのだろうか？

忘れたくても忘れられない、あのにしうり駅に。

呻木叫子の原稿1

二〇〇〇年代の半ばから、主にインターネット上で報告される都市伝説や怪談に、この世には存在しないはずの駅を見た、或いは、訪れたという話がある。朝里樹《あさざといつき》はそれらに対して『日本現代怪異事典』において「異界駅」という総称を与えている。

異界駅で代表的なものは、やはり「きさらぎ駅」であろう。これはある女性が静岡県の新浜松《しんはままつ》駅から出ている私鉄に乗った際に迷い込んだ異界駅である。

きさらぎ駅については、「はすみ」というハンドルネームを使用する人物によって、巨大掲示板2ちゃんねるのオカルト・超常現象のスレッド「身のまわりで変なことが起こったら実況するスレ26」に、二〇〇四年一月八日の深夜から九日早朝まで書き込まれた。つまり、その書き込みは掲示板に一方的に書かれた体験談ではなく、きさらぎ駅に迷い込んだ人物がリアルタイムで状況を伝えてきたと思われるものなのだ。従って、「はすみ」による書き込みだけという体裁ではなく、同じ時間で交わされたスレの住人たちとのやり取りもそのまま記録されている。

それによれば、「はすみ」の乗っていた電車は、いつもなら数分間隔で停車するはずなのに、何故かその夜は停まらない。やがてトンネルを抜けると、きさらぎ駅という無人駅に辿り着く。スレの住人たちはそこが何処《どこ》なのかネットで探すものの、何の手掛かりも得ることができない。

しかも時刻表を探しに駅に下り立った「はすみ」を置いて、電車は出発してしまう。彼女は携帯電話で両親に連絡し、迎えに来て貰おうとするが、父親もきさらぎ駅の場所がわからないという。携帯電話のGPSもエラーを起こす中、遠くから太鼓と鈴の音が聞こえてきたそうだ。「はすみ」は仕方なく線路を辿って戻りはじめる。すると、「線路の上を歩いてはいけない」という声が聞こえた。彼女が振り返ると、そこには片足を欠損した老人が立っていたが、すぐに消えてしまった。

それでも線路を歩き続けた彼女は、トンネルを抜けたところで近くの駅まで送ってくれるという男性に出会い、その車に乗り込んだ。しかし、車は山の方へ向かって行き、運転する男は意味のわからない独り言を呟き続ける。彼女が隙を見て逃げることを書き込んだ後に、投稿は途切れて、唐突に話は終わってしまう。

ただ、二〇一一年六月三十日に、あるウェブサイトに「はすみ」と名乗る女性がきさらぎ駅から抜け出したという話を書き込んでいる。もっともこれが二〇〇四年に投稿していた女性と同一人物であるかは不明だが。

これ以降、様々な異界駅の報告がネット上に投稿されるようになった。『日本現代怪異事典』に収録されている異界駅だけでも、何もかもが真っ白な世界にあるという「ひつか駅」、高さ三〇〇メートルを超す摩天楼《まてんろう》が近くに聳え、構内を影のような二メートルの背丈の人間が歩く「月の宮駅」、濃霧に覆われた「霧島駅」など、二十以上もの報告がある。

さて、東京から北関東を結ぶ私鉄の路線にも「にしうり駅」という異界駅の噂がある。そこは埼玉県から栃木県へ向かう間に存在するとされ、各駅停車に乗ると稀《まれ》に訪れることがあるという。

ネット上の報告を総合すると、にしうり駅は白い木造の駅舎で、照明はすべて緑色らしい。そこから出ると、昭和を感じさせるレトロな商店街があり、奇妙な姿の人々が街に佇《たたず》んでいるという。ある者は冬瓜《とうがん》、ある者は南瓜《かぼちゃ》、ある者は夕顔《ゆうがお》、そして、ある者は真桑瓜《まくわうり》……。要は全員の頭部がウリ科の果実になっているのである。

ただ、胡瓜、糸瓜、瓢簞《ひょうたん》のような細長いものはいないようで、皆、球形に近い頭部らしい。彼らには目、鼻、口、耳はなく、全く声を発しない。立っている者や座っている者など姿勢は様々だが、動くこともなく、その場にじっとしているという。

しかし、突如サイレンが鳴り響くと、その静かな光景は一変する。

なんと海水パンツ一丁で金属バットを手に持った西瓜《すいか》人間たちが現れて、次々と瓜人間たちを襲うからだ。彼らは他の瓜人間とは違い、自らの意思で動くことができる。振り回したバットで、無抵抗な瓜人間たちの頭部を次から次へと粉砕していく。その様子はまるで普段西瓜割りで自分が割られる憂《う》さを晴らしているかのようだ。

西瓜人間は瓜人間だけではなく、にしうり駅に迷い込んだ人間も見境《みさかい》なく襲う。助かるためには、次のサイレンが鳴るまで逃げ続けるしかない。その時間は十五分とも三十分ともいわれている。そして、二度目のサイレンが鳴ると、西瓜人間たちはその場から搔き消えてしまうという。

にしうり駅の話には、他の異界駅の話とは違った特徴もある。きさらぎ駅をはじめとして、大凡《おおよそ》の異界駅は体験者が偶然迷い込んでしまうという内容になっている。勿論、にしうり駅についても同様の話も少なくない。しかし、興味深いことに、二〇一五年頃からネット上では「にしうり駅に行く方法」という内容の書き込みが見られるようになった。

それによれば、先ず都内の八百屋《やおや》かスーパーで購入した胡瓜が必要だという。それを使って盆行事で使用する精霊馬を作るのだそうだ。この時、足に使うのは苧殻が望ましいが、割り箸や爪楊枝を使用してもよいらしい。精霊馬ができたら、それを一晩墓に供える。それもどの墓でもよいわけではない。苗字に「西」か「瓜」の文字が入っていなければならないらしい。そして、にしうり駅へ繋がると噂される都内のターミナル駅に移動し、電車に乗る直前に、西の方角を向いてその精霊馬を食べる。

真偽の程は不明である。ネット上ではこの方法でにしうり駅に辿り着いたという体験談も見受けられるが、失敗したという内容の書き込みの方が圧倒的に多い。精霊馬を作って墓地に持って行く様子や翌日それがなくなっていることを報告する動画も散見できる。

さて、管見《かんけん》の限り、ネット上で最初ににしうり駅の噂が書き込まれたのは、二〇〇一年十一月十九日のことである。つまり、きさらぎ駅についての書き込みがなされる三年前に、既にネット上で語られていたことになる。ただ、この書き込みは、「電車がにしうり駅という聞いたこともない駅を通過した」という単純なものだった。しかもこの書き込みの前日二〇〇一年十一月十八日はJR東日本でICカード乗車券の利用が開始された日である。従って、書き込みに気付いた誰もがSuicaと西瓜をかけた駄洒落《だじゃれ》であるとして相手にしなかった。

しかし、二〇一一年以降、実際ににしうり駅に迷い込んだという人間の証言が語られるようになり、前述のようなディテールが明らかになっていった。もっとも現在もその内容の荒唐無稽《こうとうむけい》さから、リアリティのある都市伝説とは認識されていない。ほとんどの人々が、にしうり駅は創作だと考えている。

　にしうり駅の噂の生成について、ネット上で交わされた意見の中で最も多かったのは、あるバラエティー番組の影響である。『加《か》トちゃんケンちゃんごきげんテレビ』は、ドリフターズのメンバーである加藤茶《かとうちゃ》と志村《しむら》けんの二人が出演した人気番組で、一九八六年一月十一日から一九九二年三月二十八日まで放送された。

　この番組の中の探偵ドラマ仕立てのコントに、一九八六年六月二十八日「スイカマン」という怪人が登場した。それは西瓜を食べ過ぎた志村けんが、スイカマンという頭が西瓜の怪人に変身し、人間を襲うというホラー色の強い内容である。スイカマンは口から種を飛ばし、当たった人間は西瓜人間になってしまい、どんどん増えていく。にしうり駅の話は、このコントの影響を受けて創られたのではないかというのだ。

　しかし、にしうり駅の話に出現するのは、西瓜頭の怪人だけではない。他のウリ科の植物も大勢存在しているし、大多数が人間に危害を加えることは疎か、その場から動くこともない。しかも西瓜人間は同胞（?）である瓜人間たちを一方的に襲い、その数を減らしていくのだ。これは『ごきげんテレビ』の「スイカマン」に見られる増殖する西瓜人間とは真逆の性質になる。

　実は『ごきげんテレビ』の「スイカマン」を持ち出すまでもなく、人間の胴体にウリ科の頭部という妖怪の姿は、近世の頃から描かれている。例えば、江戸時代中期の俳人で画家の与謝蕪村《よさのぶそん》は、『蕪村妖怪絵巻』に「山城の真桑瓜の化物」と「木津《きづ》の西瓜の化物」という武士の胴体に真桑瓜や西瓜の頭をした化物を描いている。また、江戸時代末期の浮世絵師・歌川国芳《うたがわくによし》も、風刺絵で知られる『源頼光館土蜘作妖怪図』で南瓜頭の妖怪と西瓜頭の妖怪を登場させている。それから、明治時代のおもちゃ絵『大新板ばけ物ずくし』にも、赤い法被を着て褌姿をした瓜と西瓜が描かれており、元々日本人には人間の胴体にウリ科の頭部というデザインの発想があったことが窺える。

また、吸血西瓜伝承の影響もあるのではないかという指摘もある。ユーゴスラビアのジプシーの伝承には、クリスマス後に長い間西瓜を放置するとヴァンパイアになるというものがある。これは西瓜だけではなく、メロンや南瓜も同様だ。ヴァンパイアとなった西瓜は唸り声を上げながら転がり回るという。私としては、にしうり駅の噂には吸血の要素はないし、ウリ科の野菜も人間に近い形状なので、吸血西瓜伝承の影響は稀薄ではないかと思うのだが、この説には存外に多くの支持者がいるので、念のために記しておく。

にしうり駅に行く方法が語られている点についても、ある程度考察が行われている。

そもそも特定の条件を満たすことで、別の世界に行ってしまうという話は幾つも存在する。最もポピュラーなものは、四時四十四分に何らかの行動を取ると異次元に飛ばされるという話ではないだろうか。

或いは、白い壁に纏《まつ》わる話では、四時四十四分四十四秒に白い壁に寄りかかると異世界にすり抜けるというだけではなく、別の時間を条件とするものもある。十一月十一日午後十一時十一分に白い壁に触ると異次元の世界へ行ってしまうや、六月六日六時六分六秒に白い壁のトイレにいると壁に吸い込まれるというもの、そして、十二月十二日十二時十二分に白い壁に触れると、壁に引き込まれ、いつの間にか草原にいるのだが、そこで出会う一頭のシマウマに乗らなければ、壁の中から戻れないなどがある。

ただ、にしうり駅に行く方法については、こうした特定の時間に纏わる怪異よりも、ネット上で語られる「異世界に行く方法」の方がより強い影響を与えているのではないかと考えられている。

代表的な異世界に行く方法としては、十階以上の建物のエレベーターを利用した儀式がある。エレベーターに一人で乗り、四階、二階、六階、二階、十階、五階の順に移動する。途中で誰かが乗ってきたら、その時点で儀式は失敗だ。巧く五階まで行くことができると、若い女性が乗ってくる。彼女は人間ではないので、決して話しかけてはいけない。そして、一階のボタンを押すと、エレベーターは一階には向かわずに、十階へと上がっていく。十階でドアが開くと、その先は異世界なのだという。

異世界に行く方法については、エレベーターを使用する以外にも、紙に六芒星を描き、中央に赤い文字で「飽きた」と書いて、枕の下に敷いて寝るという手軽な方法もある。これらについては実際に試したという多くの人々によって、その体験が書き込まれたり、動画としてアップされたりして、広く知れ渡ることとなった。

こうした中、にしうり駅に行く方法は、何者かによって考案され、噂として流布《るふ》した可能性があるのではないかといわれている。というのも、にしうり駅に行く方法は、胡瓜の精霊馬や「西」か「瓜」の記された墓石の必要性など、非常に複雑な内容であり、自然発生的に生まれた噂とは思えないからだ。加えて、これらの要素は、盆行事やその背景にある他界を連想させるものであり、余りにも出来過ぎている——即《すなわ》ち、作為的なものを感じるといった意見もある。

と、ここまでにしうり駅の話についての解釈を色々と述べてきたが、やはり瓜人間たちが生活する異世界というのは、余りにも現実感が稀薄である。私もにしうり駅については、ずっと創作だと信じていた。恐らく、二〇〇一年の駄洒落めいた書き込みを思い出した人物が、そこから連想するイメージで、ウリ科の果実を頭部に持った人間たちの街を想像したと考えていたのである。

しかし、二〇一七年八月の後半に、私はひょんなことから実際ににしうり駅に迷い込んだという人物の存在を知り、直接話を聞くことができた。

体験者は都内の私立大学に通うUさんである。

二〇一六年六月、彼は三人の友人たちと一緒に、にしうり駅を訪れたのだという。

＊

七年前の最初の異変は、姫野《ひめの》鮎《あゆ》の失踪だった。

当時、臺彩人は都内の私立大学の三年だった。姫野は同じ民俗学を専攻する友人で、入学当初に意気投合し、それからずっと親しい間柄だった。同じ授業を取っていたこともあって、学内にいる時はほとんど一緒に過ごしていたと思う。

丸眼鏡をかけ、長い黒髪を三つ編みにした姫野は、丈の長いワンピースを着ることが多く、マンガやアニメに登場する文学少女のような、一見すると清楚な雰囲気のビジュアルだった。それでいて爽やかな文学作品には全く目もくれず、妖怪、幽霊、怪談、ホラーなどを偏愛し、周囲を憚《はばか》ることなく血腥《ちなまぐさ》いことを口にすることが多かったので、臺は随分と辟易《へきえき》したものだ。ちなみに、姫野が最も愛好する作家は平山夢明《ひらやまゆめあき》である。

彼女の不在に気付いたのは、木曜日の三限目のことだった。瀬島囁《せじまささや》准教授の「民俗学演習Ⅱ」

である。民俗学専攻の学生は必修の科目だったが、その日、姫野の姿はなかった。

銀縁眼鏡の瀬島准教授は、非常に几帳面というか、神経質な性格だ。既に六月に入ってクールビズ期間のはずだが、相変わらずスーツにネクタイ姿で授業をしている。もう少し暑くなれば上衣は脱ぐと思われるが、その時もワイシャツには皺《しわ》一つない。爬虫類を思わせる鋭い眼差しを向けられると、小心者の臺は一気に緊張してしまう。

瀬島准教授はレポートの内容よりも、出席や授業態度を重視するので、姫野が黙って演習を欠席するとは考え難い。体調でも悪いのかと思ったが、恋人の君島悠希《きみじまゆうき》は半同棲状態にも拘わらず、瀬島に何もいわなかった。

白いシャツにジーンズの君島は、同じ学年でも影が薄い。平素から顔色が悪いが、その日は目の下に隈《くま》ができていて、かなり不健康そうだった。どうして姫野が君島を選んだのかはわからないが、きっと琴線に触れる何かがあったのだろう。二人でホラー映画や心霊番組を視聴すると聞いたこともあるから、案外同好の士なのかもしれない。

瀬島の授業は、事前に読んできた先行研究について議論を交わすという頭を使う内容だった。最初に議論の切り口になるような論文の検討からスタートして、合間に瀬島のコメントが挟まれる。各々《おのおの》が自由に発言してよいが、瀬島は口数の少ない学生に対しても意見を求めるので、常に緊張感が漂っている。授業での発言は直接成績に反映されると共に、研究室における周囲からの評価にも影響する。

そのため、臺はいつの間にか姫野を気にすることを忘れてしまっていた。殊に、あの時は「祖先祭祀」がテーマで、一週間の間に十数本の論文の他、柳田國男《やなぎたくにお》の『先祖の話』を丸々一冊分、読まなければならなかった。授業中の議論も随分と内容の濃いものが多かったと記憶している。

授業が終わって瀬島准教授が教室から出ていくと、普段から姫野と親しい臺、鴇田《ときた》舞桜《まお》、相馬《そうま》奏太《かなた》が君島を囲んだ。

「ねえ、鮎、どうかした？　昨日からメッセも全然既読にならないんだけど」

姫野の親友である鴇田は、かなり心配している様子だった。セミロングの髪の毛先を赤く染めた彼女は、いつもパンクな装いをしていて、教室でも目立っている。腕を組んで君島を見下ろす姿は妙に迫力があった。

「俺も三日前から連絡がつかないんだよ」

君島は疲れ切った表情だった。

「マジか？　え？　でも、お前、昨日、姫野さんと一緒に歩いてなかった？」

そういったのは、相馬だ。フットサルが趣味のスポーツマンだが、アニメやゲームも好きで、インドア派の臺とも気が合った。大抵はスポーツメーカーのシャツを着ていて、冬などはジャージ姿も珍しくはない。

「はぁ？　いや、人違いだと思うぞ」

君島は血色の悪い顔を歪ませる。

「喧嘩でもしたのか？」

臺が尋ねると、君島は「違う」と即答した。

「あんた浮気とかしてないよね？」

鴇田が君島を睨《にら》む。

「何でそうなる？」

「あたしの友達が、あんたが高校生くらいの子と一緒にいるの見たって」

その言葉に君島は僅かに硬直したが、「あれはそういうんじゃない」といった。

「じゃあ、どうゆうことなんだよ！」

鴇田が声を荒らげたので、臺は「まあ、落ち着けよ」と宥める。

君島は手許の論文の束をリュックに仕舞いながら話し始めた。

「あいつ、異界駅をテーマに卒論書こうとしてただろ？」

臺たちは三人とも黙って頷く。

当時、民俗学専攻の学生は、三年に上がった時点で、卒論のテーマを決める必要があった。というのも、民俗学で卒論を書くためには、自らのテーマに合ったフィールドを選定し、現地調査を行わなければならないからだ。

就職活動に費やす期間も考えると、三年の夏休みと冬休みが比較的纏まった調査期間といえる。想定していた内容の話を聞くことができないなど、調査をしてからテーマを変更せざるを得ない場合もあるから、できるだけ早い時期に最初の方針は決める必要がある。沖縄や四国をフィールドにする学生の中には、既に一年の時から何度も現地に足を運び、調査を行っている者もいる。

都市伝説や怪談に関心のあった姫野がテーマを異界駅に絞ったのは、二年の終わり頃だった。春休みには、きさらぎ駅の舞台となった遠州鉄道の調査に赴《おもむ》いている。その上、きさらぎ駅のモデルだと指摘されているさぎの宮駅もしっかり訪れて、何枚も写真を撮影していた。

「鮎はいなくなる直前、にしうり駅について調べてて、自分でその路線に乗って来るっていっていたんだ。取り敢えず、沿線の雰囲気を確認したいって」

「にしうり駅って何処の路線の話だっけ？」

鴇田がこちらに尋ねる。

「確か都内から栃木へ向かう私鉄だったと思う」

臺がそう答えると、君島が「俺が帰省する時に使う路線だよ」といった。そういえば、君島の実家は栃木県北部だと聞いたことがある。

にしうり駅の噂を検証するには、各駅停車の列車に乗らなければならず、栃木県へ行くためには途中で乗り継ぎが必要だそうだ。ただ、ネット上で語られる話では、にしうり駅は埼玉県と栃木県を結ぶ路線上にあるということから、姫野は栃木県北部までは移動せずに、栃木駅まで行くといっていたらしい。

「昼過ぎに出ていって、夜には帰るっていってたんだ。でも、その日は帰って来なくて、俺は何度も連絡したんだけど、スマホの電源も切れてるみたいだった。次の日にあいつのアパートには行ったけど、留守だったよ」

君島は姫野から合鍵を預かっているので、部屋の中にも入ったそうだ。しかし、彼女の姿は何処にもなく、室内にも特に変わったところはなかった。

相馬は「まさか姫野さん、ホントににしうり駅に行っちゃったんじゃないのか？」といった。真剣な表情だったから、決して冗談で口にしたわけではないようだったが、鴇田は「そんなわけねぇだろ！」と癇癪《かんしゃく》を起こした。

臺は再び彼女を宥めてから、「途中で事故か事件に巻き込まれたのかもしれない」といった。

「不吉なこというなよ」

鴇田がこちらを睨む。

「でも、こんなに連絡がつかないなら、やっぱり何かあったと考えた方がいいって。君島、姫野さんのご両親には連絡したのか？」

「いや。っていうか、連絡先がわからん。鴇田さんは知ってる？」

「実家が横浜ってのは知ってるけど、あたしも電話番号とかはわかんない」

そこで臺は姫野の部屋になら、実家の連絡先が書かれたものが見つかるかもしれないと伝えた。

「宅急便の送り状とかさ。君島、すぐに姫野さんの部屋に行って確認した方がいいんじゃないか？」

するると君島は難色を示した。

「そんなに大ごとにして、もしも何もなかったら、どうする？」

「どうするって……。何事もなかったら、それでいいじゃないか」

「鮎が気まずい思いをするだろ？　もしかしたら、少しの間、周りと距離を取りたくなって、実家に帰ってる可能性だってある。そんな時に俺が実家に連絡なんかしたら、あいつ、親に何ていえばいいんだよ」

「でも、三日も連絡がつかないんだぞ」

「まだ三日だ」

そういって、君島は乱暴にリュックを背負う。

場に妙な緊張感が漲って、臺はそれ以上口を開くことができなかった。

僅かな沈黙を破ったのは、相馬だった。

「なあ、今から姫野さんが乗る予定だった列車に乗ってみないか？」

「あんた、マジで鮎がにしうり駅に行ったと思ってるの？」

鴇田は呆れ気味だ。

「いや、にしうり駅については措いといて、取り敢えず姫野さんの足取りを追ってみるのはどうかって思うんだ。もしかしたら、何か手掛かりが見つかるかもしれないし」

現実的に考えて、姫野が向かった路線に乗ったところで、今更何かが見つかるとは思えない。しかし、その時の臺は何もしないでいるのが厭《いや》だった。消えてしまった姫野のために、自分ができることを求めていたのである。だから、すぐに相馬の考えに賛同した。

君島を見ると、彼も頷く。

「わかった。俺も行くよ」

さっきまでは変に意地を張っているようだったが、やはり君島も姫野のことが心配なのだと臺は感じていた。きっと自分一人では何をすればよいのかわからなかったのだろう。

「え？　三人が行くなら、あたしも！」

こうして臺たち四人は、午後の講義をサボって、にしうり駅が存在すると噂されている私鉄の路線に乗ることにしたのである。

最初に都内のターミナル駅から各駅停車に乗って、埼玉方面へ向かった。平日の中途半端な時間だったが、存外に利用者は多い。とはいえ、臺たち四人は並んで座席に座ることができた。

全員一旦帰宅してから、出発するホームで待ち合わせたのだが、服装も鞄も大学で別れた時のままである。別れ際と確実に違うのは、全員が論文の束を自宅に置いてきたという点だろう。

臺の右隣は鴇田だった。彼女はいつものように饒舌《じょうぜつ》に臺に語りかけてきたが、反対側の君島は寡黙だった。時折、相馬が声をかけるのだが、君島は一言二言返すだけで、すぐに黙ってしまう。

余程姫野のことが気がかりなのだろうか。だったら、もっと早くに行動したらよかったのにと臺は思ってしまう。自分だったら、彼女が帰らなかったその日に、この路線まで捜しに行ったに違いない。

やがて乗客も少しずつ減っていき、終点が近付く頃には同じ車両にいるのは、向かいの座席に座っている老年の夫婦とサラリーマン風の二人組、それに窓際に佇む青いワンピースの少女だけになった。

臺はなんとなく少女が気になって、そっと視線を向ける。その横顔は整っていて、まるで古い絵画のようだった。手には水の入った五〇〇ミリリットルのペットボトルを持っている。ワンピースから覗く腕や脚は白く、妙に艶めかしい。

彼女はこちらに関心があるようで、ちらちらと視線を送ってくる。一度だけ目が合ったが、少女はつんと澄ましたままで、臺は妙に気恥しくなってしまった。

呻木叫子の原稿2

インターネットに投稿された報告によれば、にしうり駅に迷い込んだ人々は都内のターミナル駅から私鉄の列車に乗り込み、埼玉県にある動物園の最寄り駅で、次の列車に乗り継いでいる。にしうり駅自体は埼玉県と栃木県の間にあるとされているにも拘わらず、埼玉県内の駅や栃木県内の駅から列車に乗った人物がにしうり駅を訪れたという事例は皆無だった。どうやらにしうり駅に辿り着く条件の一つが、都内のターミナル駅から出る列車に乗車することのようだ。

また、もう一つ興味深い点がある。

にしうり駅の舞台となる路線は、郊外から都内へ通勤する会社員が非常に多く利用している。しかし、ネット上で見られるにしうり駅への訪問譚の主人公はほとんどが大学生だ。帰省中か、都内近郊で遊んだ帰りという設定が多数である（ちなみに、精霊馬を作って儀式を行い、にしうり駅に行ったという人物も、大学生が多い）。

この傾向には理由があると思われる。通常会社員がこの路線を利用する場合、特急や通勤快速、準急列車に乗車する。余程の事情がない限り、各駅停車の列車には乗ることはないためである。

投稿された報告を見ると、学生が何らかのトラブルで予定していた急行や準急に乗り遅れてしまい、仕方なく各駅停車に乗ったという記述が多い。つまり、舞台となる路線で各駅停車の列車に乗車するという行為そのものが、やや特殊なものとして考えられているのである。それはにしうり駅へ迷い込むことが稀有《けう》な体験であることの理由にも繋がる。

実際ににしうり駅を訪れたというUさんによれば、都内から列車に乗った時点では何の違和感もなかったそうだ。

「僕たち以外にも結構お客さんは乗っていましたし、窓から見える景色にも異状はなかったですね」

更に終点で次の列車に乗りついだ際も、殊更《ことさら》に違和感はなかったという。

「あの時は、僕らの乗って来た列車が着いた時点で、ホームに何人かお客さんが見えました」

Uさんたち四人はホームで十分ばかり待って、その駅が始発となる列車に乗った。この時、同じ車両には数人の乗客の姿があったそうだ。

「最初に乗ってた列車にいた青いワンピースの女の子もいましたね」

つまり、その時点ではまだ列車は現実世界に存在していたのである（Uさんの見たという青いワンピースの少女については、別途考察する必要があるかと思われるが、今は保留しておこう）。

Uさんの友人であるTさんにも、当時のことを確認したが、「特に変な感じはなかったです」といっている。

「でも、あの路線に乗るの初めてだったから、ある意味じゃ全部が新鮮で、何か可怪《おか》しなことがあったとしても気付けたかは自信ないです」

発車してから二駅目までは、UさんもTさんもよく覚えているそうだ。その時、二人は翌週のS准教授の授業について会話していたらしい。次のテーマは「祭り」であったため、一週間で柳田國男の『日本の祭』を含めた十三本の論文を読む必要があり、Tさんはそれについて愚痴《ぐち》っていた。

UさんとTさんには全く別の日時に別の場所で取材を行ったが、二人の記憶に矛盾はない。その後、いつの間にか二人は眠ってしまい……。

＊

「臺、起きろ！」

相馬奏太の声で、臺彩人は目を覚ました。

隣の鴇田舞桜も寝ていたようで、唸りながら背伸びをする。

気付くと他の乗客の姿はなく、窓の外からは夕日が差し込んでいた。

「悪い。もう終点？」

臺がそう尋ねると、相馬は戸惑った表情で「いや、それが……」と表情を曇らせた。

「あれ？　君島は？」

鴇田がきょろきょろと視線を彷徨《さまよ》わせる。

「とにかく、来てくれ」

相馬に促されるまま、臺と鴇田は列車を下りた。君島悠希は既にホームにいて、スマートフォンに目を落としている。

ホームには駅名を記した白い看板が立っていた。

古惚けた看板にはやや掠《かす》れた文字で「にしうり駅」と記されている。

それを見た瞬間、鴇田が「嘘でしょ。嘘でしょ。嘘でしょ」と早口に連呼した。落ち着きなく周囲を見回して、結局また「嘘でしょ」と呟く。

相当焦っているのは誰の目にも明らかだったが、正直、臺も混乱していた。まさか本当ににしうり駅が存在するとは思ってもみなかったからだ。否、にしうり駅だけではない。臺はネット上の異界駅に関する報告はすべて創作だと思っていた。しかし、今、自分たち四人は、その噂の現場に立っている。

呆然とする臺と鴇田を尻目に、相馬は「どう？」と君島に尋ねる。

「やっぱり俺のも駄目だ」

「そっか。なあ、臺、鴇田さん、二人ともスマホのＧＰＳが使えるかどうか見てくんない？」

いわれた通りに確認してみたが、臺と鴇田のスマホもＧＰＳ機能はエラーを示し、自分たちの現在地を知ることはできなかった。

「鮎もここに来たのかもしれない」

君島はそういって、足早に改札口へ向かって行く。

「ちょっと待てって」

それを追って臺たち三人が動き出した時、唐突に列車の扉が閉まった。そして四人を置き去りにして、そのまま走り去ってしまう。

「あ……」

思わず声が出た。まずい状況だとは認識できたが、かといって君島を無視するわけにもいかない。鴇田は顔を顰めて舌打ちした。

にしうり駅は噂通り、無人駅だった。

小さな木造の駅舎は白い。建物自体は古いのだが、壁に塗られたペンキは真新しく、また素人《しろうと》の手によるもののようで、あちこちに斑《むら》がある。

切符を回収する箱だけが置かれた改札を抜けると、室内は緑色の電灯で照らされていた。床は罅《ひび》割れたコンクリートで、ベンチが二列置かれている。それらもやはり白いペンキが塗られていた。券売機が二台、その上に路線図が掲げられている。路線図そのものは臺たちが乗って来た私鉄のもののようだったが、駅名は印刷が不鮮明で読むことができなかった。

君島はそれらをざっと観察すると、さっさと外へ出てしまう。

「おいおい……」

臺たちはまた彼を追う格好になった。

君島のことは、普段から協調性のない奴だとは思っていたが、こうした非常時にも態度が変わらないとは、どういう精神構造をしているのだろうか。何故《なぜ》、姫野鮎はこんな男と付き合っているのだろう？

駅前はロータリーになっていて、その向こうにアーケードの商店街が見えた。そちらから音楽らしきものも聞こえる。

更に離れた場所には、途轍《とてつ》もなく巨大な鉄塔が屹立していた。大き過ぎて、距離感やスケール感が狂う。近くに建つビルがまるでミニチュアのように見えてしまった。

やはりここは、臺たちのいた場所とは別の世界のようだ。徐々にその実感が芽生えてきたが、同時に不安も増してくる。

果たしてこれから自分たちはどうなってしまうのだろうか？

駅舎の傍らには周辺地図が掲げられていた。それを見つけた君島は、スマホで写真を撮ってから、じっと眺め出した。

相馬は極々自然な動作で駅前の自動販売機で飲み物を買う。

「異世界でもドクぺって売ってるのな。これ、ちゃんと冷えてるよ」

そういって臺や鴇田に炭酸飲料の缶を差し出したが、それに対してリアクションを取るような精神的な余裕は臺にはなかった。

「ねぇ、マジで鮎、ここにいるのかな」

鴇田のその言葉は誰かに質問しているというよりも、独白に近かったのだと思う。だが、君島は確信に満ちた表情で「いるさ」といった。余りにも即答だったので、不審に思った臺は「どうして断言できる？」と訊いた。

「鮎は傍から見ていて異常な程に研究に没頭していた。だから、にしうり駅に行く方法を実際に試したんじゃないかと思う。それでこの街に迷い込んだんだ」

確かに、ネット上にはにしうり駅に行く方法に関する書き込みがあるのは知っていた。そして、姫野の性格なら、自ら実験してみようと考えるのも想像ができた。ここに来る前なら、君島の考えを一笑に付しただろうが、今は強ち《あながち》的外れだとは思えない。

「鮎は今も助けが来るのを待ってるはずだ」

そういった君島に、臺も「そうだな」と頷いた。

「だとしても何処から探す？」

相馬は炭酸飲料を飲みながら、君島に尋ねる。

「あいつだったら、真っ先に商店街を調べに行ったと思う。ネットの情報だと商店街は必ず出てくるからな」

「なるほどねぇ。臺と鴇田さんはどう思う?」

「僕は君島に任せていいと思うよ。いなくなる直前の姫野さんの言動を知っているのは、君島だけなんだから」

「あたしも、それでいい」

臺と鴇田の返答を聞いた君島は、「じゃあ、行こう」といって歩き出した。

駅前のロータリーと商店街の間には二車線の道路が走っていた。路肩に薄汚れた軽トラックが停まっていたが、運転席に座っているのは瓜頭の男である。彼は臺たちが近寄っても何の反応も示さない。太腿に両手を乗せて微動だにしないので、マネキンのように見えた。

「マジで異世界なんだ」

いつもは気の強い鴇田も、流石《さすが》に怯えた表情になる。

だが、それはあくまで序の口だった。

横断歩道を渡って商店街に入ると、そこには一層異様な光景が広がっていた。

軽快なメロディーが流れる広い通りには、古びた佇まいの商店が軒《のき》を連ねている。入口付近には八百屋、魚屋、衣料品店、電気屋、薬局、金物店などが確認できた。店先でおでんを煮ている店などもあって、あちこちで空腹感を誘う匂いがした。臺の地元にはこんな商店街はないにも拘わらず、何故かとても懐《なつ》かしい気持ちになる。

商店街の景観だけでもタイムスリップをしたような感覚に陥ったが、そこにたくさんの瓜人間たちが立ち並んでいるのを見ると、急速に現実感が遠退いていく。

精肉店の前で買い物籠を提げている女性の夕顔、本屋の店先で雑誌を手にして直立するスーツ姿の冬瓜、喫茶店の中で向かい合うハネデューメロンとプリンスメロンのカップル、二人組の子供の南瓜は兄弟だろうか。おもちゃ屋の店先でカプセルトイの販売機の前にしゃがんでいる。それぞれの店舗の奥に控える店員たちも、当然ながら全員が瓜人間だった。

一つ一つの光景はあくまで日常的なものである。しかし、瓜人間たちは一切動かないから、巨大なジオラマにでも迷い込んだような気分になる。

「瓜人間って飲み食いできるの?」

そういったのは、鴇田だ。食材を売る店や飲食店を見て疑問に思ったのだろう。

「さあ」

臺もそう答えるしかない。目の前の瓜人間たちには口らしきものは見当たらないから、飲食物を摂取できるとは思えなかった。

「あ!」

前方を歩いていた相馬が、ティッシュ配りをしているらしい冬瓜の女性に誤ってぶつかった。

相馬は持っていた炭酸飲料の缶を落とす。

冬瓜の女性は、まともに衝撃を受けて、そのまま背後に倒れた。紙袋に入ったポケットティッシュが散乱する。路面に強かに打ちつけられた女性の頭部は……粉々に砕けた。

転がった缶から流れ出す炭酸飲料が、血溜まりのように広がっていく。

瓜人間がマネキンめいているとはいえ、眼前の様相はかなり凄惨なものだった。

「どうしよう」

相馬は泣きそうな表情になるが、もう後の祭りである。幸い周囲の瓜人間たちは無反応で、誰も相馬を咎《とが》める様子はなかったし、倒れた女性もピクリともしなかった。

「放っておくしかないよ」

臺がそういうと、相馬は「でも……」と足下の女性を見つめている。

「それより君島が行っちゃう」

鴇田がいうように、君島はトラブルなど意に介さない様子で、先に進んで行く。彼の歩調は速く、臺たちも離されないようにするため、自然と早足になった。だから、商店街の細かい様子を観察する余裕はなかったのだが、何処を向いても瓜人間ばかりで、普通の人間の姿は全く見当たらない。というより、そもそも動いている人影は、臺たち四人だけだった。

「ねえ、もう少しゆっくり歩けって。これじゃ鮎の手掛かりだって見つからないよ」

鴇田が君島に向かってそう注意した刹那、けたたましいサイレンが辺りの空気を震わせた。

君島は立ち止まって「まずい」といった。

それに対して、鴇田は「何が?」と今にもキレそうな態度で応じた。君島の勝手な行動や眼前の理不尽な状況に対して、余程ストレスが溜まっていたらしい。しかし、君島にはそんな彼女の心情を汲み取るつもりは更々ないようで、「逃げるぞ」といって走り出した。

「だから、何から逃げるんだよ!」

鴇田の大きな声と重なるように、背後で何かが潰れるような音がした。

振り返ると、商店街の入口に、海水パンツ一丁の西瓜人間が立っていた。その足下には頭を砕かれた瓜人間の男性が横たわっている。

臺はネット上のにしうり駅の書き込みを思い出した。

そうだ。サイレンが鳴ったら、こいつが現れるのだ。

西瓜人間は金属バットを握り締め、通行人たちに向かって滅茶苦茶に振り回している。商店街にいる人々は、この事態になっても全く動かないから、格好の標的になる。ばしゅっぽしゅっと瓜人間たちの頭部が粉砕され、次々と被害者たちが横たわっていった。中には腕や胴体を殴られる者もいて、骨が折れるような厭な音も聞こえたし、果汁だけではなく、鮮血も迸っていた。

余りのことに啞然とする臺と鴇田に向かって、相馬が「と、とにかく逃げよう!」と声をかけた。

臺は矢庭《やにわ》に走り出そうとしたのだが、通りには瓜人間たちが林立しているので、思ったように前に進めない。君島は邪魔な通行人を突き飛ばしながら進んでいるが、同じことをするのは抵抗がある。彼が倒した瓜人間の中には、倒れて頭が砕ける者もいた。

隣にいる鴇田は状況が飲み込めないのか、硬直してしまっている。臺は咄嗟《とっさ》に彼女の手を握った。鴇田の手は、汗で湿っていて、冷たい。

「大丈夫?」

そう訊いてみたが、涙目の鴇田は声を出すこともできないようだった。

臺は彼女の手を引きながら、前を走る君島と相馬の背中を見失わないように、必死に前に進んだ。その間も背後からはたくさんの足音に混じって、ばしゅっぽしゅっと瓜人間たちの頭部が叩き割られる音が続いている。

なんとか混み合う商店街を抜けて、大通りに出た。

しかし、安心したのも束の間、そこでは別の西瓜人間が通行人を襲っていた。やはり海水パンツ姿で、金属バットを持っている。こちらは商店街の奴よりも慎重で、きちんと両手でバットを構えて、確実に被害者の頭部を破壊していた。

そこからの記憶は曖昧である。

君島が「こっちだ!」と指し示す方向に、相馬、臺、鴇田の順で走った。西瓜人間から距離を取ったと思ったところで、また別の西瓜人間に遭遇する。その繰り返しが続いた。何度か間一髪の場面があったことと、数箇所の交差点や路地を急いで曲がったことは辛うじて覚えている。

西瓜人間は全員が男性だったが、屈強な体軀の者から肋骨《ろっこつ》が浮き出た老人まで様々だった。だが、全員に共通しているのは、瓜人間に対する明確な殺意である。年齢に関係なく、西瓜人間たちは瓜人間たちを襲い、路上にはまるで首なし屍体のような被害者たちの亡骸が倒れていた。

先頭を走る君島が、不意に道沿いにあった倉庫に入った。大きさは小学校の体育館くらいだろうか。全員で中に入ると、臺と相馬の二人で入口の金属製の重い扉を閉じて、閂《かんぬき》をした。

採光用の天窓が幾つかあるので、照明がなくても然程《さほど》暗くは感じなかった。天窓はかなり高い位置にあって、一見したところ嵌め殺しのようだった。屋内にはビニール袋に入った園芸用の土や化学肥料が積まれている。どれも壁際にあったので、中の見通しはよい。確認した限りでは、どうやら出入口は臺たちが入って来た扉一箇所だけのようだ。内部は整頓されているし、ビニール袋はどれも真新しいので、現在も使用されているような印象を受けた。もっとも瓜人間が農業や園芸をするとは思えないのだが。

君島はきょろきょろと落ち着きなく室内を見回すと、建物の奥に小走りで向かう。明らかに様子が可怪しい。

「どうしたんだ？」

臺がその後を追うと、鴇田もついてきた。

君島は向かって右手にある事務所と表示された小部屋に入ると、ドアを閉めた。

そこは建物の角に壁を立てて作った小部屋だった。当然ながら天井と壁の間には隙間があるが、窓がないので、中の様子は一切見ることができない。

臺も中に入ろうとノブを回したが、ドアは開かない。君島が内側から鍵を掛けてしまったのだ。

「おい、君島、どうした？」

「お、俺は、こ、ここに隠れる」

中から聞こえてくる君島の声は震えているようだった。

「落ち着けよ」

と臺がドア越しにいうと、「う、うるさい！」と怒鳴られた。

「あ、あいつらに聞こえたらどうする？　静かにしろ！」

君島の方が余程大声を出していたのだが、それを冷静に判断することすらできないのだろう。

「ほっとこうよ」

鴇田は諦めたようにそういった。

「少し時間が経てば落ち着くって」

「そうだね。あれ？　相馬は？」

まだ入口の近くで休んでいるのだろうか？　そう思った臺は、鴇田と一緒にそちらへ戻った。相馬は積み重なった化学肥料に背中を凭《もた》れさせて、床に座り込んでいた。

「どうしたの？」

鴇田が心配そうに覗き込んだが、相馬は何も答えない。顔面は蒼白で、視線は虚空を見つめている。呼吸も荒い。

「体調悪いのか？」

臺もしゃがみ込んで相馬に尋ねたが、やはり反応はない。

「どうする？」

立ち上がって鴇田に訊いてみたが、彼女も首を傾げるばかりだった。まあ、無理もないと思う。にしうり駅へ到着してから今まで、自分たちは怒濤の勢いで異常な世界の洗礼を受け続けている。自分のこともままならないのだから、他人のことなら尚更である。

三人のいる位置からは、事務室も見えた。

臺は念のため、何度かそちらを確認したが、君島が出てくることはなかった。

五分くらいそうしていただろうか。

不意に相馬が立ち上がる。

「ど、どうした？」

臺が戸惑っていると……。

相馬の頭部が、一瞬でマスクメロンに変貌した。

「嘘でしょ？」

鴇田は頭を抱えた。自分の目で見たものが信じられないようだ。

メロン人間になった相馬は、直立した姿勢で動かなくなった。

「相馬……」

名前を呼んでも、何の反応も示さない。臺は慎重に相馬の手首を取って、脈があるのを確認した。

「一応、生きてるみたいだ」

「もうやだよ」

鴇田が泣きそうな顔をして、弱音を吐く。

臺だって同じ気持ちだ。だが、こんな状況だからこそ、冷静に事態を把握しなければならない。

どうして相馬はメロン人間になってしまったのか？

自分たちにもその危険はあるのだろうか？

頭の中が混乱する中、再びサイレンが鳴り響いた。

その音で、臺は少しだけ平静を取り戻す。

「とにかく、君島にも相馬のことを伝えないと」

「う、うん」

臺と鴇田の二人は、奥の事務室へ向かった。

「君島！　ちょっといいか？」

臺が中へ向かって呼び掛けたが、返事はない。

「君島！」

「ねぇ、まさか君島も……」

鴇田は不安そうな表情だった。

ドアを叩いて何度も君島を呼んだが、何の反応もなかったので、臺はドアに体当たりをした。その様子を見て、鴇田も協力してくれる。二人がかりで二度、三度と体当たりを加えると、ようやく蝶番の部分が破損して、ドアを開けることができた。

事務室の中は酷い状態だった。

椅子はひっくり返り、床には文房具や書類、スポーツドリンクのペットボトルなどが散乱している。

そのほぼ中央には、頭を砕かれた瓜人間が倒れていた。白いシャツにジーンズ——君島と同じ服装だった。スニーカーが片方脱げかけている。

その他に室内には誰もいない。

壁際には棚が置かれていたが、ファイルがぎっしり並んでいて、とても人間が隠れられる隙間はなかった。

「君島なの？」

鴇田が倒れた瓜人間を見て尋ねる。

「多分……」

「転んでこうなっちゃったってこと？」

最初臺も自分たちが無理矢理事務室のドアを開けた衝撃で、瓜人間を倒してしまったのではないかと思った。しかし、入口から瓜人間の倒れている部屋の中央までは、それなりに距離がある。

少なくとも、開いたドアは瓜人間に触れていない。従って、自分たちが部屋に入る前に、もう彼はこの状態だったのだと推察できる。

臺がそう説明すると、鴇田は僅かに安堵の表情を見せた。彼女もまた、自分のせいで君島を倒してしまったのではないかと心配していたようだ。

「じゃあ、君島が自分で転んじゃったってこと？」

「どうかな」

臺は相馬がメロン人間になった時のことを思い出した。変化が起こる直前、彼は相当具合が悪い様子だった。もしも君島がこの部屋で同じような体調になったとしたら、椅子や床に座ったのではないだろうか。その後、瓜人間に変貌したとしても、外から力が加わらなければ倒れる可能性は低い。

それに……。

「何でこの部屋、こんなに荒らされてるんだ？」

君島は西瓜人間から隠れるために、この部屋に閉じ籠った。外から呼びかける臺たちに対して「静かにしろ！」と注意するくらい神経質になっていた。当然、中にいる間もできるだけ気配を消していたはずだ。実際、臺は事務室から大きな物音がするのを聞いていない。

「わかった！　犯人は西瓜人間だよ」

鴇田が真顔でそういった。

「え？」

「だって君島がこの部屋に入ってから、あたしたち三人はずっと一緒にいたでしょ？」

「ああ」

「だから、あたしたちには君島を倒すことはできない。もしも倉庫内の何処かに瓜人間がいたとしても、あの人たちは自分で動けないわけだから、この部屋に入ることは不可能だよね？」

「そうだな」

事務室は天井と壁の間に隙間があるが、鴇田のいうように、自発的に動くことができない瓜人間では、そこから出入りすることはできないだろう。

「でも、僕たちはずっと入口近くにいたけど、西瓜人間なんて入って来なかったじゃないか。しかも扉には内側から閂を掛けていたわけだし」

「にしうり駅の都市伝説の内容を思い出してみて。噂だと西瓜人間は二度目のサイレンが鳴り終わると、その場から跡形もなく消えるっていう話でしょ？」

そこまで聞いて、臺も鴇田が何を考えているのか理解した。

「そうか。最初からこの部屋の中に西瓜人間がいたってことか」

「うん」

つまり、君島は西瓜人間を恐れる余り、自らそれが潜む場所に閉じ籠ってしまったということなのだろう。

「室内が荒らされてるのも、西瓜人間が暴れたからなんだよ。サイレンが鳴って、西瓜人間が掻き消えてなかったら、あたしらも襲われてたかもしれない」

鴇田の推理に納得したわけではなかったが、その時はこれといった反論を思いつくことはできなかった。

それ以前に、横たわる首なし屍体を見ても、臺には君島が死んだという感覚が湧いてこなかった。眼前に倒れているのは、外で散々目にした瓜人間たちの屍体と変わらない。だから、これが君島であると改めて認識することができなかったのだと思う。それは鴇田も同じだったようで、相馬がメロン人間に変化した時の方が深刻なリアクションを見せていた。

それに君島自体が周囲から余り好かれていなかったことも、臺たちの冷めた態度の理由だった。正直、君島がこうなったのは自業自得だと思ったたし、そう思った自分に対して罪悪感はなかった。

さて、二度目のサイレンが鳴ったということは、もう外に出ても安全だということだ。

「取り敢えず、ここから出よう」

臺がそういうと、鴇田は「相馬はどうするの？」と尋ねる。

「あのままにしておくしかないんじゃないか。下手に触って倒したらヤバいだろ？」

「じゃあ、せめて倒れないようにしてあげようよ」

鴇田の提案で、二人はメロン人間と化した相馬の周りに、側に積んであった化学肥料の入ったビニール袋を置くことにした。腰の辺りまでビニール袋を重ねることで、もしも相馬が傾いてしまうことがあっても、頭部が床にぶつかることがないようにしようと思ったのだ。

思い付き自体は単純だが、実際に作業をするとなかなか骨が折れた。ビニール袋は一つ三十キロの重さがある。そもそも臺は体力に然程の自信がない。二人で協力してビニール袋を運んだが、二十分近くかかってしまった。作業が終わる頃には臺は全身に汗を掻いていた。鴇田の額にも汗が滲んでいる。

肥料の入ったビニール袋に下半身を囲われたメロン人間の相馬は、植物っぽさが際立ったように見えた。

「ひとまずはこれで大丈夫だろう」

「そうだね」

去り際に、鴇田が相馬に向かって、涙ぐみながら「バイバイ」と別れの挨拶をしていたのが、印象に残っている。

倉庫から外へ出ると、既に薄暗くなっていた。

緑色の街灯があちこちで灯って、幻想的な雰囲気を醸し出している。

「これからどうするの？」

昏黒《こんこく》の忍び寄る異世界の中で、鴇田の恐怖は肥大化しているようだ。それ故、臺はできるだけ自らの不安を押し隠して振る舞う。

「この街から逃げる方法を考える」

「どうやって？」

「まずは駅へ向かおう。あの場所が外部に繋がる唯一の場所だと思うんだ」

「わかった」

とはいえ、この倉庫まで逃走する間に、駅からはかなり離れてしまった。しかも真っ直ぐ逃げてきたわけではなく、あちこちで曲がったので、どう戻れば駅へ辿り着けるのかわからない。電柱には「にしうり四丁目」という現在位置が記されているが、そもそも駅の住所が不明なので、全く参考にならなかった。

そこで臺は、ここに着いた時に君島が駅前の地図を撮影していたことを思い出した。今から中に戻って、君島のスマホを確認しようか。しかし、ロックがかかっていたら、無駄足である。その間にまたサイレンが鳴ってしまったら、ここからしばらく動けなくなる。こんなことなら、自分でも地図の写真を撮っておくんだった。

臺が逡巡と後悔を繰り返して立ち尽くしていると、「君たち」と何者かに声をかけられた。

「え?」

不思議に思ってそちらを向くと、グレーのスーツを着たサラリーマン風の男性が立っていた。頭はウリ科の果実ではなく、人間のままである。

とはいえ、あれから七年の歳月が流れた今、臺はその男性の顔を思い出すことができない。年齢は四十から五十代くらいだったと思うのだが、それ以上の特徴は霞《かすみ》がかかったようにぼやけている。

「どうしてこんなところへ?」

男性は咎めるような口調だった。

臺と鴇田が答えに窮していると、男性は「まあ、いいよ」と態度を軟化させる。

「いいかい? 二度とここへは来ちゃいけない」

男性の口調はまるで幼い子供にいい聞かせているようで、臺は反発心を抱いた。だから、「友人を捜しているんです」と自分たちがここにいる正当性を主張しようとした。

「この街で、三つ編みに眼鏡を掛けた二十歳くらいの女性を見かけませんでしたか? 姫野鮎というんですけど」

鴇田もスマホに姫野の写真を表示させて「この子です!」と見せる。

しかし、スーツ姿の男性は首を傾げた。

「いや、知らないな。その子はどのくらい前にここへ来たの?」

「多分、三日前です」

「う〜ん、何かの間違いじゃないかな」

どうやら男性は姫野の行方には心当たりがないらしい。

「それじゃ駅の場所ってわかります?」

鴇田が尋ねる。

この質問には男性は瞬時に「うん」と頷いた。

「こっからだとどう行けばいいのか、教えて貰えますか?」

「その必要はないよ」

男性は素っ気なくいった。

臺の記憶はここで途切れる。


次に気が付いた時、臺は電車の座席にいた。

隣では鴇田が臺の肩に頭を預けて眠っている。

窓の外はすっかり暗くなっていて、向かいには法事の帰りらしき中年夫婦と会社員らしき若い男性が座っていた。

慌ててスマホで時間を確認すると、二十一時を少し過ぎている。

今までの体験は夢だったのか?

最初はそう思ったのだが、君島と相馬の姿がない。

鴇田を起こして確認してみると、やはり彼女にもにしうり駅を訪れた記憶があった。

「夢じゃなかったのか？」

その時はまだ、臺は随分と茫洋とした心地だった。


あれから七年、姫野鮎、君島悠希、相馬奏太の三人は、現在も行方不明のままである。

呻木叫子の原稿3

Uさんや T さんのにしうり駅の来訪譚は、これまで私が聞いてきた怪異譚とはだいぶ趣《おもむき》が異なっている。読者諸氏も二人の体験談を矢庭に信じることは難しいだろう。とはいえ、実際にこの話をしている彼らの表情は真剣そのものであったし、UさんとTさんにそれぞれ個別に取材しているにも拘わらず、二人の体験談は細部に至るまで一致している。

さて、真偽の程は保留するとして、彼らの話には幾つか興味深いところが見受けられる。

一つは友人が瓜人間に変貌してしまった点である。殊《こと》にSさんは二人の眼前でメロン人間へと姿を変えてしまった。その原因について、話者である二人は明確な答えを持っていなかった。しかし、私はにしうり駅の世界での飲食が、人間を瓜人間へ変えてしまう原因なのではないかと推測している。

『古事記』や『日本書紀』には「黄泉戸喫」という言葉が記されている。その意味は、黄泉の国で煮炊きした食物を口にすることで、これにより死者の仲間入りを果たしたとみなされるというものだ。

あの世の飲食物を口にするとこの世に戻れなくなるという信仰は、東アジアだけではなく、ヨーロッパ、オセアニア、アメリカ・インディアンにも見られる。また、こうした観念は神話だけではなく、現代の作品にも窺える。二〇〇一年に劇場公開された宮崎駿《みやざきはやお》監督の『千と千尋の神隠し』はその代表例であろう。あの物語では主人公やその両親が異世界の食物を口にするシーンがわかりやすく描かれている。

Uさんによれば、メロン人間になったSさんは、にしうり駅前の自動販売機で炭酸飲料を購入し、それを口にしている。また、Kさんが閉じ籠った事務室にも、ペットボトルに入ったスポーツドリンクがあった。このことから人間が瓜人間に変化する条件は、にしうり駅の世界の飲食物を口にすることだと考えられるのだ。瓜人間たちに食事ができるとは思えないにも拘わらず、商店街に飲食物が販売されているのは、もしかすると迷い込んだ人間に対する罠なのかもしれない。

次に、UさんとTさんが現実世界に帰還した契機に、スーツ姿の男性が関わっている点も注目すべきである。

恐らくこの人物は「時空のおっさん」と呼ばれる存在だろう。時空のおっさんは、主にネット上で語られる怪異であり、異世界に迷い込んだ人物を元の世界に戻すとされる。その姿は作業着やスーツが多いようだが、様々な年齢や容姿で語られる。時空のおっさんが出てくる異世界は現実の世界と似ているが、自分以外に動く者が存在しない世界であることが多い。これもにしうり駅の様子と近しいように思われる。

ただ、異界駅の話と時空のおっさんの話が混ざり合ったような事例は、Uさんたちの体験談だけではない。二〇一二年六月二十三日に2ちゃんねるの「【不思議な】電車に乗って変な場所に行った【体験】」スレッドで語られた「いずみがもり駅」という異界駅の話でも、時空のおっさんらしき和服の男性が登場し、体験者を現実世界に戻してくれている。

改めて考えてもUさんたちの話は、非常に説話的な要素が多く、実際の怪異譚とは思えない。しかし、彼らの三人の友人が行方不明になっているのは事実である。

警視庁に勤める友人に確認してみると、三人の家族からは行方不明者届が提出され、所轄が実際に捜査を行っていた。最初に行方不明となったHさんに関する手掛かりはほとんどないようだったが、男子学生二人については失踪する直前に、UさんとTさんと一緒にいるのが、駅の防犯カメラで確認されている。四人が埼玉方面へ向かったことも確からしい。しかし、それからの足取りは全くわからない。

無事に生還したUさんとTさんは、栃木駅まで到着すると、折り返し特急に乗って都内に引き返している。しかし、他の二人の男子学生は乗り継ぎ駅のホームにいたのを最後に、沿線のどの駅の防犯カメラにも映っていないのである。状況だけを見ると、二人は走行する列車内から忽然《こつぜん》と姿を消したことになる。

当初警察では三人の行方不明には、UさんとTさんの二人が関与していると考えたようだ。しかし、二人がどうやって三人もの人間を消し去ったのかがわからなかった。殊に、KさんとSさんの二人に関しては、謎が多い。列車内で成人男性を二人も殺害したとは考え難いし、Uさんたちが大きなキャリーケースを引いている姿も確認されていない。また、動機の面から見ても、UさんとTさんには友人たちに危害を加えるような理由が見当たらなかった。

但《ただ》し、失踪事件については気になる証言もある。Kさんの住んでいた部屋の隣の住人が、Kさんの部屋からいい争いをする男女の声を聞いたというのだ。喧嘩の相手が恋人のHさんなのか、それとも別の女性なのかは不明だが、とにかくKさんだけは女性とのトラブルを抱えていたようだ。

果たして三人の大学生たちは、自らの意思で姿を消したのか、それとも何者かによって消されてしまったのか、警察は依然として捜査を続けている。

＊

呻木叫子から六年振りに連絡を受けた時、臺彩人は置き去っていた過去に突然背中を叩かれたような気がして、ぞくりとした。

これまでにしうり駅を忘れたことはなかった。忘れたいと何度も思ったが、あれだけ衝撃的な体験は、そんな簡単には風化しない。それに、あの出来事は臺の人生を大きく変えてしまった。

無事に異世界から帰還を果たした臺を待っていたのは、厄介な現実だった。周囲で三人もの友人たちが行方不明となったのだ。当然、警察からも執拗に事情聴取を受けた。あからさまに疑われているのはすぐにわかったし、状況から考えても仕方がないことだとは思った。ただその際、刑事から興味深い話を聞いた。君島が女性関係でトラブルを抱えていたらしいというのだ。そういえば鴇田も、君島が姫野以外の女子と二人でいるところを友人が目撃しているといっていたではないか。臺が知らないだけで、君島と姫野の間で何か問題が発生していたのかもしれない。

大学でも白い目で見られるようになり、居心地の悪い日々が続いた。程なくしてネット上で誹《ひ》謗《ぼう》中傷を受けるようになったので、ＳＮＳはすべてやめたし、住所が特定されてしまったので、引っ越しも余儀なくされた。

鴇田舞桜も同じような状態で、当初は互いに励まし合っていたのだが、余り一緒にいると余計に怪しまれるのではないかということになり、距離を取ることにした。鴇田は夏休みに入るのを契機に休学し、岐阜の実家に戻ってしまった。

「どうしてあたしたちがこんな目に遭わなきゃいけないの？」

最後に会った時、鴇田はそういって泣いていた。

あれから彼女には会っていない。臺への取材の直後に、呻木叫子は鴇田からもにしうり駅に関して話を聞いたようだ。しかし、それについて鴇田から連絡を受けたことはない。にしうり駅に関わったばかりに、臺は大切な友人たちをすべて失ってしまったのである。

臺は何とか大学を卒業したものの、就職活動に身が入らなかったせいで、学生時代から続けていた飲食店のアルバイトで生活費を稼いだ。二年後にちょっとした縁で吉祥寺《きちじょうじ》にある古書店で働くようになり、今に至っている。

現在も年に一度か二度、警察関係者の訪問を受けることがあり、その度《たび》に厭でも姫野鮎、相馬奏太、君島悠希の顔を思い出した。殊に姫野については、消えてしまった理由すらわかっていないから、臺もずっと気になっている。

呻木は、あの不思議な体験について大切な話があるという。今更そんなものを聞いてもどうにもならないとは思ったが、無視することはできなかった。というのも、臺自身、あの時の体験には腑に落ちない点があったからだ。

それは君島が鍵の掛かった事務室で頭を割られていた状況だ。

鴇田が推理したように、もしもあの時部屋に入って目の前に西瓜人間がいたとしたら、君島はすぐに外へ逃げたはずだ。しかし、彼は僅かな間、ドア越しに臺と会話していた。従って、まだその時は室内に西瓜人間はいなかった可能性が高い。

しかし、その後、事務室に西瓜人間が侵入するのも難しいと思う。事務室にはドア以外の出入口はなかった。そして、そのドアはずっと臺か鴇田の視界に入っていたのだ。あのドアからは君島も西瓜人間も出入りしていない。天井と壁との間には隙間があったが、そんな場所から中に入ろうとしたら、君島だって気付いて逃げ出すだろう。否、そもそもあの隙間では、西瓜人間は頭部が大きくて、通り抜けることは不可能だ。

となれば、密室内に出入りする方法は、テレポーテーションくらいしか思いつかない。だが、にしうり駅に関する書き込みで、西瓜人間にテレポーテーションの能力があるという記述は皆無であった。

一体、あの時、君島の身には何が起こったのだろうか?

待ち合わせ場所を選んだのは、臺だった。自分でもよく利用するカフェで、店員とも顔見知りである。できれば呻木とは自分の生活圏内で会いたいと思った。そうでないと、日常に戻れなくなってしまうような危惧《きぐ》があって、怖かったのだ。

約束の時間の五分前に到着したが、既に呻木は窓際の席に座って、臺を待っていた。

平日の中途半端な時間であったが、店内は賑やかである。中高年の女性たちの笑い声や若いカップルの囁《ささや》き声に励まされるようにして、臺は呻木に挨拶した。

互いに飲み物を注文すると、呻木はいきなり本題に入った。

「臺さんたちがにしうり駅へ迷い込んだあの日、君島さんは死んではいなかったのです」

「え？」

「あの日、異世界の倉庫の中で起きたことは、実はとても単純なことでした。君島さんが閉じ籠った事務室には、最初から瓜人間がいたのです。君島さんはその瓜人間の頭部を割って殺害し、自分の衣服を着せたと思われます。それから西瓜人間が事務室に現れたかのように偽装するため室内を荒らしました」

なるほど。あらかじめ西瓜人間が中にいたと考えるよりも、その方が自然である。もしも本当に西瓜人間が暴れたのならば、もっと大きな物音がしたはずだ。しかし、あの時事務室は静まり返っていた。

今までわからなかった違和感の正体が明らかになって、臺はすっきりした。

だが……。

「偶然事務室に瓜人間がいたっていうんですか？　そんな都合のいい話はないでしょう」

「偶然ではありません。君島さんはあなた方と一緒ににしうり駅を訪れる前に、少なくとも一度はあの場所へ行っている。そして、その時、自分の手で事務室に瓜人間を移動しておいたのです。にしうり駅に迷い込んだ人間を瓜人間に変えてしまう原因は、あちらの世界の飲食物を口にすることだと思われます。君島さんはそれも知っていたのでしょう」

「まさか……」

いや、それなら話の筋は通る。

「あの日、すべての準備が整った後、君島さんは棚に上がって、じっと臺さんたちの様子を窺いながら待機していました。そして、相馬さんがメロン人間になってしまったことにお二人が慌てている隙に、こっそりと天井との隙間から外へ出て、あとは倉庫の物陰に潜んでいたのです」

呻木がそこまで語り終えたところで、店員が飲み物を運んできた。呻木は自身の前に置かれたクリームソーダにストローを刺して、メロンソーダを旨そうに啜《すす》る。臺はアイスコーヒーの中のキューブ状の氷を見つめながら、呻木の推理を反芻《はんすう》した。

確かに、その方法ならば、あの日の状況は再現できる。しかし、どうして君島はそんなことをしたのだろうか？　事務室の中の瓜人間を殺害したところで、西瓜人間から逃げることはできない。それに臺たちまで騙す必要が何処にあるのだろうか？

臺は思い浮かんだ疑問をすぐに呻木にぶつけた。

すると、怪談作家は思いがけないことを口にした。

「いいですか、あなたたちがにしうり駅を訪れたのは、すべて君島さんの計画なのです」

「どういうことですか？」

「先程も申し上げた通り、君島さんは前もってにしうり駅を訪れ、皆さんに自分が西瓜人間に殺されたと思い込ませるための準備をしていました。それもこれも、彼が異世界に逃げるための計画だったのです」

「逃げる？　何から逃げるって言うんですか？」

「一つは、青いワンピースの少女でしょうね。もう一つについては、追々《おいおい》お話しします」

「青いワンピースの少女？」

　臺にはピンとこなかった。

「覚えていませんか？　まあ、七年前ですからね。臺さんたちがにしうり駅へ向かう列車に、青いワンピースを着た少女が乗っていましたでしょ？」

「ああ、そういえば……」

　ようやく臺は少女のことを思い出した。そうだ。あの時、臺たちと同じ車両には確かに青いワンピースを着た少女が乗っていた。

「少し前から君島さんは青いワンピースの少女——火野雫《ひのしずく》に付き纏われていたのだと思います。もしかしたら、最初は君島さんも彼女に興味を持ったのかもしれませんが」

　そこで呻木は簡潔に火野雫という少女、否、怪異について説明した。彼女は数十年前に行方不明になり、もう生きてはいないこと、彼女に魅入られた男性は天然水で満たされた浴槽で自殺してしまうこと、そして、彼女は死者となった今も、恋をしているらしいこと……。

「恐らく、姫野鮎さんは君島さんと火野雫が一緒にいるところを目撃してしまったのでしょう。それで浮気を疑って、君島さんを問い質した。『あの娘は一体誰？』と」

　姫野は一見すると大人しい性格に見えたが、実際は鴇田以上に短気な性格だった。君島が別の女性と一緒にいるところを目撃したら、頭に血が上る可能性は十分にあるだろう。そうか。それが君島の抱えていたトラブルか。

「君島さんは口論の末、ついかっとなって姫野さんを殺害してしまいます」

「君島さんはそのことをお母様に相談した。そして、彼の両親は姫野さんの屍体を回収し、密かに遺棄したのです」

「まさか……」

呻木はまるで自分で見て来たかのようにそう語ったが、臺は釈然としなかった。

「いや、流石にそれは想像が過ぎますよ。君島が姫野さんを殺したって話までは、まあ、わかります。でも、どうしてそこで君島の両親が出てくるんですか？」

「実は、私は君島さんのお父様に取材したことがあるのです。彼の実家の近くにはかつてバラバラ屋敷と呼ばれる幽霊屋敷がありましてね、君島さんのお父様――君島緑郎《ろくろう》さんは、中学生の頃にその場所で同級生のバラバラ屍体を発見するという稀有な体験をなさっているのです。今から四十二年前、一九八一年のことです」

　君島の父親が、四十二年前にバラバラ屍体を発見していた？

　しかし、それがこの事件とどう繋がる？

　そこで呻木は「少し長くなりますが……」といって、四十二年前に起こった殺人事件について説明を始めた。それは結果的に二人の少年の生命が奪われることになった残酷な事件で、臺は気が重くなった。およそ六十年前に酒浦実《さかうらまこと》という人物が起こした連続バラバラ殺人事件についても、この時初めて耳にしたのだが、正直、そんな残虐な事件については知りたくなかった。

「……というわけで、その事件の犯人は、君島さんのお母様の圭織《かおり》さんだったのですね。彼女は同級生を殺害し、その屍体の処理をご両親と一緒に行った。ですから、君島さんが姫野さんを殺してしまった時も、あの人は警察に通報するという発想には至らずに、息子を守ろうとしたのです」

「証拠があるわけじゃないですよね？」

「姫野さんらしき屍体は見つけましたよ」

意外な返答に、臺は「ホントに？」とつい大きな声を出してしまった。

「ええ。バラバラ屋敷の跡地の裏手は小高い山になっているのですが、そこに埋められていました」

「呻木さんが見つけられたのですか？」

「まあ、知り合いの警部さんも一緒でしたけど」

「どうしてその場所に彼女の遺体が埋まっているとわかったんです？」

臺が尋ねると、呻木は目を細めて「それは内緒です」と微笑んだ。真相へと至った経緯《いきさつ》を秘密にしたい理由はわからなかったが、もしかしたら不法侵入とか、法律に触れるような行為があったのかもしれない。

「遺体の側からは凶器と思われる刃物も見つかっていますし、君島さんのご両親も警察からの取り調べを受けています。直に真相は判明するはずです」

到底信じられない話だったが、そこまで具体的な情報を持っているのだから、まんざら嘘ではないらしい。

「七年前、姫野さんを殺害した後、予想だにしなかったことが君島さんを襲います。それは姫野さんの幽霊です」

「へ？」

「ほら、あなた方がにしうり駅に行くことになった日、相馬さんが君島さんに『昨日、姫野さんと一緒に歩いてなかった？』と尋ねたとお話ししてくださいましたよね？」

そういえば、そんなこともあったか。

「あの時、君島さんは人違いだと否定したようですが、それは姫野さんの幽霊だったのです」

「そんな馬鹿な話……」

「君島さんが住んでいらしたアパートですけど、今では幽霊が出るという噂があるのですよ。夜中になると、丸眼鏡をかけた三つ編みの女性が出るそうです」

「ホントなんですか？」

「疑われるなら、あとで調べてみてください。とにかく、君島さんは姫野さんの幽霊に怯えていた。きっと良心の呵責《かしやく》もあったのでしょうね。幽霊が部屋に出るだけなら引っ越せばよいでしょうが、相馬さんの証言から外でも憑いてきた可能性が高い。それに加えて、姫野さんが亡くなったことで、火野雫がより執拗に付き纏い始めたのかもしれません。二人の超自然的な女性に付き纏われた挙げ句、彼は逃げるしかなかったのです」

「だから、にしうり駅に？」

「そうです。恐らく、君島さんは生前の姫野さんからにしうり駅に関する情報をかなり詳しく聞いていたのだと思います。にしうり駅に行く方法についても、予《あらかじ》め知っていた可能性が高い。あの日君島さんは、あなた方と一緒に姫野さんを捜す口実で列車に乗る直前に、精霊馬を食べていたのだと思います」

「君島はどうだか知らないけど、僕たちは精霊馬なんか食べてない。それなのに、何故、にしうり駅に行けたのですか？」

「はっきりしたことは、私にもわかりません。ですが、あなた方はそもそも柳田國男が『山の人生』でいうところの『神隠しに遭いやすき気質』なのかもしれません。或いは、にしうり駅に呼ばれたか」

　にしうり駅に呼ばれた？

　その言葉はあの場所で感じた懐かしさと妙に親和性があって、臺は簡単に否定できない自分に気付く。だが、それを認めるのは、何だか恐ろしい気がして、いっそ君島のせいで自分たちはあの場所に迷い込んだと思いたくなった。

「君島はどうして僕たちを巻き込んだんです？　逃げたいなら、一人でにしうり駅にいけばいいじゃないですか」

「一番大きな理由は、あなた方と行動を共にしている時には、姫野さんの幽霊が現れなかったからではないでしょうか。せっかくにしうり駅に逃げたとしても、姫野さんが憑いてきたのでは意味がない。だから、あなた方と一緒にあちらの世界へ向かったのです」

　それでは、あの時君島は姫野を捜すためではなく振り切るために、自分たちを利用したということか。君島の身勝手さに、臺は憤りを感じた。

「それに、もしも君島さんがあなた方に何も告げずにいなくなったとしたら、どうでしょう。きっとあなた方は姫野さんの失踪と関連付けて、君島さんのことも捜したのではありませんか？」

「それは……そうですね。一応、友人でしたから」

「君島さんは、それを避けたかったんです。これは想像ですが、君島さんは二人の死者に追われることで、一種の追跡妄想に陥っていたのではないでしょうか。ですから、もう永遠に誰からも追われることがないように、自分の死を偽装して、あなた方に見せたのです。そうすれば、あなた方は自分を置いて現実世界に帰ってくれると考えた」

つまり、臺たちはまんまと君島に嵌められたということか。

「でも、あっちの世界に逃げたとしても、未来があるとは思えません。あっちの世界のものを食べたら、本当に瓜人間になってしまうじゃないですか。長期間あの世界で暮らすのは不可能です」

「そうですね。でも、そこまで先のことを考えられない程、君島さんは追い詰められていたのではないでしょうか。或いは、現実世界に悲観し、異世界の住人になることに憧れを抱いていたのかもしれません」

呻木の推理を聞いても不思議と何の感情も湧かなかった。それは彼女の語った内容について、臺が半信半疑だったからだ。帰宅しながらネットニュースを調べてみると、確かに栃木県北部の百目鬼《どうめき》町で白骨屍体が発見されたという記事を見つけた。付近に住む夫婦から任意で事情聴取をしているとも書いてある。だが、それが姫野鮎の屍体なのか否かは、記事だけからではわからなかった。君島が住んでいたアパートについても調べてみると、確かに幽霊が出るという噂が書き込まれていたが、やはりそれが姫野の幽霊なのかは判然としなかった。

心境の変化があったのは、二日後のことだった。百目鬼町で発見された白骨化した屍体の身許が、姫野鮎であると報道されたのだ。

朝のニュース番組でそれを確認した時、臺は涙が止まらなくなった。悲しいとか、悔しいとか、そうした気持ちよりも、途轍もない寂しさを感じた。もう姫野に会えないことが、ただただ苦しかった。そして、改めて、自分は彼女のことが好きだったのだと認識した。

これまでは心の何処かで、姫野はまだ生きていると信じていた。否、信じたいと思っていた。しかし、唐突に突き付けられたのは、彼女が無残な最期を迎えたという事実だった。

呷木は屍体の細かい状況まで伝えなかったが、報道では姫野はバラバラに切断され、土の中に遺棄されていたようだ。そこは酒浦実が被害者の屍体を埋めた現場に近かったこともあって、ネット上では早くも祟《たた》りや呪いの噂が広がっている。中には姫野の幽霊を見たという者も出ているらしい。

夕方、バラバラ屋敷の近くを通りかかると、眼鏡をかけた三つ編みの女が立っている。怪訝《けげん》に思いながらも近付くと、女の首がころりと路面に落ちた。あとには耳を劈《つんざ》かんばかりの笑い声が響き渡ったのだという。

誰よりも怪談や怪異を愛した姫野鮎は、遂に自分自身が怪談になってしまった。それも都内の安アパートと栃木の田舎町の二箇所で。

姫野の死が確定したことで、呷木の推理の信憑性は高まった。

そして、臺は何とかして君島に罪を償わせたいと思うようになった。一方で、あの異世界での体験を思い出すと、この件にはもう関わるべきではないとも思える。そうやって一週間の間、悩みに悩んで、結局、臺はにしうり駅へ向かうことに決めたのである。

住んでいるマンションの近くに大きな寺院があって、墓地があったことも臺を後押しした。休日に檀家のフリをして墓地を探索し、「西野家」と書かれた墓石を見つけた。あとは胡瓜と苧殻を買って精霊馬を作り、黄昏《たそがれ》時に西野家の墓に供えた。

翌朝、墓地へ向かう臺は、精霊馬がそのままであってほしいと思いながらも、誰かに片付けられていてほしいという相反する思いも抱いていた。しかし、彼の作った精霊馬は朝露を浴びて、墓石の前でひっそりと待っていた。


埼玉の乗り継ぎ駅からは、敢えて目を瞑った。

七年前は居眠りをしたことで、いつの間にか異世界に迷い込んだからだ。だが、眠ろうとすればする程、睡魔は全く訪れなかった。口に残った胡瓜の味も妙に気になる。それでも三駅目を通り過ぎたところで、不自然なまでに列車が止まらなくなった。

恐る恐る目を開けると、車両に乗っているのは臺一人きりである。

窓の外は黄昏で、景色は薄闇に侵蝕されている。目を凝らしても、何処を走っているのかわからない。

やがて列車は、緑色の外灯に照らされた小さな駅に止まった。

にしうり駅である。

臺は深呼吸してから列車から下りる。再び現実世界に戻れる保証はなかったが、ここまで来たからには、君島を見つけたいという気持ちが強かった。

にしうり駅のホームは、七年前と何も変わらなかった。恐らく掲示されている広告も全く変化していないのではないだろうか。あの日は四人でここに下り立ったが、今は一人だ。心細さは否めないが、誰かを巻き込むよりはマシである。

改札を抜けて白い駅舎から出ると、既に暗くなっていた。街のあちこちに、緑色の外灯が灯っている。まるで非常口があちこちにあるテーマパークのようだ。

彼方に見えるやたらに巨大な鉄塔は、ライトアップされることはなく、上部に赤い光が点滅しているだけだった。

臺は前回の教訓から、まず駅前の地図をスマホで撮影した。その後、地図を見ながら何処へ行けば君島に会えるかを考えていると、背後から聞き覚えのある声がした。

「また来たのか」

踵《きびす》を返すと、以前この世界で出会ったことのあるスーツ姿の男性が立っていた。

「二度とここへは来るなといったはずだが」

男性は以前よりも厳しい口調だった。

彼の登場を予期していた臺は、冷静に向き合うことができた。

「知り合いを捜しに来たんです」

「前もそんなことをいっていたね」

「今回は別の知り合いです。君島悠希という男を知りませんか?」

臺の問いに、男性は僅かに逡巡してから「尾《つ》いてきなさい」といった。

彼は駅前の道を渡って、商店街に入る。軽快な音楽の流れるレトロな商店街は、今夜も賑わっていて、冬瓜の夫婦や南瓜のサラリーマン、制服姿の中高生らしき一団も見えた。ただ、やはり誰も動かないので、舞台装置に迷い込んだような気分になる。

それでも、ここに来る前は忌まわしい場所だと思っていたのに、今はとても懐かしく感じた。

やはり自分はこの世界に呼ばれていたのだろうか。途中で欧州のサッカーチームのTシャツを着たマスクメロンを見かけて、一瞬、相馬奏太かと思ったが、そんなはずはないと思い直す。

スーツ姿の男性は商店街を抜けると、しばらく大通りを進んでから、細い路地に入っていった。其処は商店街や大通りと比べて、荒廃した印象のある場所だった。空き缶やペットボトル、新聞紙などがあちこちに捨てられ、通行人も見当たらない。

毒々しい看板のラブホテルとやけに照明が暗いコンビニを通り過ぎ、男性は壁に罅の入った四階建ての雑居ビルの前で止まった。一階と二階の窓ガラスが割れているところから見て、どうやら廃ビルのようだ。

「この中の最上階に行くといい」

「そこに君島がいるんですか？」

臺が尋ねると、男性は煙草を取り出しながら、神妙に頷いた。

入口から入ると、すぐに細い階段が上へ続いていた。奥にエレベーターも見えたが、今は動いていないらしい。臺は逸《はや》る気持ちを抑えながら、慎重に四階まで上がっていった。

錆《さび》の浮いた金属製のドアにはインターホンが付いていたが、それは押さずにノブに手を掛ける。

幸い鍵は掛かっていない。

ドアはすんなりと開いた。

途端に不快な臭気が外に漏れてくる。

がらんとした室内の中央には、猫足のバスタブが置かれていた。そこからジーンズを穿いた両脚がはみ出している。

周囲にはミネラルウォーターのラベルがついた、空の二リットルのペットボトルが幾つも転がっていた。

臺は部屋に飛び込むと、バスタブを覗き込んだ。

濁った水の中には、君島悠希が沈んでいた。

白濁した両目から、もう生きていないことは明らかである。

水中の屍体の状態からは、ごく最近まで生きていたようにも見えるが、バスタブから出た足先は既にミイラ化している。もしかしたら、存外に長い間このままだったのかもしれない。

結局、こいつは姫野鮎からは逃げることはできても、火野雫からは逃げられなかったのだ。

不意に笑い声が聞こえて、臺はバスタブから顔を上げる。

目の前に、青いワンピースを着た少女が微笑んでいた。手には濁った水の入ったペットボトルを持っている。

臺が短い悲鳴を上げた刹那、けたたましいサイレンが鳴り響いた。

呻木叫子の補足原稿

以前、私は「バラバラ屋敷の怪談」で、今から約六十年前に起きた酒浦実による連続殺人事件の真相に迫った。その結果、酒浦は八人の女性たちを殺害したのではなく、偶然にも殺人者が罪を犯した現場に遭遇し、自ら屍体を遺棄することを提案して相手を油断させ、四人の女性を殺害したと推理した。

ただ、この推理では車谷翼が妹のみどりを自宅で殺害した際、何故姉妹と付き合いのなかった酒浦がそこに同席できたのかが不明であった。

しかし、あれから酒浦について新たな事実が判明し、この疑問を解くことができたのである。本当はもっと早くこのことを伝えるつもりだったのだが、個人的な事情で数年間原稿を書くことが不可能な状況だった。タイミングとしては中途半端であるが、これから推測を述べようと思う。

謎を解く手掛かりは、静岡県湯護《ゆご》市にあった。

酒浦実の母親の実家は、湯護市にある片野家の本家である。従って、酒浦が事件を起こした当時、片野家にも大勢のマスコミ関係者が押し寄せ、その対応に苦慮《くりよ》したそうだ。二〇一七年に片野家に取材した際、私は当時をよく知る女性からその様子を聞いている。

さて、昭和二十三年（一九四八）、当時十四歳だった酒浦実は祖父に連れられ、片野塚古墳を訪れた。当時行われていた発掘調査を見学するためである。しかし、石室《せきしつ》の見学中に入口近くの岩が崩落する事故が起こり、彼女は、祖父、大学教授、二人の学生の四人と共に、中に閉じ込められてしまった。この後、酒浦実は唯一の生存者として救出されたのだ。

大人たちが殺し合いを行う中、どうして彼女だけが無事だったのか。私はその原因は、古墳に眠っていた片野様の分霊が、酒浦実に宿ったからではないかと考えている。

片野様は生贄《いけにえ》を欲する神である。古来より片野塚古墳では血腥い事件が発生しているが、調査を進めていくと、それらは片野様により誘発された可能性が高いことがわかった。恐らく酒浦は片野様の依代として選ばれ、その能力を授かったのではないだろうか。つまり、彼女には他人に殺人衝動を起こさせる能力が備わっていたと推測できるのだ。

改めて酒浦の過去について振り返ってみよう。彼女の身の回りでは、何度も暴力事件が起こっているが、そのはじまりは中学時代の教師による生徒への傷害であった。これは片野塚古墳から救出されて以降のことである。その後、酒浦の周辺では相次いで傷害事件や殺人事件が発生している。これらは偶然ではない。酒浦こそがこれらの事件が発生した原因なのである。

そう考えると、車谷《くるまだに》姉妹の事件にも説明がつく。酒浦は街で偶然見かけた車谷姉妹をターゲットに決めて、姉の翼に殺人を行わせた。酒浦は現場に居合わせたのではなく、殺人直後の車谷家を訪れ、翼に屍体の処理を手伝うことを申し出たのだろう。自らの犯行に混乱していた翼は、酒浦の言葉を信じて、妹の屍体を一緒に運び出した。その後、自分も殺人鬼の手に掛かるとは思わずに……。

これはあくまで想像だが、あのバラバラ殺人事件で殺害の経緯が不明な被害者の中には、もしかすると、酒浦に片野塚古墳で殺人を犯しているところを目撃された者もいたのではないだろうか。

本家の裏手に祀《まつ》られていた片野様の御神体を盗んだのも、酒浦だろう。そして、彼女はそれを自宅の裏山に屋敷神として祀っていた。

私はかつてその屋敷神の社に祀られた神像を見たGさんという男性に直接話を伺ったことがある。その際、彼は「象みたいな顔の丸っこい石像」といっていた。象という言葉で、歓喜天《かんぎてん》を想像してしまったが、あれは私の誤りである。片野様は古墳から見つかった埴輪《はにわ》からわかるように、基本的には触手の生えた蛸《たこ》のような姿をしているが、正面から見ると象のような姿にも見えるのだ。

酒浦が女性たちの屍体を解体し、百目鬼伝説に因《ちな》んだ場所を遺棄現場としたのも、囁かれていた通り、やはり儀式的な意味合いが強かったのだと思う。酒浦は百目鬼の怨念と生贄の力で、自身の祀る片野様に何らかの力を宿そうとしていたのではないか。もっというならば、酒浦に宿った片野様の分霊は、自身の完全な復活を試みようとしたのではないだろうか。


さて、これを書いている二日前、静岡県湯護市を震源とするマグニチュード六・三、最大深度六弱の地震が起こった。殊に、片野塚古墳周辺の揺れが酷く、周囲の民家では瓦屋根が落ちたり、ブロック塀が倒壊したりする被害が相次いだ。

湯護市歴史民俗資料館は、建物自体は無傷だったようだが、展示品の中には棚から落ちて破損するものもあったらしい。テレビでは復旧作業に追われる学芸員たちの姿が放送されていたが、見知った顔は誰もいなかった。

片野家の取材で知り合ったS青年は無事だったようで、SNSで片野家本家の被害を報告している。母屋《おもや》は屋根瓦が落下し、基礎には罅が入ったそうだ。屋内は、テレビが倒れたり、棚から物が落ちたりして相当酷い状態だった。

それ以降、時間の経過と共に、山梨県身延《みのべ》町、山梨県笛吹《ふえふき》市、埼玉県秩父《ちちぶ》市、群馬県太田《おおた》市などで、断続的に同規模の地震や地盤沈下が発生している。まるで地中を何かが北に向かって移動しているかのようだ。気象庁の会見では、原因となっている地殻変動や火山活動について継続して調査中とのことで、未《いま》だに明確な説明は行われていない。

地震や地盤沈下が観測された地点は、地図上で確認すると、ほぼ一直線に並んでいる。そして、その延長線上には、栃木県百目鬼町が存在する。

これは偶然だろうか?

更に奇妙な話がある。今回の一連の災害では、大規模な土砂崩れや建物の倒壊は確認されていない。従って、現時点では軽傷者の報告はあるものの、死者は出ていない。それにも拘わらず、十名以上が行方不明になっている。しかも彼らがいなくなった場所には、片野塚古墳の生け石と同じような、人間のような形状をした石柱が見つかっているらしい。

たった今、耳触りなアラーム音が鳴り響いて、携帯電話に緊急地震速報を伝えるメールが届いた。遅れて部屋の中がぐらぐらと揺れる。棚から怪獣のソフビ人形が落ちそうになったので、間一髪でキャッチした。友人の鰐口《わにぐち》から貰ったシビトゾイガーである。

ソフビを元の位置に戻すと、退路を確保しながら、情報を得るためにテレビをつける。

震源地は、栃木県南部。足利《あしかが》市で最大震度六強を観測したらしい。足利学校や鑁阿寺《ばんなじ》、それに八年前に訪れたあのカフェに、被害がないことを祈るばかりだ。

付　記

これまでと同様に、この作品に登場する青いワンピースの少女も、筆者が採集したとある実話が元になっています。ただ、その実話の中で少女の着ているワンピースの色は、青ではありません。もともとの色で執筆しますと、体調を著しく崩したり、不可解な現象が発生したりするため、やむを得ず青という別の色に変更いたしました。読者の皆様におかれましても、障りを受ける可能性がございますので、ワンピースの色の穿鑿はご遠慮ください。

〈主な参考文献〉

青木敬『訪れやすい全国の古墳300　古墳図鑑』日本文芸社
朝里樹『日本現代怪異事典』笠間書院
朝里樹『日本現代怪異事典　副読本』笠間書院
朝里樹監修　氷厘亭氷泉著『日本怪異妖怪事典　関東』笠間書院
朝里樹監修　高橋郁丸・毛利恵太・怪作戦テラ著『日本怪異怪談事典　中部』笠間書院
朝里樹『続・日本現代怪異事典』笠間書院
ASIOS＋廣田龍平『謎解き「都市伝説」』彩図社
泉鏡花『鏡花全集　巻十二』岩波書店
伊藤龍平『怪談の仕掛け』青弓社
稲田浩二・大島建彦・川端豊彦・福田晃・三原幸久編『〈縮刷版〉日本昔話事典』弘文堂
H・G・ウェルズ・中村融訳『宇宙戦争』創元SF文庫
大島清昭『現代幽霊論―妖怪・幽霊・地縛霊―』岩田書院
ローズマリー・エレン・グィリー・松田幸雄訳『妖怪と精霊の事典』青土社
小池壮彦『心霊写真　不思議をめぐる事件史』宝島社文庫
小松和彦監修『日本怪異妖怪大事典』東京堂出版
柴田宵曲『奇談異聞辞典』ちくま学芸文庫
千葉幹夫編『全国妖怪事典』講談社学術文庫

直江廣治『屋敷神の研究―日本信仰伝承論―』吉川弘文館
並木伸一郎著・ムー編集部編『ムー認定 驚異の超常現象』ワン・パブリッシング
並木伸一郎著・ムー編集部編『ムー認定 神秘の古代遺産』ワン・パブリッシング
羽仁礼『永久保存版 超常現象大事典』成甲書房
東雅夫『クトゥルー神話大事典』新紀元社
廣田龍平「村と駅 ネット怪談における異界的儀礼と異世界的バグの存在論」『ユリイカ 2022年9月号』青土社
福田アジオ・神田より子・新谷尚紀・中込睦子・湯川洋司・渡邊欣雄編『精選 日本民俗辞典』吉川弘文館
水木しげる画 村上健司編著『改訂・携帯版 日本妖怪大事典』角川文庫
森瀬繚『クトゥルー神話解体新書』コアマガジン
森野たくみ『Truth In Fantasy ヴァンパイア 吸血鬼伝説の系譜』新紀元文庫
若狭徹『埴輪 古代の証言者たち』角川ソフィア文庫
渡邊昭五編 井田安雄・今瀬文也・尾島利雄・徳田和夫著『日本伝説大系 第4巻 北関東編』みずうみ書房

初出一覧

「青いワンピースの怪談」　紙魚の手帖Vol.04（二〇二二年四月）

他は全て書き下ろしです。

バラバラ屋敷《やしき》の怪談《かいだん》

2024年7月26日　初版

著者
大島《おおしま》清昭《きよあき》

装画
げみ

装幀
東京創元社装幀室

発行者
渋谷健太郎

発行所
株式会社東京創元社
〒162-0814　東京都新宿区新小川町1-5
03-3268-8231（代）
https://www.tsogen.co.jp

DTP
キャップス

印刷
萩原印刷

製本
加藤製本

©Kiyoaki Oshima 2024, Printed in Japan　ISBN978-4-488-02902-9　C0093

乱丁・落丁本は、ご面倒ですが小社までご送付ください。
送料小社負担にてお取替えいたします。

創元推理文庫

第17回ミステリーズ！新人賞受賞作収録

THE WEIRD TALE OF KAGEFUMI INN◆Kiyoaki Oshima

影踏亭の怪談

大島清昭

◆

僕の姉は怪談作家だ。本名にちなんだ「呷《うめ》木《き》叫子《きようこ》」というふざけた筆名で、民俗学の知見を生かしたルポ形式の作品を発表している。ある日、自宅で異様な姿となって昏睡する姉を発見した僕は、姉が霊現象を取材していた旅館〈K亭〉との関連を疑い調査に赴くが、深夜に奇妙な密室殺人が発生し——第17回ミステリーズ！新人賞受賞作ほか、常識を超えた恐怖と驚愕が横溢する全４編。

収録作品＝影踏亭の怪談，朧《おぼろ》トンネルの怪談，
ドロドロ坂の怪談，冷凍メロンの怪談

創元推理文庫

第17回ミステリーズ！新人賞受賞作家の初長編

THE WEIRD TALE OF AKAMUSHI VILLAGE◆Kiyoaki Oshima

赤虫村の怪談

大島清昭

◆

愛媛県の山間部にある赤虫村《あかむしむら》には、独自の妖怪伝説が存在する。暴風を呼ぶ「蓮太《はすた》」、火災を招く「九頭火《くとうか》」、無貌の「無有《ないある》」、そして古くから伝わる“クトル信仰”。フィールドワークのために訪れた怪談作家・呻《うめ》木《き》叫子《きようこ》は村の名家である中須磨家で続く、妖怪伝説の禍を再現するかのような不可能状況下での殺人を調査することに。第17回ミステリーズ！新人賞受賞者による初長編。

大型新人のデビュー作

SCREAM OR PRAY◆You Shizaki

叫びと祈り

梓崎 優

創元推理文庫

◆

砂漠を行くキャラバンを襲った連続殺人、スペインの風車の丘で繰り広げられる推理合戦……ひとりの青年が世界各国で遭遇する、数々の異様な謎。

選考委員を驚嘆させた第５回ミステリーズ！新人賞受賞作を巻頭に据え、美しいラストまで一瀉千里に突き進む驚異の本格推理。

各種年間ミステリ・ランキングの上位を席巻、本屋大賞にノミネートされるなど破格の評価を受けた大型新人のデビュー作！

＊第2位〈週刊文春〉2010年ミステリーベスト10 国内部門
＊第2位『2011本格ミステリ・ベスト10』国内篇
＊第3位『このミステリーがすごい！ 2011年版』国内編

第10回ミステリーズ！新人賞受賞作収録

A SEARCHLIGHT AND A LIGHT TRAP◆Tomoya Sakurada

サーチライトと誘蛾灯

櫻田智也

創元推理文庫

◆

昆虫オタクのとぼけた青年・魞沢泉《えりさわせん》。
昆虫目当てに各地に現れる飄々《ひょうひょう》とした彼はなぜか、
昆虫だけでなく不可思議な事件に遭遇してしまう。
奇妙な来訪者があった夜の公園で起きた変死事件や、
〈ナナフシ〉というバーの常連客を襲った悲劇の謎を、
ブラウン神父や亜《あ》愛一郎《あいいちろう》に続く、
令和の“とぼけた切れ者”名探偵が鮮やかに解き明かす。
第10回ミステリーズ！新人賞受賞作を収録した、
ミステリ連作集。

収録作品＝サーチライトと誘蛾灯、
ホバリング・バタフライ、ナナフシの夜、火事と標本、
アドベントの繭《まゆ》

創元推理文庫

第11回ミステリーズ！新人賞受賞作収録

THE CASE-BOOK OF CLINICAL DETECTIVE◆Ryo Asanomiya

臨床探偵と消えた脳病変

浅ノ宮 遼

◆

医科大学の脳外科臨床講義初日、初老の講師は意外な課題を学生に投げかける。患者の脳にあった病変が消えた、その理由を正解できた者には試験で50点を加点するという。正解に辿り着けない学生たちの中でただ一人、西丸豊が真相を導き出す――。第11回ミステリーズ！新人賞受賞作「消えた脳病変」他、臨床医師として活躍する後の西丸を描いた連作集。『片翼の折鶴』改題文庫化。

創元推理文庫

第19回本格ミステリ大賞受賞作

LE ROUGE ET LE NOIR◆Amon Ibuki

刀と傘

伊吹亜門

◆

慶応三年、新政府と旧幕府の対立に揺れる幕末の京都で、若き尾張藩士・鹿野師光は一人の男と邂逅する。名は江藤新平——後に初代司法卿となり、近代日本の司法制度の礎を築く人物である。明治の世を前にした動乱の陰で生まれた数々の不可解な謎から論理の糸が手繰り寄せる名もなき人々の悲哀、その果てに何が待つか。第十二回ミステリーズ！新人賞受賞作を含む、連作時代本格推理。
収録作品＝佐賀から来た男，弾正台切腹事件，
監獄舎の殺人，桜，そして、佐賀の乱

代表作４編を収録したベスト・オブ・ベスト

THE BEST OF KYUSAKU YUMENO

少女地獄

夢野久作傑作集

夢野久作

創元推理文庫

◆

書簡体形式などを用いた独自の文体で読者を幻惑する、
怪奇探偵小説の巨匠・夢野久作。
その入門にふさわしい四編を精選した、傑作集を贈る。
ロシア革命直後の浦塩で語られる数奇な話「死後の恋」。
虚言癖の少女、命懸けの恋に落ちた少女、
復讐に身を焦がす少女の三人を主人公にした
「少女地獄」ほか。
不朽の大作『ドグラ・マグラ』の著者の真骨頂を示す、
ベスト・オブ・ベスト！

収録作品＝死後の恋，瓶詰の地獄，氷の涯《はて》，少女地獄

あまりにも有名な不朽の名作

FRANKENSTEIN◆Mary Shelley

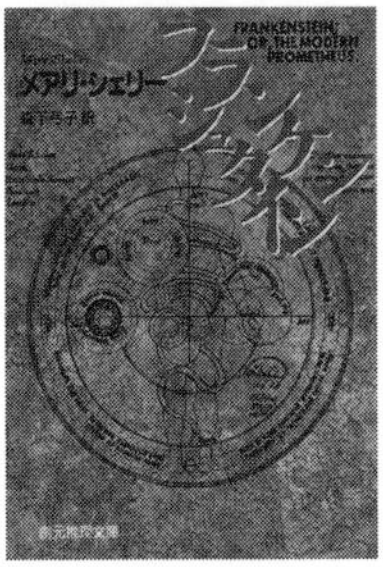

フランケンシュタイン

メアリ・シェリー
森下弓子 訳
創元推理文庫

◆

●柴田元幸氏推薦——「映画もいいが
原作はモンスターの人物造型の深さが圧倒的。
創元推理文庫版は解説も素晴らしい。」

消えかかる蠟燭の薄明かりの下でそれは誕生した。
各器官を寄せ集め、つぎはぎされた体。
血管や筋が透けて見える黄色い皮膚。
そして茶色くうるんだ目。
若き天才科学者フランケンシュタインが
生命の真理を究めて創りあげた物、
それがこの見るもおぞましい怪物だったとは！

巨匠・平井呈一の名訳が光る短編集

A HAUNTED ISLAND and Other Horror Stories

幽霊島

平井呈一怪談翻訳集成

A・ブラックウッド他
平井呈一 訳
創元推理文庫

◆

『吸血鬼ドラキュラ』『怪奇小説傑作集』に代表される西洋怪奇小説の紹介と翻訳、洒脱な語り口のエッセーに至るまで、その多才を以て本邦における怪奇翻訳の礎を築いた巨匠・平井呈一。

名訳として知られるラヴクラフト「アウトサイダー」、ブラックウッド「幽霊島」、ポリドリ「吸血鬼」、ベリスフォード「のど斬り農場」、ワイルド「カンタヴィルの幽霊」等この分野のマスターピースたる13篇に、生田耕作とのゴシック小説対談やエッセー・書評を付して贈る、怪奇小説読者必携の一冊。

巨匠が最も愛した怪奇作家

THE TERROR and Other Stories◆Arthur Machen

恐怖
アーサー・マッケン傑作選

アーサー・マッケン
平井呈一 訳 創元推理文庫

◆

アーサー・マッケンは1863年、
ウエールズのカーレオン・オン・アスクに生まれた。
ローマに由来する伝説と、
ケルトの民間信仰が受け継がれた地で、
神学や隠秘学《オカルト》に関する文献を読んで育ったことが、
唯一無二の作風に色濃く反映されている。
古代から甦る恐怖と法悦を描いて物議を醸した、
出世作にして代表作「パンの大神」ほか全７編を
平井呈一入魂の名訳にて贈る。

収録作品＝パンの大神，内奥の光，輝く金字塔，赤い手，
白魔，生活の欠片，恐怖

20世紀最大の怪奇小説家H・P・ラヴクラフト
その全貌を明らかにする文庫版全集

ラヴクラフト全集

1〜7巻／別巻 上下

1巻：大西尹明 訳　2巻：宇野利泰 訳
3巻以降：大瀧啓裕 訳

H.P.LOVECRAFT

アメリカの作家。1890年生。ロバート・E・ハワードやクラーク・アシュトン・スミスとともに、怪奇小説専門誌〈ウィアード・テイルズ〉で活躍したが、生前は不遇だった。1937年歿。死後の再評価で人気が高まり、現代に至ってもなおカルト的な影響力を誇っている。旧来の怪奇小説の枠組を大きく拡げて、宇宙的恐怖にまで高めた〈クトゥルー神話大系〉を創始した。本全集でその全貌に触れることができる。

平成30余年間に生まれたホラー・ジャパネスク至高の名作が集結

GREAT WEIRD TALES
OF THE
HEISEI ERA

東 雅夫 編

平成怪奇小説傑作集

全3巻

創元推理文庫

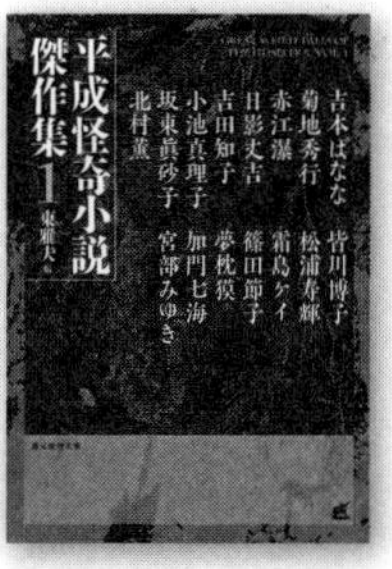

第1巻

吉本ばなな　菊地秀行　赤江瀑　日影丈吉　吉田知子　小池真理子
坂東眞砂子　北村薫　皆川博子　松浦寿輝　霜島ケイ　篠田節子
夢枕獏　加門七海　宮部みゆき

第2巻

小川洋子　飯田茂実　鈴木光司　牧野修　津原泰水　福澤徹三
川上弘美　岩井志麻子　朱川湊人　恩田陸　浅田次郎　森見登美彦
光原百合　綾辻行人　我妻俊樹　勝山海百合　田辺青蛙　山白朝子

第3巻

京極夏彦　高原英理　大濱普美子　木内昇　有栖川有栖　高橋克彦
恒川光太郎　小野不由美　藤野可織　小島水青　舞城王太郎
諏訪哲史　宇佐美まこと　黒史郎　澤村伊智

東京創元社が贈る総合文芸誌！

紙魚の手帖

SHIMINO TECHO

国内外のミステリ、SF、ファンタジイ、ホラー、一般文芸と、
オールジャンルの注目作を随時掲載！
その他、書評やコラムなど充実した内容でお届けいたします。
詳細は東京創元社ホームページ
（http://www.tsogen.co.jp/）をご覧ください。

隔月刊／偶数月12日頃刊行

A5判並製（書籍扱い）